김상헌 장편소설

그녀 그래픽

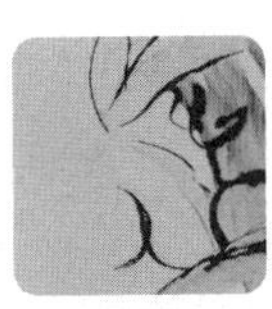
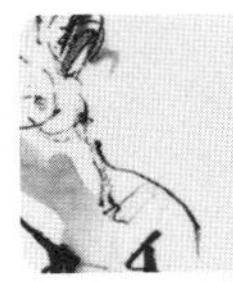
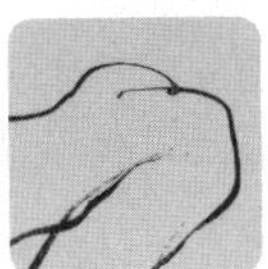

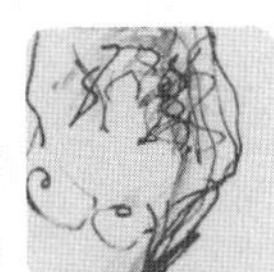

연인 M&B

그녀 그래픽
김상헌 장편소설

초판 인쇄 | 2005년 2월 11일
초판 발행 | 2005년 2월 15일

지은이 | 김상헌
펴낸이 | 신현운
펴낸곳 | 연인M&B
기   획 | 박치원
디자인 | 이희정
마케팅 | 진성호
등   록 | 2000년 3월 7일 제2-3037호
주   소 | 143-191 서울특별시 광진구 자양1동 630-42호(1층)
전   화 | (02)455-3987, 3437-5975 팩스 | (02)3437-5975
이메일 | yeonin7@chol.com
       www.yeoninmb.co.kr

값 9,000원

ISBN 89-89154-43-X 03810

김상헌 장편소설

그녀 그래픽

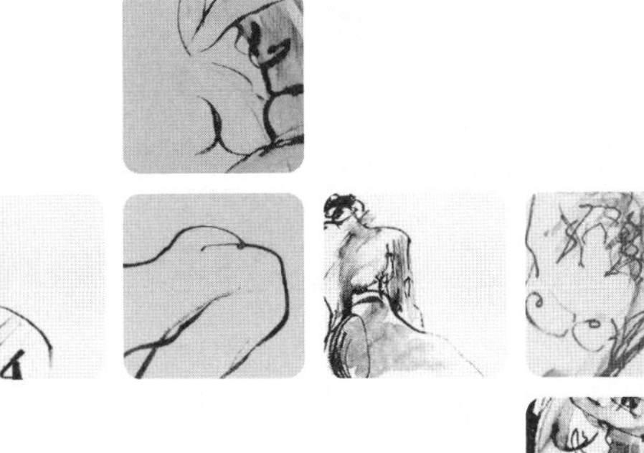

| 작가의 말 |

지난 여름 내내, 나는 '그녀 그래픽' 속에 묻혀 살았다고 해도 과언이 아니다. 폭염이라고 해도 과장이 아닐 정도로 무더운 2004년의 여름에 나는 '그녀 그래픽'이 풀리지 않으면 MTB를 탔다.

미사리에서 팔당, 양수리, 퇴촌, 양평을 돌아오는 일주 라이딩이나, 남한산성의 험난한 허니비 코스를 타며 가혹하게 스스로를 다스렸다. 물 2리터와 스포츠음료 1.5리터, 탄산음료 0.5리터를 마시면서도 소량의 소변을 단 1회만 볼 정도로 거의 모든 걸 땀으로 배출해 내고는 했다.

풀리지 않는 매듭, 그것을 풀어내기 위해서 등에 진 배낭의 끈에서도 허옇게 소금이 엉길 정도로 패달링을 했고, 그렇게 귀가를 한 날이면 그 피곤함 속에서도 살아 움직이는 동세와 여인들을 볼 수 있었다.

라이딩 거리 141킬로미터.

평균시속 26킬로미터.

라이딩 시간 5시간 25분.

　속도계에 찍혀 있는 이 비인간적인 숫자들을 확인한 날은 양평을 거쳐 유명산 줄기인 농티재를 넘고, 양평의 염티재와 퇴촌을 거쳐 가혹한 라이딩을 한, 바로 12월 9일이다. '그녀 그래픽'의 마무리를 앞두고 벌써 며칠을 고심하던 때여서 스스로도 모르는 사이에 무리한 라이딩을 했던 것 같다.

　그래도 결국 이날의 과격한 라이딩은 '그녀 그래픽'을 마무리할 수 있는 실마리를 찾아주었고, 나는 지친 몸을 이끌어 가며 원고 마무리를 했다. 그날이 12월 11일, 토요일이고 약속된 원고 마감일은 한참이나 넘긴 뒤였다.

어려운 시기임에도 불구하고 용기를 내어 출판을 맡아준 시인이며 도서출판 연인M&B의 대표인 신현운님께 감사의 뜻과 함께 원고를 전하고, 이제 잠시 여유를 즐겨 볼 생각이다. 그리고 연재 도중, 독자들의 호감어린 찬사와 비판과 더불어 진행되었던 '그녀 그래픽'의 영화 이야기도 본격적으로 진행시켜 볼 예정이다.

이런 여유의 시간에는 동세의 할리 로드킹 클래식을 타고 라이딩을 하는 것도 좋은데 동세의 생각은 어떤지 모르겠다.

2004년 12월 11일

김상헌

| 차 례 |

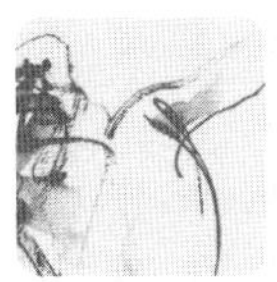
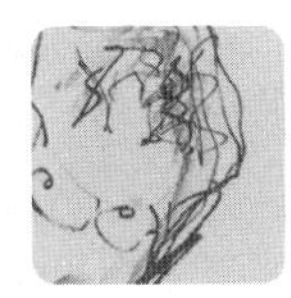

기분 좋은 냄새가 코를 감미롭게 자극했다. 이제는 그녀의 향기로 굳어 버린 알마 오드 뜨왈렛의 향기였다.

처음에는 신선한 플러럴 향이었다가 시간이 지나면 무스크, 바닐라 향이 감도는 그 냄새는 동세에게는 익숙했다. 그녀의 목, 가슴, 따스한 아랫배, 겨드랑이 사이, 허벅지 사이에서도 하다못해 엉덩이 사이에서도 언제나 감돌던 향기였다.

동세는 눈을 지그시 감았다. 감미로운 그녀의 체취가 곧장 아랫배로 전달이 되어져서 그곳이 뻐근해졌다.

제1장 파일 마요네즈

스물두 살, 좋은 나이다.

스물두 살이면 그 어떠한 일이라도 두려움 없이 할 수 있는 나이이다. 비록 그것이 범죄 행위나 마요네즈가 흘러넘치는 뜨거운 섹스라 할지라도 스물두 살의 나이에는 별 망설임이 없이 할 수 있다.

그것은 이성보다는 정제되지 않은 열정이 꿈틀거리는 화려한 스물두 살이기 때문이기도 하다. 그러나 이동세는 지금 스물두 살의 젊음을 감옥에서 보들레르처럼 아니, 어쩌면 헨리 밀러처럼 죽이고 있다. 이제 25시간 후면 1년의 형기를 채우고 출감을 하지만 말이다.

"삼오육사."

늙은 죄수 최동기가 작업을 하다 말고 이동세를 불렀다. 이동세는 허리를 펴면서 최동기를 바라보았다.

삼오육사는 그의 수인번호였다. 2년 전 여름에 에콜 에밀 콜―프랑스 학교에서 일러스트레이션을 배울 때는 생각도 못했을 수인번호가 그에게 붙어 있었다. 그는 에콜 에밀 콜에서 공부를 하느라고 근 2년을 프랑스에 머물다가 귀국했다.

푸른 작업복 차림의 늙은 죄수는 뿌옇게 피어오르는 먼지 속에서 눈만 반짝이며 서 있었다. 그 모습은 마치 눈만 살아 있는 안개 속의 고목나무처럼 보였으나 그도 바깥세상에서는 코냑과 비프스테이크와 생굴을 먹으며 아름다운 여자와 섹스를 즐기던 사람이었다.

그와는 진지한 섹스 이야기도 나눈 일이 있었으며 또 어느 정도는 대화도 통했다. 이동세로서는 꿈도 꿀 수 없는 나이를 지닌 노인이, 그와 섹스 이야기를 나누며 또 공통점을 찾아내기까지 했던 것이다. 하지만 노인은 마스터베이션 같은 것은 오래 전에 그만두었다고 솔직하게 고백했다.

"자네 몇 시간 후면 출감을 한다고 했던가?"

이동세는 기계들의 윙윙거리는 금속성 소음 때문에 늙은 죄수의 탁한 음성을 겨우 알아들었다. 공장 안은 목공용 기계들 때문에 대화가 곤란한 지경이었다.

"그렇습니다만."

"나 좀 잠깐 볼 수 있겠나?"

늙은 죄수는 목재 창고 쪽을 가리켰다.

"무슨 일입니까?"

"잠시 와 보게."

이동세는 별로 내키지는 않았지만 엉거주춤한 걸음걸이로 앞서가는 늙은 죄수의 뒤를 따라갔다. 늙은 죄수의 말에는 지금까지 그랬던 것처럼 거부할 수 없는 무엇이 있었다. 그럴 리야 없겠지만 만약 명령을 거부했다가는 잘 생긴 그의 성기를 잘라 버린다는 협박을 할 것 같은 생각까지 들었다.

최동기는 나무더미에 엉덩이를 붙이더니 주머니에서 담배 한 개비를 꺼내어 불을 붙여 물었다. 이동세는 반사적으로 교도관 쪽을 바라보았다. 그들의 작업을 감독하는 뚱뚱보 교도관은 의자에 앉아서 꾸벅꾸벅 졸고 있었다. 그는 일과의 대부분을 졸음으로 보내는 것으로 유명한 교도관이었다.

최동기는 담배를 딱 두 모금 빨고 이동세에게 건넸다.

"피우게."

의외의 호의였다. 감옥에서의 담배란 같은 부피의 만 원짜리 지폐와 같은 것일 정도로 몹시 귀하다. 이동세는 그것을 받아서 거푸 빨았다. 금방 필터까지 타들어가며 손가락 끝이 뜨거웠다.

역시 굶주린 뒤에 피우는 맛이어서 그런지 연기조차 뱉어내기가 아까웠다. 바깥세상에서는 늘 담배를 입에 물고 살았지만 지금은 정확하게 두 달 만에 맛을 보는 담배였다.

최동기가 주름살투성이의 눈을 들어서 그를 바라보더니 코냑과 비프스테이크 그리고 아름다운 여자와 키스를 즐기던 입으로 천천히 말했다.

"자네에게 부탁이 있어."

"좋습니다. 말씀해 보십시오."

"그렇게 간단하게 말할 성질의 것이 아니야……."

최동기의 어조에는 전에 없이 진지함이 묻어 있었다.

"교도소를 나가면 아는 사람을 찾아가서 안부를 전해 달라는 그런 부탁이 아닙니까?"

"그런 게 아니야. 그런 부탁이라면 자네가 아니더라도 얼마든지 할 놈들이 있어."

이동세는 입을 다물고 노인의 말을 기다렸다. 그가 지난 1년간 겪어 본 노인은 함부로 허튼소리를 할 위인이 아니었다.

"자네가 출감을 하면 한 여자를 찾아서 강간을 해 주게."

노인의 입에서 강간이란 단어가 일상용어처럼 흘러나왔다.

"예? 지금 강간이라고 했습니까?"

너무 오랫동안 여자를 잊고 있었던 이동세는 '강간'이라는 말 한 마디에 갑자기 복부 아래가 뻐근해지는 느낌이었다. 그리고 핑크빛으로 감싸인 그의 두뇌는 순식간에 상상이란 걸 했다.

그렇지. 늘씬하고 아름다운 여자를 강제로 쓰러뜨린 다음 사정없이 옷을 벗긴다. 아마 팬티는 벗겨서 비명을 지르는 여자의 입 속에 쑤셔넣어야 할지도 모른다. 그 다음에는 지난 1년간 수없이 여자의 알몸을 그리며 그래왔듯이 탐스런 젖가슴을 주무르고 미끈한 가랑이를 벌린다. 마침 침대에서 일을 벌이게 된다면 그녀의 손과 발을 넥타이와 바지 벨트를 이용해서 침대의 네 기둥에 단단하게 묶는다. 그리고 그 다음에는 일사천리로 해치워 버린다.

여자는 처음에는 고통에 찬 신음 소리를 낼지도 모른다. 그러나 잠시 후면 그가 니스 해변에서 만났던 라나 라슬린처럼 즐거움에 가득 찬 비명을 지르며 그에게 매달릴 것이다. 이동세는 그 점에 관해서는 자신이 있었다.

이동세의 생리적 메커니즘은 상상과 더불어 점차 폭력적으로 발전이 되어 갔으나 이내 냄새나는 음울한 감옥에 있다는 현실을 인식하고 정상으로 돌아왔다.

그건 어디까지나 상상 속의 일에 불과한 것이다.

그는 다시 죄를 지어서 차가운 감옥에 처박히는 우울한 신세는 되고 싶지 않았다. 그렇지 않아도 이동세는 자신의 인생이 거리의 찌그러진 쓰레기통과 별다름이 없는 바닥 인생이라는 걸 절실하게 인정하고 있었다.

그런데 노인은 표정 하나 변하지 않고 고개를 끄덕였다.

"그래 강간. 아주 철저하게 강간을 해 주어야 해. 대신 충분한 대가를 지불하겠네."

"하지만 그런 부탁은 곤란합니다."

이동세는 왜 강간 같은 범죄 행위를 부탁하는가 하는 이유는 묻지 않았다.

교도소에는 갖가지 아픈 가슴과 눈물겨운 사연을 가진 사람들이 모이는 곳이라서 그들 나름대로는 합당한 이유가 있다.

그것은 사회의 정상적인 논리로는 설명이 되지 않는 것이 대부분이어서 섣부른 잣대를 들이대는 일은 곤란하다.

특히 세상은 겪어 보면 알겠지만 절대 교과서대로만 흐르지 않는다. 오히려 교과서대로만 살다가는 인생의 실패자가 되기 십상이다. 물론 그래서야 안 되겠지만 아직 대한민국이라는 나라는 뜨거운 햇볕만이 나뒹구는 아프리카의 어느 나라처럼 그렇다. 그래서 그러한 사람들에게는 쓸데없는 말을 떠벌리며 사연을 묻지 않는 것도 예의 중의 하나가 된다.

어쩌면 노인은 눈앞에 있다면 당장에 없애 버리고 싶은 자의 귀한 딸을 강간해 달라는 부탁을 하는 건지도 모른다는 생각을 이동세는 했다.

"거저 강간을 해 달라는 게 아냐. 대가로 2억 원을 주겠어."

노인은 이렇게 말해놓고 잠시 이동세의 반응을 기다렸다. 이동세는 노인이 농담을 하는 게 아닌가 하는 생각을 잠시 하면서 노인을 지켜보았다. 노인이 2억 원이라는 소리를 너무 쉽게 하고 있었다.

아무리 요즘 돈 가치가 떨어졌다고는 하지만 2억 원이면 그의 입장에서는 엄청나게 큰 돈이다. 교도소를 나가면 당장 다른 사람의 신세를 져야 할 정도로 그는 어려운 처지이다. 그런데 노인은 그를 곤경에서 구해 줄 엄청난 돈을 강간의 대가로 준다고 한다.

물론 강간은 강력 범죄이며 자칫 잘못하면 다시 감옥에 처박히는 신세가 될지도 모른다. 만약에 이동세가 강간범으로 체포되어 감옥에 처박히게 되면 최소한 3년은 갇혀 있어야 할 것이다. 3년이란 기간은 스물두 살 젊음에 있어서는 황금기이다. 그러나 2억 원이 주는 매력은 그의 마음을 슬며시 움직이게 만들었다.

늙은 죄수가 고목나무 같은 주름살투성이 얼굴을 손바닥으로 쓸면서 다시 말했다.

"왜 돈이 모자른가?"

동세는 대답을 하지 않았다. 돈이 문제가 아니었다.

"……그렇다면 3억 원을 줄 수도 있어. 3억 원이면 주머니 속에 소주 한 잔 값도 없는 자네의 처지를 당장에 근사하게 바꿔놓을 수 있는 엄청난 돈이야. 잘하면 예쁜 여자 얻어서 장가도 갈 수 있겠지. 참 자네가 모터사이클 마니아라고 했던가? 그럼 근사한 할리 데이비슨 한 대도 구입할 수 있겠군."

노인은 꿈쩍도 않고 손쉽게 말했으나 농담을 하거나 거짓말을 하는 것 같지는 않았다. 노인과는 지난 1년간을 한 감방에서 보냈지만 그가 아는 노인은 지금까지 단 한 번도 농담을 하거나 거짓말을 한 적이 없었다.

이동세는 이윽고 노인의 말을 믿어도 된다는 판단을 내렸다. 다만 그는 노인에 관해서 아는 게 거의 없다는 게 조금 마음에 걸렸다.

노인은 돈이 많고 교도소 내에서도 교도관도 마음대로 부릴 정도로 대단한 능력이 있다는 것 그리고 동료 죄수들로부터 소장님이라는 별명으로 불릴 정도로 대단한 권력을 지니고 있으며, 그래서 죄수들은 교도관들의 말은 우습게 알아도 노인의 말은 절대 우습게 여기지 않는다는 것 외에는 아는 게 없을 정도로 베일에 가려져 있다.

그런데 그런 노인에게서 3억 원짜리 일을 맡아야 한다. 당연히 이동세의 마음 한구석에는 걸리는 게 있었다.

"대체 어떤 여자이기에 그렇게 많은 돈을 준다는 겁니까? 혹시 엄청나게 못생긴 여자나 할머니를 강간해 달라는 부탁은 아니겠죠? 아니면 신디 크로포트나 클라우디아 쉬퍼를 강간해 달라는 겁니까?"

좀처럼 웃지 않는 노인이 조금 웃음을 보여주었다.

"자네가 강간할 여자는 아주 예쁜 한국 토종 여자야. 아마 자네가 보면 한눈에 반할 정도로 예쁘지. 그렇다고 에이즈 환자도 아냐. 아주 지극히 정상적인 상류 가정의 규수인데 얼마 전에 미국 예일대에서 돌아왔지. 아마 경영학 석사라지? 나이는 스물넷이고."

"말만 들어도 어떤 여자인지 상상이 됩니다. 한마디로 미모와 지성을 고루 갖춘 여자라는 이야기 아닙니까?"

"일을 맡겠나?"

"좋습니다."

"좋아. 자네가 근사한 할리 데이비슨을 타고 거리를 달리는 모습이 상상이 되는군. 둔중하면서도 탄력 있는 오토바이의 엔진음이 자네의 엉덩이를 흔들고 어쩌면 자네는 뒤에 예쁜 여자를 태우고 다니겠군. 자네와 아주 잘 어울리는 멋진 그림이야."

노인은 손을 내밀어서 그에게 악수를 청했다.

"자네가 출감을 하면 곧 은행으로 가서 통장을 만들게. 그리고 내가 주는 번호로 전화를 해서 통장을 만들었다고 하면 계약금 1억 5천을 넣어줄 거야. 일이 끝나면 다시 1억 5천을 넣어주는 식이지. 그리고 자네가 강간해야 할 여자 사진과 인적사항은 자네에게 인편이나 우편으로 전해 줄 거야."

"그런데 왜 이런 일을 저한테 부탁을 하는 거죠? 밖에는 단 돈 백만 원이면 이런 일 따위는 손쉽게 할 만한 놈들이 수두룩할 텐데요?"

"일을 할 놈들이야 많지. 하지만 제대로 할 놈들은 그리 많지 않아. 난 그런 어설픈 놈들 때문에 죄를 뒤집어쓰기는 싫단 말일세."

"아시다시피 저는 전문적인 청부업자도 아니고 그냥 평범한 건달에 지나지 않습니다. 오토바이에 여자나 태우고 다니면서 하루하루를 소비하는 그런 건달이란 말입니다."

그건 맞는 말이었다. 그는 그저 건달에 불과했다.

"그런 건 자네가 이야기하지 않아도 다 알고 있으니까 굳이 떠벌리지 않아도 되네. 아무려면 내가 3억짜리 일을 맡기면서 자네에 대한 조사를 하지 않았을 것 같은가? 난 자네의 항문 속 사정까지 상세하게 알고 있어."

이동세가 침을 꿀꺽 삼키고는 망설이다가 물었다.

"그럼 내가 부모도 모르는 놈이라는 것도 알고 있습니까?"

"물론이야. 자네가 어디에서 어떻게 태어났는지까지 알고 있어."

"그럼 나를 낳아준 여자가 누구인지도 알고 있습니까?"

이동세는 마치 다그치듯이 물었다. 이건 확실히 의외였다. 생모나 생부에 관해서는 아는 게 거의 없는 이동세였다.

비록 얼굴도 모르는 부모에 대한 그리움 같은 건 별로 없는 그이기는 하나 그래도 그는 부모를 찾고 싶었다. 그러나 부모를 찾아서 무얼 어떻게 한다는 생각은 없다.

둘이 끌어안고 엉엉 울어대는 촌스런 짓을 하기보다는 그저 어떻게 생긴 사람들인지 얼굴이나 확인하고 싶었다. 그리고 아마도 지금 생각으로는 얼굴을 확인한 뒤에는 그냥 그대로 돌아설 것 같았다.

"어느 정도는 알고 있어. 하지만 지금 그런 걸 나에게 물어보려는 생각이라면 포기하는 게 좋아. 자네가 일을 끝내고 면회를 온다면 그때는 이야기를 해 줄 수도 있겠지만 말일세."

노인의 어조는 완강했다. 노인의 성품을 잘 아는 이동세는 포기했다. 노인은 한 번 아니면 아닌 사람이었다.

"그럼 제 아버지에 대해서도 알고 있습니까?"

이동세는 이렇게 물어놓고 노인을 지켜보았다. 그는 아버지에 관해서도 전혀 아는 바가 없었다. 죽었는지 살았는지, 어떤 사람이었는지도 전혀 모른다.

"나는 자네에 관한 모든 걸 알고 있어."

"제기랄, 그렇군요. 설마 나한테 딴 수작을 부리는 건 아니겠죠?"

이동세는 입맛이 썼다.

"젊은 놈이 쓸데없이 입이 거칠어. 그렇게 참을성이 없어서야 어떻게 이 험난한 세상을 살아가겠나?"

노인이 눈을 치켜떴다.

"무슨 말인지는 알겠습니다. 그럼 한 가지만 더 묻겠습니다. 만약 내가 계약금만 받고 일을 하지 않는다면 어떻게 하시겠습니까? 저는 사실 그럴 가능성이 있습니다. 제가 프랑스로 공부를 하러 갔던 것 또 대학에서 철학을 배우려고 했던 것 등도 어찌 보면 도피의 성격이 농후한 겁니다."

노인이 입가를 비틀며 기묘한 웃음소리를 냈다.

"그건 자살행위야. 난 자네가 어디로 사라지든 찾아낼 수 있어. 내 말이 믿기지 않나? 자네가 파리 뒷골목에 있는 싸구려 호텔에서 어느 여자의 사타구니 사이에 숨어 있다 해도 난 찾아낼 수 있어."

"아니 믿어집니다."

이건 진심이었다. 이동세는 노인의 능력이라면 이 세상 어디에 숨어 있더라도 찾아낸다고 믿었다.

"기한은 180일 이내야. 그 안에 일을 처리해야 해. 만약 그 안에 일을 처리하지 못하면 자네는 계약금 대신에 손 하나를 내게 바쳐야 해. 알겠나?"

이동세는 처음으로 치솟는 두려움을 느끼면서 새삼스럽게 두 손을 움직여 보았다. 그의 두 손은 잘 움직이고 있었다.

"그리고 하나 더, 내가 자네에게 일을 맡긴 건 자네가 제대로 강간을 할 수 있을 것 같아서야. 난 지금까지 자네처럼 섹스에 대해서 많이 아는 친구는 본 일이 없을 정도였어. 자네는 분명히 섹스철학이 아니 성교에 관한 학문이 있다면 분명히 박사 학위를 받고도 남았을 거야."

"그렇게까지 생각하셨다니 칭찬으로 알아듣겠습니다."

그는 노인의 의외의 말에 조금 고개를 갸웃하고는 대답했다. 그가 남들보다 섹스에 대해서 그리고 강간에 대해서 아는 건 사실이기는 하나 그렇다고 해서 그것 때문에 일을 맡을 줄은 정말 몰랐다.

그가 프랑스에서 그리고 한국에서 주로 탐닉하면서 연구의 대상으로 삼았던 건 여자였고 그래서 그는 여자와 섹스에 대해서 많은 생각을 했었다.

어쩌면 그가 프랑스로 간 건 일러스트레이션을 배우러 간 게 아니라 아름다운 여자를 연구하러 갔다고 하는 편이 옳지 않을까 싶기도 했다.

그래서 그는 지금도 프랑스의 성폭력에 관한 법조문까지도 보들레르의 시(詩)처럼 읊조릴 수 있을 정도로 잘 알고 있었다.

제222조

1단 23항.

폭력, 강제, 협박 혹은 기습적 행위를 이용하여 타인에게 가한 일체의 간음 행위는 그 성격이 어떠하든 강간으로 간주한다. 강간을 범한 때에는 15년 이하의 금고에 처한다.

2단 27항.

강간 이외의 기타 성적 공격 행위를 한 경우는 5년 이하의 금고와 50만 프랑 이하의 벌금에 처한다.

3단 33항.

업무 또는 고용 기타의 관계로 인해서 보호 감독의 지위에 있는 자가 그 지위를 이용하여 성적 만족을 얻을 목적으로 명령 강제 협

박의 수단으로 타인을 희롱한 때에는 1년 이하의 금고와 10만 프랑
이하의 벌금에 처한다.

　등등······.

　하지만 동세가 더 잘 아는 건 법조문보다는 역시 시(詩)였다. 성폭
력에 관한 프랑스의 법조문이 약 4페이지가 되는데 반해서 우리나라
의 것은 약 2페이지밖에 안 된다는 것 등은 사실 그의 관심 밖이었다.
그것은 두 마리의 개가 왼쪽으로 갔느냐 오른쪽으로 갔느냐 혹은 중
앙으로 갔느냐 하는 것만큼이나 별 의미가 없는 일이기도 했다.
　그는 월트 휘트먼이 노래한 〈나를 기다리는 여자〉와 같은 시(詩)들
을 모터사이클의 둔중한 진동에 엉덩이를 맡기고 읊어대는 걸 더 좋
아했다.

　성은 육체와 혼의 모든 것이다.
　의미와 증거와 순결과 우아함과 결과와 선전
　노래와 명령과 모체의 신비와 밀크의 정액과 멋내기와 건강
　모든 희망과 모든 정열과 아름다움과 지상의 즐거움과 축복과 수여
　모든 정치 체제와 판사와 신과 지도자
　이 모든 것들이 성(性) 그 속에
　성을 구성하고 정낭화되며 포함된다.

사실 휘트먼은 자신의 동성애를 묘사한 시를 몇 편 쓴 때문이지 동성애자들에게 더 인기가 있었으나, 영국의 비평가 로버트 뷰캐넌 때문에 '육욕에 물든 시인'이라는 혹평을 받았다. 뷰캐넌은 '관능주의'는 모든 사회의 규범을 위협하는 것이며 마르키드 사드가 시작해서 보들레르가 부활시킨 관능주의는 결국은 사라져야 할 것이라는 의견을 내놓았다.

그러나 물론 동세는 뷰캐넌의 의견에 동조하지 않았으며 보들레르의 유일한 장점인 '악취를 코로 감상하는 점'이라는 혹평에 대해서도 전혀 동조하지 않았다.

뷰캐넌은 적어도 동세가 보기에는 자신과 진실을 인정하지 않는 달팽이 같은 자에 불과했다.

뷰캐넌은 모터사이클도 모르며 여자의 스타킹과 허벅지도 모르는 불쌍한 자이며 동시에 두꺼운 각질 속에 갇혀서 일생을 허우적이는 거북이 같은 자였다.

"작업은 않고 여기서 뭣들 하는 거야?"

어느새, 다가온 뚱뚱보 교도관 때문에 동세는 갑자기 현실로 돌아왔다. 교도관은 아직도 잠이 덜 깼는지 눈을 비비고 있었다.

"아, 예. 삼오육사가 곧 출감을 하잖습니까? 그래서 이야기 좀 나누었죠."

늙은 죄수가 말했다.

"하지만 작업 시간에는 일을 해야지 이런 구석에 처박혀 있으면 정
말 곤란해. 아무리 당신이 돈 좀 있다고 해도 더 봐줄 수가 없단 말이
야. 그리고 삼오육사는 지금 준비해."

교도관은 노인을 이렇게 나무라고는 이동세를 바라보았다.

"무슨 말씀이죠?"

"출감 준비를 하란 말이야. 위에서 예상보다 빨리 지시가 내려왔
어."

"축하하네, 진심이야. 다시는 이런 곳에 들어오지 말아."

노인이 이동세의 등을 두드려 주고 힘 있게 손을 잡아주었다. 새삼
노인의 눈길이 깊게 느껴졌다.

이동세는 곧 지난 1년간 생활하던 감방으로 돌아가서 사물을 챙겨
들다가는 그간 정이 들은 동료 죄수들을 생각해서 그대로 내려놓았
다. 물건들이야 보잘것없는 것들이지만 감방에서는 하다못해 헌 신
문지 조각 하나도 귀하다.

뚱뚱보 뒤를 따라서 철망이 쳐진 교도소 운동장을 가로질렀다. 운
동장에는 눈부신 햇빛이 부서져 내리듯이 쏟아지고 있었으며 푸른
수의 차림의 동료 죄수들은 짙푸른 실루엣처럼 느릿느릿 움직이고
있었다. 그러자 그것은 이상하게도 철 지난 해변의 풍경처럼 보여서
가슴이 조금은 저려왔다. 지난 1년간의 고통스러웠던 감방 생활이
영상처럼 천천히 스쳐갔다.

동세는 누구에게라고 할 것도 없이 작은 소리로 안녕…… 하고 속삭였다. 그리고 다시 '난 강간을 하러 갈 거야' 하고 속삭였는데 그 말은 어쩐지 보들레르에게 하는 말처럼 느껴졌다.

"다시는 이런 데 들어올 생각 말고 성실하게 잘 살아야 해."

뚱뚱보가 덕담처럼 말하고는 경비교도관에게 소리쳤다.

"나간다. 문 열어라!"

첫 번째 철문이 끼익— 하고 열렸다. 이동세가 들어서자 첫 번째 철문이 철컥 소리와 함께 닫히면서 두 번째 철문이 열렸다. 그는 그 철문을 넘어서 발을 내딛었다.

그곳에서도 햇빛은 눈부시게 퍼부어지고 있어서 그는 잠시 멈칫했다. 철문 안쪽과는 달리 더 환하게 빛나는 것만 같아서 그는 눈을 가늘게 치켜뜨고는 낯선 이미지처럼 다가온 풍경을 서서히 받아들이고 있었다.

말하자면 그것은 그가 방금 지나온 교도소 운동장과, 무덤 근처의 냄새가 항상 감도는 감방 복도에 내리쬐는 햇빛과는 품질이 달랐던 것이다. 교도소의 것은 하급 인간들만이 사용하는 저품질의 햇빛이었던 것이다.

그를 밀어내듯이 등 뒤에서 철문이 쿵! 하고 닫히자, 기다렸다는 듯이 클랙슨 소리가 들렸다.

흰색 소나타 한 대가 미끄러지듯이 다가왔다. 창문이 아래로 스르르 미끄러지면서 눈에 익은 여자의 환한 얼굴이 나타났다.

"동세 씨, 나야."

여자는 유시애였다.

"내가 오늘 나온다는 걸 어떻게 알았지?"

동세는 눈을 가늘게 치켜뜨면서 물었다.

"한 열흘 전 동세 씨가 살던 아파트에 혹시 하고 가봤다가 우편물을 보고 알았어."

유시애는 앞문을 열어주었다. 동세는 앞좌석에 엉덩이를 들이밀었다. 기분 좋은 냄새가 코를 감미롭게 자극했다. 이제는 그녀의 향기로 굳어 버린 알마 오드 뜨왈렛의 향기였다.

처음에는 신선한 플러럴 향이었다가 시간이 지나면 무스크, 바닐라 향이 감도는 그 냄새는 동세에게는 익숙했다. 그녀의 목, 가슴, 따스한 아랫배, 겨드랑이 사이, 허벅지 사이에서도 하다못해 엉덩이 사이에서도 언제나 감돌던 향기였다.

동세는 눈을 지그시 감았다. 감미로운 그녀의 체취가 곧장 아랫배로 전달이 되어져서 그곳이 뻐근해졌다.

유시애는 그간 더욱 예뻐진 것 같았다. 핸들 밑으로 뻗어 있는 스커트 아래의 미끈한 두 다리는 허벅지 위쪽까지 드러나 있고, 그 위로 흰색 스판 티셔츠에 감싸여 있는 그녀의 가는 허리와 크면서도 탄력 있는 젖가슴은 저절로 낮은 한숨을 나오게 했다. 피부는 인공선탠을 했는지 좀 더 가무잡잡해진 것 같았다.

그녀는 브래지어를 하지 않았거나 아니면 얇은 여름용 브래지어를 한 탓에 젖가슴의 돌기마저 티셔츠 위로 희미하게 솟아 있었다. 동세는 당장에 그녀를 끌어안고 젖가슴을 우악스럽게 주무르면서 스커트를 걷어 올리고 싶은 강렬한 충동을 느꼈지만 꾹 참았다.

이곳은 적당한 온도와 알맞게 데워진 니스의 해변이 아니었으며, 그곳에서 만난 매력적인 이스라엘 여군 중위 라나 라슬린과 함께 있는 것도 아니다. 라나와의 꿈결 같았던 일들이 햇빛 속에 묻혀서 천천히 흘러갔다. 그러자 불현듯, 정말 불현듯이라고밖에 표현할 수 없을 정도로 갑자기 에밀 졸라의 소설인 '나나'의 한 장면이 햇빛 속에서 클로즈업되었다.

나나……!

동세는 소리 없이 중얼거려 보았다. 미칠 것 같은 섹스의 긴장 때문에 팽팽해진 하복부에서 요구하는 것이 파리의 창녀인 나나였을까? 아니면 라나와 나나가 이름이 비슷해서였을까? 동세는 더위 때문에 뇌세포가 흐물흐물해진 것만 같은 머리를 흔들었다.

그녀는 침착하면서도 대담하게 자신의 육체가 갖는 매력을 확신하면서 옷을 벗었다. 그리고 나나가 팔을 들어 올리자 그녀의 겨드랑이의 금빛 털은 헤드라이트의 조명에 반사되어 찬란하게 빛났다.

갈채와 웃음소리도 뚝 그쳐 버렸다. 남자들은 진지한 얼굴이 되어서 몸을 일으키기 시작했다. 그들의 콧구멍은 수축하고 입 속은 뜨겁게 말라 있었다. 더러운 꼬마 소녀가 돌연 여자로 변신하여 욕망이라는 미지의 세계를 열어 보였다. 나나는 살포시 웃지만 그 미소는 식인종의 섬뜩한 웃음이었다.

동세는 매끈한 스타킹에 감싸인 유시애의 허벅지를 곁눈질하면서 마른침을 삼켰다. 그도 나나를 바라보는 관객들처럼 입이 타고 있었다.

그가 교도소에서 다른 죄수들보다 조금은 성적으로 자유로울 수 있었던 것은 그의 풍부한 성지식에 의한 연상 작용 때문이었다. 그의 핑크빛 두뇌에 방대하게 저장된 여자들을 하나씩 끄집어내어 연상을 하는 것만으로도 어느 정도는 갈증을 해소할 수가 있었던 것이다.

자동차는 교도소 앞의 일방통행 도로를 벗어나서 차량들이 느릿느릿 헤엄치고 있는 8차선 도로로 접어들었다. 아직 늦은 봄이어서 그리 덥지는 않았다.

"담배 가진 것 있으면 좀 줘."

문득 담배 생각이 나면서 한 대 피우고 싶은 욕구가 갈증처럼 간절했다. 그녀는 대쉬 보드 밑에 있는 글로브 박스를 하얗고 긴 손으로 열어서 새 담배 한 갑을 꺼내주었다. 그는 거의 감격스런 표정으로 새 담뱃갑을 잠시 들여다보더니 한 대 꺼내어 피워물었다. 그리고 마음껏 빨아들였다가 내뿜었다.

"동세 씨는 감옥에 있더니 더욱 건강해진 것 같아."

그녀는 반팔 티셔츠에 감싸여 있는 동세의 탄탄한 몸을 곁눈질하면서 말했다. 동세는 빙긋이 웃고 말았지만 그건 맞는 말이었다.

동세는 감방에서도 꾸준히 푸쉬업을 비롯한 운동을 하면서 체력을 관리해 왔기 때문에 술과 여자와 모터사이클에 항상 절어 있던 바깥 세상에서보다는 훨씬 건강해져 있었다.

몸무게는 교도소 입소 전과 같이 85킬로그램이었으나 꾸준한 운동 덕분에 근육이 훨씬 발달해 있었다.

"그동안 나 동세 씨 얼마나 보고 싶었는지 알아?"

유시애는 하얀 이를 드러내면서 뜨거운 한숨처럼 말했는데 그건 경험에 의하면 그녀의 몸이 몹시 달아 있다는 증거였다. 그녀는 잘 익은 과일처럼 몸 어느 곳을 살짝 건드리기만 해도 신음 소리를 낼 것이 틀림없었다.

"나도 시애 생각 많이 했어. 아니 거의 매일 밤을 시애 생각으로 보냈어."

사실 그는 1주일에 한 번은 시애의 늘씬한 알몸을 안고 알맞게 데워진 니스의 해변에서 딩구는 꿈을 꾸었다. 부드러운 모래와 발바닥을 간질이는 부드러운 파도 그리고 그녀의 감미로운 숨결과 함께 딩

굴었으며 이튿날 깨어나서는 아쉬움 때문에 몸을 떨고는 했다.

"동세 씨, 우리 어디로 갈까?"

그녀의 음성은 잘 익은 복숭아의 향기에서 흘러나오는 것처럼 느낌이 강했다.

"오늘은 시애가 좋을 대로 해. 오늘 하루는 시애에게 나를 아주 맡겨 버릴 테니까."

그는 시애가 어디로 갈 것인지를 잘 알고 있었기 때문에 굳이 목적지를 말하지 않았다. 예상대로 시애는 좌회전을 하더니 액셀러레이터를 밟았다.

자동차는 채 10분도 되지 않아서 북한산 자락이 보이는 근사한 특급 호텔의 주차장으로 들어갔다. 시애가 방 하나를 잡고 키를 받아들었다. 프런트 직원이 오토바이 복장 차림의 동세와 시애를 곁눈질하면서 고개를 갸웃했다.

시애는 지적인 전문직 종사자처럼 보이는 반면에, 동세는 오토바이 사고 때문에 현장에서 경찰서를 거쳐 곧장 교도소로 직행한 탓에 복장이라고는 가죽 롱부츠와 등 뒤에 요란한 로고가 붙어 있는 가죽 재킷과 바지뿐이어서 남들의 눈길을 끌기에 충분했다.

그는 프런트의 여직원과 눈길이 마주치자 살짝 윙크를 했다. 여직원이 황급히 눈길을 돌리면서도 싫지만은 않은 표정을 했다.

시애는 눈치를 채고 동세의 허벅지를 살짝 꼬집었다.

그들은 엘리베이터를 탔다. 엘리베이터에는 그들 둘 뿐이었다. 그녀가 먼저 안겨왔다. 그는 키스를 하면서 스판 티셔츠 안에 있는 그녀의 젖가슴을 큰 손으로 움켜쥐었다. 부드러우면서 탄력 있는 감촉이 전신을 부르르 떨게 만들었다. 꼭 1년 하고도 4일 만에 만져 보는 여자의 탐스런 가슴이었다.

신음 소리가 그녀의 입에서 가늘게 흘러나왔다. 이번에는 스커트 밑으로 손을 집어넣었다. 손바닥에 와 닿는 매끄러운 스타킹의 감촉과 함께 허벅지의 탄탄한 볼륨이 만져졌다. 더는 어쩔 수 없는 안타까움 때문에 동세는 스타킹을 찢어 버리고 싶은 충동을 강하게 느꼈으나 스르르 멈추어선 엘리베이터 때문에 그렇게 하지 못했다.

그들은 재빨리 떨어졌다. 한 중년 남자와 이제 소녀티를 갓 벗은 여자가 탔다. 그들은 동세와 시애가 보고 있는데도 꼭 잡은 손을 놓을 생각을 하지 않았다.

원조교제 냄새가 물씬 풍기는 커플이었다. 여자는 아직 고등학생이거나 아니면 겨우 고등학교를 졸업했을 나이로 보였는데 일본인 커플 같은 분위기였다. 앳되고 예쁜 여자와 뚱뚱하고 머리가 벗겨진 남자와의 성행위의 모습이 그로테스크하게 상상이 되자 조금은 서글퍼졌다.

그러니까 졸라의 〈제르미날〉에 나오는 잡화점 주인 메구라와 광부들의 딸 같은 음울한 컬러의 그림이 연상되었던 것이다.

메구라는 파업으로 인해서 굶주림과 욕구불만에 지쳐 있던 광부들에 의해 지붕에서 떨어져 죽었고, 이때 분개한 한 늙은 여자가 시체 앞에 달려든다. 평소에 외상값 대신 광부들의 딸을 농락해 온 메구라를 여자는 그냥 내버려 둘 수 없었던 것이다.

여자는 쭈글쭈글한 손으로 메구라의 가랑이를 벌리고 죽 처진 남근을 꽉 잡았다. 그녀의 비쩍 마른 등이 쫙 펴지고, 뼈에서는 소리가 날 정도로 힘을 넣어서 남근을 힘껏 잡아당겼다. 부드러운 피부의 저항 때문에 처음에는 실패했지만 결국은 피가 뚝뚝 떨어지는 고깃덩어리를 뽑아드는데 성공을 한 그녀는, 그것을 높이 쳐들고 흔들면서 승리를 축하하듯이 웃어댔던 것이다.

하지만 이 엘리베이터 안에 있는 중년 남자의 남근을 뽑아들 사람은 아무도 없을 것이며 또 동세도 그 점에 관해서는 상관하지 않았다.

그것은 전적으로 중년남자의 도덕률에 관한 문제였다. 프랑스에서 딸을 강간하고 자살한 아버지와 두 여동생을 강간하고 그 자리에서 자살한 오빠의 이야기도 있지만, 뚱보 대머리 중년남자가 여고생으로 보이는 여자와의 섹스 후에 어떤 반응을 드러내는가에 대해서는 그가 알 바가 아니었다.

그들은 11층에서 내렸다.

그들의 방은 거의 복도 끝부분에 있는 1122호였다. 몹시 급한 그들은 거의 뛰다시피 걸어서 방으로 들어갔다. 문을 잠그자마자 시애가 안겨왔다.

"잠깐 샤워를 먼저하고. 내 몸에는 지금 더러운 교도소 냄새가 가득하다구."

"아냐. 난 그대로가 좋아. 교도소 냄새까지 내 몸속에 넣어줘. 그 더럽고 추악한 인간들의 교도소 냄새를 말야."

시애는 그의 가죽재킷과 그동안 빨아 입지 못해서 냄새가 풍기는 티셔츠를 벗겨내고 탄탄한 가슴을 쓸었다. 젊고 잘 생긴 사내의 냄새가 아주 좋았다. 그녀는 입술을 움직여서 그의 가슴 구석구석에 키스를 했다.

구리빛의 건장한 그의 상체는 훌륭했다. 군살이라고는 전혀 없는 근육질의 몸 그대로였다.

"사랑해요, 동세 씨……."

동세보다 두 살이 많은 스물네 살의 유시애는 이럴 때에만 동세에게 존대말을 썼다.

시애는 한 손을 내려뜨려서 가죽바지의 커다란 은제 버클을 벗겨내고 쟈크를 아래로 내렸다. 가죽바지는 허벅지를 꽉 끼고 있는 것이어서, 그녀는 하녀처럼 무릎을 꿇고 앉아서 바지의 벨트 부위를 잡고 아래로 끌어내려야 했다.

바지가 조금씩 아래로 벗겨지면서 동세의 불쑥 솟아오른 남성이

튕겨오르듯이 드러났다. 그러자 그녀는 신음 소리를 내면서 동세의
허벅지를 끌어안고 얼굴을 부볐다.

아아…… 이렇게 좋은 걸……!

그는 시애의 머리를 잡고 부드럽게 머리칼과 머리칼 속을 애무했다.

그녀는 마침내 그의 바지를 벗겨내고 교도소에 오랫동안 보관되었
던 탓에 퀴퀴한 냄새가 묻어 있는 그의 팬티를 아래로 끌어내렸다.

그녀는 그 팬티를 들고 냄새를 맡아 보았다. 냄새는 그녀가 상상했
던 대로 거친 세상을 살아가는 거친 남자들의 냄새가 그대로 묻어 있
는 것만 같아서 더욱 흥분이 되었다.

부유한 가정에서 곱게만 자란 그녀는 거친 세상에 대한 막연한 동
경을 갖고 있었다. 그것은 일부의 남자들이 여자 경찰관이나 여군 등
의 제복 여성에게 더 많은 호감을 갖는 것과 같은 것이기도 했다.

그녀는 팬티를 던져 버리고 벌떡 일어섰다. 그리고 동세를 노려보
듯이 바라보면서 옷을 벗었다.

먼저 티셔츠를 벗고 거의 반투명한 브래지어를 벗겨냈다. 조금도
처지지 않은 커다란 젖가슴이 조금씩 흔들렸다.

그것은 쥘 미슐레의 표현처럼 여성의 호흡이 여성 특유의 유방의
파동을 낳고 그것이 무언의 웅변으로 그녀들의 감정을 보여준다는
것처럼 시애의 젖가슴에는 그녀의 모든 감정이 생생하게 살아 움직
이고 있었다.

그는 마른 침을 꿀꺽 삼켰다. 유시애는 1년 전보다 훨씬 섹시해진 것 같았다. 근본적으로 그보다 5센티미터가 적은 175센티미터의 늘씬한 키와 슈퍼모델 부럽지 않은 볼륨 있는 몸매 때문이 아니더라도 유시애는 지난 1년간 훨씬 섹시하고 아름다워져 있었다. 엉덩이도 좀 더 커지고 팽팽해진 것 같았다.

엉덩이에 걸쳐 있는 스커트를 아래로 미끄러뜨리자 반투명의 팬티스타킹 속에서 새하얀 실크 팬티가 드러났다. 그 팬티는 가는 허리 아래에서 갑자기 부풀어 오른 엉덩이와 허벅지 사이를 겨우 가리면서 수줍은 듯이 위태롭게 숨어 있었다.

그녀는 허리를 구부려서 팬티와 팬티스타킹을 허벅지 사이에서 빼내고 똑바로 섰다. 허벅지 사이의 부드러운 음모가 조명을 받아서 마치 빛이 나는 것만 같았다. 빛이 나는 것은 그것만이 아니었다. 그녀의 눈도 뜨겁게 일렁이면서 어서 나를 사정없이 가져 달라고 애원을 하고 있었다.

"잘 생긴 죄수 양반, 어서 나를 가져!"

비로소 시애가 말했다.

동세는 천천히 그녀를 향해 다가갔다. 그녀가 불쑥 솟아 있는 그의 남성을 갑자기 한 손으로 움켜잡고 흔들면서 목에서 끓어 올리는 듯한 신음 소리를 냈다.

"아아, 얼마만인지 모르겠어요. 나도 밤마다 동세 씨 품을 생각했

다구요. 동세 씨, 품에서 그대로 부서지는 생각을 밤마다 했어요. 어서 나를 부숴줘요!'

"다 알고 있어. 시애는 내가 없으면 못 살 여자라는 것도 잘 알고 있다구. 하지만 이제는 걱정없어. 시애를 밤마다 즐겁게 해 줄 테니까."

그는 시애를 번쩍 안아서 침대에 던지고는 그 위로 올라갔다. 그리고 입과 목과 젖가슴을 따라 내려오며 천천히 키스를 했다.

아직 연한 핑크빛으로 남아 있는 작은 유두는 금세 단단해지며 솟아올랐다. 유두를 입 속에 집어넣고 굴리며 한 손으로는 허벅지를 쓰다듬어 올라왔다.

팽팽한 엉덩이와 따스하게 오르내리는 아랫배를 쓰다듬다가 손을 점차 아래로 미끄러뜨렸다. 부드러운 음모가 손끝에 닿았다. 그는 가만히 그곳을 쓸어 보았다. 손끝에 와 닿는 그 형언할 수 없는 부드러운 감각은 거의 감격적이기까지 했다.

"아아……."

그는 나직한 신음 소리를 냈다.

시애의 온몸이 갑자기 꿈틀했다. 그리고 시애는 더 이상 참을 수 없다는 듯이 무릎을 세우며 그를 끌어당겼다.

"어서, 어서요. 동세 씨……!'

그러나 동세는 서두르지 않았다. 이미 땀으로 번들거리고 있는 시애의 알몸을 내려다보면서 그는 천천히 시애를 공격했다. 무릎을 꿇은 자세로 그녀의 허벅지를 힘차게 끌어당겨 안으며 움직였다.

시애가 신음과 함께 젖가슴이 출렁이도록 상체를 뒤틀자 튼튼한 침대가 사정없이 삐걱이는 소리를 냈다. 그럴수록 동세는 더욱 공격했다. 이제 그의 근육질 몸도 땀에 흠뻑 젖어서 번들거렸다. 그의 얼굴에서 흘러내리는 땀이 턱 끝에서 맺혔다가 그녀의 젖가슴 위로 뚝뚝 떨어지고 있었다.

시애가 어서어서……! 하고 애원을 했다. 그녀는 아랫배에서 뜨겁게 올라온 희열이 전신을 치달리는 것만 같아서 이러다가는 온몸이 부서지는 게 아닌가 하는 걱정을 해야만 했다. 그러면서도 그녀는 희열에 들뜬 나머지 거의 울고 있었다.

서둘지 않던 동세는 이제는 됐다고 여겼다. 그는 시애를 온몸으로 안으며 온힘을 다해서 돌진했다. 시애는 갑자기 고장난 악기처럼 아아아! 하는 신음 소리를 토해내면서 동세에게 매달렸다. 그리고 어느 순간엔가 두 사람은 동작을 멈추었다.

그것은 몹시 거친 폭풍이 지난 뒤의 평온한 고요였다.

동세가 바로 눕자 시애는 담배에 불을 붙여서 한 대는 동세의 입에 물려주고 다른 한 대는 자기가 피웠다.

"자기는 정말 굉장해. 나는 거의 죽는 줄 알았어."

시애는 사랑스러워 죽겠다는 듯이 동세를 바라보았다. 그러나 동세는 빙긋이 미소만 지을 뿐 뭐라고 대꾸는 하지 않았다. 그녀는 남자 경험은 좀 있는 편이기는 하지만 아직까지 동세처럼 힘이 좋은 남자는 만난 일이 없었기 때문에 아주 만족했다. 그녀는 솔직히 동세가 감옥에 들어가 있는 동안 외로워서 미칠 지경이었던 것이다.

침대 사이드 테이블 위에 있는 전화기에서 요란한 소리가 났다.

두 사람은 서로를 쳐다보았다. 이런 은밀한 장소에 두 사람이 있는 것을 아는 사람은 없었기 때문이었다.

"로드킹을 좋아한다고 했던가?"

그는 한 손을 이용해서 바지를 끌어내리면서 그녀의 귓가에 대고 뜨거운 입김과 함께 속삭였다.

"그, 그래요……!"

그녀의 들뜬 음성이 가쁘게 흘러나왔다.

"내가 할리의 로드킹이 어떤 것인가를 보여주겠어……!"

"기대가 되네요. 어서요……!"

그녀가 엉덩이를 흔들었다. 벗겨놓고 보니 팽팽하면서도 동그란 엉덩이는 엄청나게 큰 것 같았다. 그는 그녀의 가늘면서도 유연한 허리를 움켜잡고 힘을 주었다.

제2장 로드킹

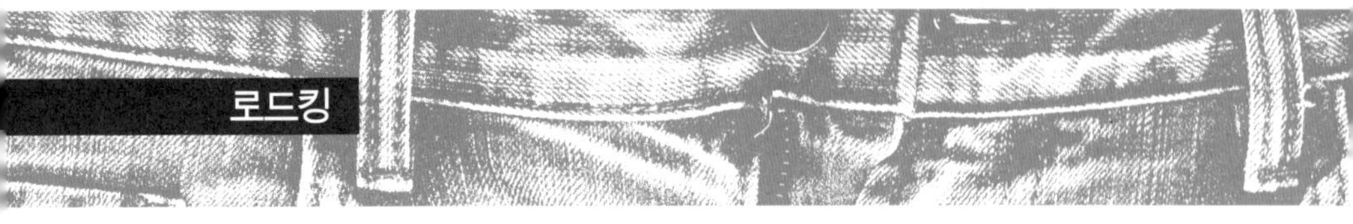

"호텔에서 온 거겠지. 받아 봐."

시애가 몸을 일으켜서 전화를 받았다. 커다란 젖가슴이 출렁 하고 흔들렸다. 그녀의 알몸은 오래간만의 기분 좋은 운동으로 인해서 더욱 매끄러워져 있었다. 그녀는 곧 송수화기를 동세에게 건넸다.

"자기에게 온 전화야. 어떤 남자에게서 온 건데 무조건 자기를 바꾸래. 기분 나쁜 자야."

"나를?"

의외였다. 대체 어떤 놈이 내가 여기에 있는 걸 아는 걸까? 동세는 문득 전화를 받지 말까 하고 망설이다가는 송수화기를 받아들었다.

"전화 바꿨습니다."

“이동세 씨?”

굵으면서도 갈라진 독특한 음성의 남자였다. 혹시 냄새나는 형사
가 아닐까 하는 생각이 스쳐갔다.

“그렇습니다만.”

“최동기 씨를 아시오?”

최동기라면 교도소의 노인 죄수다. 그런데 이 자가 어떻게 최동기
를 아는가?

“당신은 누굽니까?”

“나요? 난 최동기 씨의 부탁을 받고 당신에게 전화를 하는 사람이
요. 이제는 최동기 씨를 알 수 있겠습니까?”

“알고는 있습니다만.”

동세는 기분이 좋지 않았다. 어떻게 이 자는 내가 여기에 있는 걸
아는 걸까? 그렇다면 교도소에서부터 나를 미행했다는 건가?

동세는 가슴 한구석에서 치솟는 두려움을 느꼈다. 교도소 밖에서
도 노인 죄수의 능력이 여지없이 발휘되고 있는 것이다.

“이동세 씨가 전화를 하지 않아서 내가 직접 했습니다. 자, 지금 당
장 은행으로 가서 통장을 만들고 내게 전화를 주시오. 그렇게 한가하
게 여자나 안고서 땀을 뺄 때가 아니란 말이오. 자칫 잘못하면 당신
의 손 하나가 날아간다는 걸 명심해야 할 거요.”

갈라진 음성은 이렇게 일방적으로 말하고 전화를 끊었다.

제기랄!

이동세는 문득 자신이 점차 헤어날 수 없는 수렁에 빠지고 있는 게 아닌가 하는 생각을 했다.

그는 곧 욕실로 들어가서 샤워를 했다. 시애가 뒤따라 들어와서 그를 정성스럽게 비누칠을 해 주고 샤워기로 씻어주었다. 시애가 그의 남성을 정성스럽게 키스해 주려고 했지만 동세가 나중에 부탁해, 하고 거부했다.

20분 뒤, 그는 은행으로 들어가서 접시에 5백 원짜리 동전 하나와 도장, 주민등록증을 올려놓고 앞으로 밀어놓았다. 그의 전 재산 4천 5백 원 중에서 4천 원을 주고 목도장 하나를 만들었기 때문에 5백 원은 그가 가진 돈의 전부였다.

"어서오세요. 통장을 만드시게요?"

여행원이 인사를 했다.

"그렇습니다. 튼튼한 놈으로 하나 만들어 주십시오."

동세는 아직 검정 가죽제품의 오토바이 복장이었지만 말끔하게 샤워를 하고 짧은 머리에는 무스를 발라 넘겨서 그렇게 이상하게 보이지는 않았다.

"그러세요. 손님 통장을 아무도 넘보지 못하게 아주 튼튼하게 만들어 드릴게요."

기혼 여성으로 보이는 젊은 여행원은 미소를 가득 띤 얼굴을 들어 그를 바라보았다. 얼굴은 제법 예쁜 편이며 반듯하게 의자에 앉아 있는 자세도 좋았다. 나이는 20대 후반 정도로 여겨졌다.

그녀는 동세를 바라보면서 어깨 위에 내려와 있는 머리칼을 귀 뒤로 천천히 두 번 쓸어넘겼다. 동세는 그녀가 외로운 여자라는 걸 한눈에 알아보았으나 윙크는 하지 않았다. 기회는 나중에라도 얼마든지 있다.

그녀의 유니폼 위로 솟아 있는 가슴에는 ‘박주희’ 라는 하얀 플래스틱 명찰이 붙어 있었다.

그는 곧 새로 만든 통장을 받아들고 공중전화기로 가서 최동기가 말해 준 전화번호로 전화를 걸었다. 예의 갈라진 음성이 전화를 받았다. 그는 통장 계좌번호를 불러주었다.

갈라진 음성은 2분 후에 통장으로 돈이 입금될 거라고 했다. 그리고 잠시 후면 어떤 더러운 꼬마가 서울역의 무인보관함 열쇠를 전해 줄 것이라고 했다. 마지막으로 갈라진 음성은 행운을 빈다고 하면서 전화를 끊었다.

동세는 의자에 앉아서 기다리면서 정말 엄청난 금액의 돈이 입금될까 하고 생각했다. 2분이 지났을 때, 그는 통장정리기의 입구에 통장을 집어넣었다. 통장이 쑥 들어가고 북북 긋는 소리가 나더니 토해졌다.

통장을 살펴본 그는 낮은 신음 소리를 토했다. 그곳에는 분명히 1

억 5천만 원이 입금되어 있었다.

그는 자신도 모르게 흐흐흐…… 하고 낮은 소리로 웃었다.

그로서는 처음 만져 보는 엄청난 돈이었다. 청원경찰관이 의심스러운 눈길을 보내면서 그의 곁으로 다가와서는 기웃거렸다. 동세는 인상을 한 번 써주고는 3천만 원짜리 예금청구서를 써서 통장과 도장을, 방금 통장을 만들어 준 창구의 박주희에게 내밀었다.

무심코 통장을 펴든 박주희는 놀라는 얼굴을 했다. 그리고 한껏 미소를 지어 보였다.

"손님, 어떻게 드릴까요?"

그녀는 이렇게 물으면서 다시 머리칼을 두 번 귀 뒤로 쓸어넘겼다.

"왜 웃으시죠?"

동세가 웃는 모습을 보고 그녀가 물었다.

"아, 아닙니다."

동세는 '손님, 어떻게 드릴까요?' 하는 질문이 꼭 '손님, 저를 어떻게 드릴까요?' 하는 질문처럼 느껴져서 웃은 것일 뿐이었다.

그러고 보니 박주희는 늘씬한 여자였으며, 창구에 단순한 여행원으로 앉아 있기가 아까운 여자였다. 그런데 문제는 그녀가 한눈에 보아도 외로움에 지친 여자라는 데에 있다.

만약 박주희가 결혼한 여자라면 그녀의 남편은 나쁜 사람이다. 어떻게 이렇게 예쁘고 매력적인 여자를 외롭게 그냥 놔둘 수가 있단 말인가? 그것은 아름다운 여자에 대한 모독이며 또 아름다운 여자를 아내로 거느리고 살 자격이 없는 것이다. 이동세는 아직 스물두 살의 미혼에 불과하지만 여자에 관해서는 남들보다 아는 것이 많다.

"천만 원짜리로 두 장, 그리고 나머지는 백만 원짜리로 주십시오."

"잠시만 기다리세요."

그녀는 이렇게 말하더니 통장을 들고 담당 상사의 책상으로 뒷모습을 보이며 걸어갔다. 역시 예상대로 뛰어난 몸매를 지닌 여자였다.

펑퍼짐한 유니폼에 감싸여 있음에도 불구하고 그녀의 가늘고 긴 다리가 돋보였으며 알맞은 크기의 동그스름한 엉덩이는 가는 허리와 함께 기막힌 조화를 이루고 있었다. 게다가 그녀의 엉덩이는 한국여자들 특유의 빈대떡처럼 넙적하기만 하면서 긴 허리에 잇대어진 그러한 엉덩이가 아닌 서양 여자들처럼 위로 솟아 있는 탄탄한 볼륨의 엉덩이여서 더욱 마음에 들었다.

동세는 문득 오른쪽 손바닥이 근질거리는 걸 느꼈다. 그것은 박주희의 탐스런 엉덩이를 큰 손을 쫙 펴서 천천히 그리고 부드럽게 쓰다듬고 싶은 충동 때문이었다.

손바닥은 두껍지만 감각은 뛰어나다고 하던가? 동세는 그녀의 엉덩이를 통해서 그녀의 팬티스타킹과 팬티와 그녀의 미세한 감각까지도 충분히 느낄 수 있을 것 같았다.

키는 167센티미터 정도 그리고 많은 여자를 다루어 본 경험에 의하면 몸무게는 49에서 50킬로그램 정도로 여겨졌다.

동세는 문득 가죽바지 속에서 꽉 끼어 있는 아랫부위가 뜨거워지는 걸 느꼈다. 조금 전에 호텔에서 나온 동세지만 지난 1년을 외롭게 보낸 처지여서 아직도 그의 몸은 식을 줄을 몰랐다.

박주희가 돌아서서 그가 있는 곳으로 걸어왔다. 그리고 가지런한 치아를 환하게 드러내며 통장과 수표 그리고 현금카드를 내밀었다.

"확인해 보세요. 3천만 원입니다. 그리고 신용카드도 하나 만드시죠. 지금 신청하시면 1주일 이내에 댁으로 우송해 드릴 수 있는데요."

현재 1억 2천만 원이 입금되어 있는 통장 소유자에게 신용카드 발급을 권하는 건 은행원으로서는 당연한 일이었다.

"좋습니다."

어차피 강간할 여자를 찾아서 여기저기를 헤매고 다니려면 신용카드 같은 게 있어야 한다. 그는 박주희가 내미는 용지를 받아서 내용을 기록했다. 그리고 주소를 적으려던 그는 멈칫했다. 그는 현재 거주지가 없다. 교도소에 들어가기 전의 월세아파트는 진작에 얼마 안 되는 보증금과 함께 날아가 버렸을 것이다.

이럴 때 생전의 에밀 졸라 주소라도 알고 있었더라면 적어넣을 걸 하고 터무니없는 생각을 했다.

아마 졸라의 주소를 적어넣었더라면 졸라가 여자와 섹스를 하고 있을 때, 파리의 우편배달부가 편지요! 하고 외쳤을 것이다. 그럼 졸

라는 어떻게 했을까? 못들은 척하고 계속 섹스에 열중했을까? 아니면
벌떡 일어나서 바지를 꿰어 입고 이상한 웃음을 흘리며 우편배달부
에게서 신용카드가 든 우편물을 받아들었을까?

동세는 필기구를 몇 번 토닥이다가는 어쨌든 주민등록증에 현주소
로 되어 있는 월세아파트의 주소를 적어넣었다.

용지 작성을 다 끝낸 동세는 용지를 박주희에게 내밀었다. 그녀의
가늘고 길면서도 손질이 잘된 하얀 손이 용지의 끝을 잡았다. 아름다
운 손이었다. 그는 그 손과 손가락 하나하나에 키스를 하며 혀끝으로
핥아 보고 싶은 충동을 불현듯 느꼈다.

그는 순간적이었지만 용지를 잡은 손에 힘을 주었다. 용지가 팽팽
히 당겨졌다. 동세는 살짝 윙크를 했다. 당황한 그녀의 얼굴이 금방
붉어졌다. 그는 용지를 놓았다. 그녀는 용지를 책상 위에 놓고 고개
를 숙였다.

귀밑까지 빨갛게 물든 그녀의 모습이 귀여웠다. 그러자 침실에서
수줍어하는 그녀의 모습이 상상이 됐다. 그녀는 아마도 적어도 처음
에는 적극적으로 나가는 스타일은 아닐 것이다.

새하얗거나 약간 핑크톤이 감도는 팬티와 브래지어 정도는 남자가
부드럽게 벗겨주어야 하고 어느 정도는 사랑스런 말과 애무를 해 주
어야 그 다음부터 적극적인 반응을 보일 것이다. 하지만 일단 뜨거워
지면 그녀가 적극적으로 남자를 리드할 게 틀림없었다. 다만 그녀는

아직, 동세의 노련한 경험에 의하면 아직은 남자를 제대로 알지 못하는 것 같았다.

그는 신용카드는 1주일 후에 직접 찾으러 온다고 한 다음에 수고하세요, 하는 말을 남겨놓고 돌아섰다. 그러자 등 뒤에서 그녀의 낮은 한숨 소리가 새어나왔다. 아마도 뜨겁게 달아오른 그녀의 몸이 갑자기 식어가는 소리일 것이다.

동세 역시 지금 당장 어쩔 수 없는 것이 조금은 아쉬웠다. 생각 같아서는 당장에 박주희를 불러내서 부근의 여관에라도 직행하고 싶었으나 밖에는 유시애가 기다리고 있고 또 지금 해야 할 일도 있었다.

그는 은행을 나가려다가 자신의 수중에는 지금 현금이라고는 동전한 개도 없다는 걸 알고, 현금지급기에서 현금과 자기앞수표 10만 원권을 합해서 백만 원을 뽑은 다음 은행을 나왔다.

"아저씨가 이동세 씨인가요?"

초등학교 고학년 정도로 보이는 사내아이가 그가 거리로 나서자마자 올려다보며 물었다. 아이는 부근에서 구두닦이 보조라도 하는지 얼굴과 손에는 시커먼 구두약이 묻어 있었다.

"넌 누구냐?"

"난 그냥 심부름하는 아이예요. 근데 아저씨가 이동세 씨 맞아요?"

"그래, 내가 이동세다."

아이는 주머니에서 반으로 접힌 편지봉투를 꺼내어 그에게 내밀었다.

"자요. 어떤 아저씨가 이걸 전해 주라고 했어요."

"고맙다."

동세는 편지봉투를 열고 그 안에 담겨 있는 열쇠 하나를 꺼냈다. 서울역의 무인보관함 열쇠였다.

그는 열쇠를 주머니에 넣고 유시애의 차로 돌아왔다.

"서울역으로 가줘야겠어."

"동세 씨, 출감하자마자 너무 바쁜 것 아냐? 근데 그 꼬마는 누구지? 동세 씨 한테 뭘 주는 것 같던데?"

"그냥 사소한 일이야. 신경 쓰지마."

"하지만 난 걱정이 돼. 동세 씨는 아직 출감한 지 반나절도 지나지도 않았어. 벌써부터 날 외롭게 만들 생각은 아니겠지? 지난 1년간 동세 씨만 기다려 온 내 생각도 해 줘야 되지 않겠어?"

동세는 문득 한숨을 내쉬고는 담배를 꺼내 불을 붙였다. 그리고 담배 연기를 내뿜으며 말했다.

"계속 잔소리를 해댈 거라면 난 여기서 내려야겠어. 차라리 서울역까지 걸어가고 말겠어."

"좋아."

유시애는 눈을 흘기면서도 차를 출발시켰다. 그녀는 여자의 잔소리를 아주 싫어하는 동세를 잘 알고 있었다.

"그보다 오늘 바쁘지 않아? 직장에 들어가 봐야 하는 거 아냐?"

"오늘 하루는 시간을 비워뒀으니까 걱정하지 않아도 돼."

유시애는 광고회사의 잘 나가는 카피라이터였다. 최근에 뜨는 광고 카피 몇 개가 모두 그녀의 작품일 정도로 재능도 있는 여자였다. 말하자면 그녀는 미모와 돈과 재능 삼박자를 모두 갖추고 있었다.

서울역에 도착한 이동세는 무인보관함에 열쇠를 꽂아넣었다. 문을 열자 그 안에 마닐라지로 만든 서류봉투 하나가 들어 있었다.

그는 봉투를 열었다. 사진 한 장과 서류 한 장이 나왔다.

그는 먼저 사진을 꺼내어 살펴보았다. 사진 속에는 얼굴을 클로우즈업해서 찍혀 있는 한 아름다운 여자의 얼굴이 담겨 있었다.

여자는 언뜻 보기에도 대단한 미인이었다. 외국의 대학 캠퍼스 같은 곳을 배경으로 해서 가지런한 치아를 환하게 드러내며 찍혀 있는 그녀는 구김살이라고는 전혀 없는 것 같았다. 늙은 죄수 최동기의 말 그대로 그녀는 좋은 집안에서 곱게만 자란 아름다운 규수였다.

동세는 문득 낮은 한숨을 내쉬었다. 이렇게 아름답기만한 여자를 똥개 같은 그가 강간을 해서 짓밟아야 한다는 사실이 새삼 마음에 걸렸다.

그것은 거리를 쏘다녀서 온통 더럽고 냄새나는 똥개 한 마리가 아름다운 꽃이 활짝 피어 있는 꽃밭을 무참히 짓밟아대는 것과 조금도 다름이 없는 것이었다. 한마디로 그것은 아름다움에 대한 모독이며 또 죄악이기도 했다.

하지만 이동세는 이미 계약금으로 1억 5천만원을 받았다는 사실을 떠올리고 이번에는 서류를 꺼내어 읽었다. 만약 그가 계약을 이행하지 않으면 그는 손 하나를 내놓아야만 한다.

서류에는 그녀의 신상에 관한 간단한 것들이 적혀 있었다.

성　　　명: 채수연

생년월일: 1979년 9월 22일

본　　　적: 서울특별시 종로구 성북동 347-31번지

주　　　소: 서울특별시 종로구 성북동 331-22번지

참고사항: 현재 국내에 있는 것으로 알려지고 있으며 유일그룹 경
　　　　　영연구소에 취직 예정임.

자료치고는 대단히 간단했다. 어쩌면 채수연를 찾기 위해서 대단한 노력을 기울여야만 할 것 같았다.

그는 서류를 주머니에 챙기고는 유시애의 차로 돌아왔다. 그녀는 그를 돌아보더니 뭐라고 한마디 하려다가 입을 다물었다.

"이번에는 퇴계로로 가 주었으면 좋겠어."

"알았습니다, 사장님."

그녀는 얌전하게 대답을 하고는 글로브 박스를 열었다. 그리고 그

안에서 봉투 하나를 꺼내어 동세에게 내밀었다.

"출감 기념 선물이야. 약소하지만 도움이 되었으면 좋겠어. 하지만 다음에 또 출감 같은 걸 한다면 그때는 이런 선물 같은 건 없을 줄 알아."

"이게 뭐지?"

"열어 봐."

봉투 속에는 백만 원짜리 수표가 다섯 장이 들어 있었다.

"이거 뜻밖인데."

동세는 솔직히 조금은 감동을 했다. 돈에는 별로 신경을 안 쓰는 그녀이긴 하지만 그래도 5백만 원이면 결코 작은 돈이 아니다.

동세가 알기로는 아마 5백만 원이면 그녀가 약 40일 정도는 꼬박 직장에서 일을 해야 받을 수 있는 돈이었다. 그런데 그런 돈을 선뜻 내놓을 수 있다는 건 다시 말하면, 그녀가 그를 위해서 40일을 꼬박 봉사할 수 있다는 건 그를 특별하게 생각한다는 것으로 볼 수 있다.

동세는 돈이 조금 부담이 되었다. 그는 앞으로도 그녀에게 해 줄 게 별로 없었으며 또 특별히 해 줄 생각도 없었다. 물론 그녀가 감옥에서 나온 그를 기다려 준 건 알지만 그렇다고 그녀와의 결혼 같은 건 생각도 해 본 일이 없다.

그는 본능적으로 자유인이었다. 그래서 남에게 예속되는 걸 싫어했다. 하지만 그는 일단 그녀의 성의를 생각해서 받기로 했다.

"고마워, 잘 쓸게."

"고맙긴…… 난 동세 씨에게 근사한 오토바이를 한 대 사주고 싶었는데…… 그 돈이면 작은 거라도 한 대 살 수 있지 않을까?"

"그렇겠지. 자, 그럼 당장 오토바이 한 대를 사 볼까."

그녀는 퇴계로의 오토바이 상가 앞에 차를 세웠다. 동세는 외국산 오토바이 전문취급점으로 들어갔다. 그곳에는 세계의 명품으로 취급을 받고 있는 모터사이클들이 거의 모두 진열되어 있었다. 할리 데이비슨에서부터 BMW, 혼다, 가와사끼, 야마하, 이탈리아의 듀카티, 영국의 트라이엄프 등 거의 모든 모델이 있었다.

"오토바이를 구입하시게요?"

특이하게도 아직 10대 후반이나 20대를 갓 넘었을 것 같은 여자가 다가와서 물었다.

"여기에서 일을 하나요?"

"네. 여자라고 이런 데서 일을 하면 안 되나요?"

"그런 건 아니지만……."

"저도 오토바이에 대해서는 아주 잘 알고 있으니까 걱정 마세요. 자, 어떤 걸 보실 건가요?"

그러고 보니 그녀는 큰 키에 건강하고 날씬해 보이는 것이 오토바이 선수라도 되는 것 같았다. 특히 동세가 언뜻 보기에도 청바지를 팽팽하게 당기고 있는 하체가 잘 발달되어 있는 것이 허리 힘도 대단해서 오토바이 선수로는 제격일 것 같았다.

동세는 번쩍이는 할리 데이비슨 쪽을 살펴보았다. 우리나라 사람들 사이에서는 일명 '할리' 라고 불리우는 이 명품 오토바이는 상당한 고가품까지 다양한 종류가 진열되어 있었다.

동세의 가슴이 천천히 뛰었다. 이제 드디어 그도 꿈에 그리던 최고급의 오토바이를 갖게 된 것이었다. 그는 레드 톤의 울트라 클래식 일렉트라 글라이드를 만져 보았다.

거의 소형승용차만한 크기에 배기량도 거의 맞먹는 오토바이였다. 우리나라에는 약 2, 30대 가량이 팔린 상태이지만 동세는 이런 종류는 싫어했다.

오토바이를 둘러싸고 요란한 장식품들을 주렁주렁 붙이고서 잘난 체 울트라 클래식 오토바이를 타는 자들의 꼬락서니는 정말이지 가관이 아닐 수 없었다. 유아적인 사고방식을 갖은 자이거나 아니면 다 죽어가는 노인이 아니라면 탈 오토바이가 아니었다.

"그것을 사시게요?"

건강미가 넘치는 여종업원이 물어왔다.

"아니요. 난 이런 종류의 오토바이를 타는 자들은 경멸해요."

동세는 그 옆에 있는 잘 생긴 로드킹 클래식을 살펴보았다. 정말 미끈하면서 튼튼하게 잘 생긴 놈이었다. 그가 경멸하는 울트라 클래식 같은 쓸데없는 장식물들은 없었으며 뒷좌석 양 옆으로 두 개의 검정 가죽으로 만든 새들백이 붙어 있을 뿐이었다.

그는 흡족한 마음이 되어서 천천히 손으로 쓸어 보았다. 로드킹의 모든 것이 그대로 전달되어 오는 것만 같았다. 사내다운 터프한 힘과 미끈하면서도 단단한 근육질의 몸매 그리고 절대 변하지 않는 충직한 하인의 신뢰감 등 로드킹 클래식 오토바이의 모든 것을 그는 생생하게 느낄 수 있었다.

"동세 씨, 하지만 이건 꽤 비쌀 텐데…… 지금 내 형편으로는 이런 건 사 줄 형편도 안 되고…… 다음에 사면 안 될까?"

옆에 서 있던 유시애가 걱정스런 음성으로 말했다.

"로드킹은 좋은 오토바이죠. 우리나라에서 흔히 보이는 경찰관이나 헌병이 타는 할리보다도 등급이 높은 오토바이구요. 저도 가끔은 몰래 타 봅니다만 거의 오르가슴을 느낄 정도로 좋은 오토바이예요. 그런데 가격이 좀 비싼 편이예요."

여종업원도 한마디 했다.

"그런데 지금 오르가슴이라고 했나요?"

"제가 그랬나요? 그랬다면 나도 모르게 그만…… 그만큼 좋은 오토바이라는 걸 표현하다 보니……."

여종업원은 유시애를 한 번 쳐다보고는 얼굴을 붉혔다. 그러자 유시애는 경멸하듯이 새침한 표정을 떠올렸다.

동세는 여종업원의 솔직한 표현이 마음에 들었다. 그녀는 아마도 섹스도 대담하며 솔직하게 할 것 같았다.

분명히 여성상위 행위를 즐기며 한 번 섹스를 시작하면 온몸에서 땀을 비 오듯이 쏟아내기 전에는 절대로 탄탄한 허벅지로 휘감아놓은 남자를 놓아줄 것 같지 않았다. 아마 적당한 상대를 만나기만 한다면 열정적인 섹스를 밤이 새도록 할 수 있는 여자일 것이다. 그녀는 건조 중량이 335킬로그램인 로드킹을 다룰 수 있을 정도로 튼튼한 허벅지와 넘치는 힘을 지닌 여자인 것이다.

동세는 자신도 모르게 침을 꿀꺽 삼켰다. 여종업원의 청바지에 감싸여 있는 팽팽한 허벅지와 탄력 있는 엉덩이가 새삼 눈에 들어왔다. 넘치는 힘이 그 허벅지 사이에 그대로 숨어 있는 것만 같았다.

동세는 오금이 저려오는 것만 같아서 낮으면서도 뜨거운 한숨을 몰아쉬었다.

"아녜요. 난 이해합니다. 그 둔중한 엔진의 진동은 충분히 오르가슴으로 이끌 만하죠. 게다가 로드킹 같은 멋지고도 터프한 사내의 품에 안겨 있는 기분이란 여자라면 누구나 느끼고 싶어 하는 그런 게……."

"됐어요, 손님. 이제 그만 해 주시면 고맙겠어요……."

여종업원은 얼굴이 붉게 상기되어서 제지했으나 동세는 충분히 상상할 수 있었다. 그는 어느 여자 라이더에게서 오토바이를 탈 때면 팬티 속에 생리대를 한 장 넣고 탄다는 고백까지 들은 일이 있었다.

아마 이 여자도 스피드와 멋진 사내의 호흡 소리 같은 엔진의 진동을 즐기면서 팬티가 축축해지도록 오르가슴을 느꼈을 것이다. 그래서 마침내는 이 여자는 무서운 스피드 속에서도 허리를 뒤틀며 기절을 하고 싶었을지도 모른다.

"그럽시다. 그런데 이 친구 가격이 얼마나 됩니까?"

동세가 로드킹을 사람이라도 되는 것처럼 다정스럽게 두드리며 물었다.

"고급 승용차 한 대 값이에요."

여종업원은 쉽게 가격을 이야기하지 않았다.

"혹시 한 2천만원 정도 하는 겁니까?"

"옛날에는 그랬지만 지금은 그 돈으로는 어림도 없어요.."

"그럼 얼마나 주어야 이 친구를 내 것으로 만들 수 있는 겁니까?"

"그것보다는 좀 가격이 낮은 듀카티는 어떠세요? 듀카티는 그 디자인 때문에 우리나라 사람들이 유난히 좋아하는 모델이죠."

그녀는 은빛으로 빛나는 멋진 오토바이를 가리켰다.

"98년형 ST2예요. 가격은 천 2백만 원 정도 되구요. 아니면 가와사끼 1500 클래식이나 발칸 1500도 좋을 거예요. 전에는 어떤 종류를 타셨죠?"

여종업원은 나름대로 동세의 주머니 사정을 고려해서인지 한 등급 아래의 모델을 자꾸 권하고 있었다.

"발칸 750 중고를 탔죠. 그때는 돈이 없던 시절이었으니까요."

"그랬군요. 그렇다면 가와사끼 1500 클래식이나 발칸 1500 정도면 좋지 않을까요? 성능이 배나 좋은 건데요. 안 그러면 영국제 트라이엄프의 데이토나 T595도 적당할 거예요. 사신다면 특별히 좋은 가격에 드릴게요."

"그것도 좋지만 난 아무래도 할리의 로드킹을 타야겠어요. 얼마입니까?"

할리 데이비슨은 그가 꿈에도 그리던 것이었다. 그래서 BMW나 트라이엄프나 혼다의 괜찮은 오토바이들이 전혀 눈에 들어오지 않았다.

"좋아요. 정 그러시다면 한푼도 에누리할 수 없는 2천 7백 50만 원이예요."

그녀는 단숨에 말해 버리고는 동세가 놀라지 않는지 쳐다보았다.

"그 정도는 각오하고 왔어요. 대신 에누리를 하지 않는 대신 부탁이 있어요."

"동세 씨! 어쩌려고 그래?"

유시애가 깜짝 놀라서 그의 팔을 잡아당겼다.

"걱정마. 내게 돈이 있으니까."

"설마 냄새나는 교도소장 돈을 몽땅 털어 나온 건 아니겠지?"

그녀가 속삭이듯이 물었다.

"만약 내가 그랬다면 지금쯤 교도소장이 내 엉덩이에 총구멍을 내 놨을 걸."

"그런데 부탁이란 뭔가요?"

"헬멧 하나를 서비스로 달라는 겁니다."

"헬멧이라구요? 좋아요. 저쪽에 있는 것들 중에서 마음에 드는 것 으로 골라 보세요."

그녀는 의외라는 표정을 지으면서 장식장에 나란히 진열해놓은 헬 멧들을 가리켰다. 그러나 동세는 고개를 저었다.

"저런 스타일은 내 취향이 아닙니다. 다른 디자인은 없나요?"

"창고에 있긴 한데요."

"그럼 같이 창고에 가서 골라 봅시다."

"그러시죠."

동세는 여종업원과 함께 사무실 뒤쪽에 있는 물건 창고로 들어갔 다. 여종업원이 오토바이용 물건들이 가득 쌓여 있는 좁은 통로로 들 어가더니 헬멧 몇 개를 가리켰다.

"여기서 골라 보세요."

"헬멧은 필요 없으니까 대신 이걸 골라도 되겠습니까?"

그녀의 뒤에 바짝 붙어선 동세는 그녀의 히프를 쓰다듬으며 그녀 의 귀에 대고 속삭였다.

"어머! 이러시면 곤란해요."

그녀는 이렇게 말하고 있었지만 눈은 빛나고 있었다. 동세는 그녀를 끌어안고 반팔 티셔츠를 걷어올렸다.

"아, 안 돼요. 정말 안 돼요……!"

"쉬잇, 밖에서 들어, 조용……!"

"하, 하지만……!"

그녀는 더 이상 말을 잇지 못하고 나른한 신음 소리를 냈다. 동세의 손이 그녀의 커다란 젖가슴을 우악스럽게 주무르고 있었던 것이다.

동세는 그녀의 청바지 벨트를 벗겨내고 엉덩이에 꽉 끼어 있는 바지를 아래로 끌어내렸다. 바지는 워낙 그녀의 팽팽한 하체를 조이고 있어서 쉽게 벗겨지지 않았다. 그는 그녀의 가는 허리와 부드럽고 매끈한 아랫배에 키스를 하면서 바지를 잡은 손에 힘을 주었다. 이윽고 바지가 벗겨져서 한쪽 다리에서 빠져나왔다.

이번에는 입술로 그녀의 손바닥만한 팬티를 물어서 끌어내렸다. 갈색으로 밝게 빛나는 그녀의 음모는 보드랍고도 무성했다. 동세는 감미로운 향기가 배어 나오는 그곳에 키스를 해 주었다.

그녀는 괴로운 듯이 신음 소리를 내면서 몸을 뒤틀었다. 코끝에 와 닿는 그녀의 무성한 음모에는 오염되지 않은 정결한 처녀의 냄새가 있어서 좋았다. 희미한 오줌 냄새가 나는 것 같기도 했다. 여종업원이 그의 머리를 잡고 힘을 주었다. 그녀는 마치 그의 머리를 절대 놓지 않겠다고 결심을 한 것 같았다.

동세는 벌떡 일어서서 그녀를 돌려세운 다음 엎드리게 했다. 그녀는 순순히 시키는 대로 장식장을 잡고 엉덩이를 뒤로 뺐다. 연한 갈색 빛이 감도는 팽팽하면서도 부드러운 엉덩이였는데 마치 잘생긴 암말의 것 같았다. 그는 그 엉덩이에 만족해서 손바닥으로 찰싹 소리가 나도록 쳤다.

"로드킹을 좋아한다고 했던가?"

그는 한 손을 이용해서 바지를 끌어내리면서 그녀의 귓가에 대고 뜨거운 입김과 함께 속삭였다.

"그, 그래요……!"

그녀의 들뜬 음성이 가쁘게 흘러나왔다.

"내가 할리의 로드킹이 어떤 것인가를 보여주겠어……!"

"기대가 되네요. 어서요……!"

그녀가 엉덩이를 흔들었다. 벗겨놓고 보니 팽팽하면서도 동그란 엉덩이는 엄청나게 큰 것 같았다. 그는 그녀의 가늘면서도 유연한 허리를 움켜잡고 힘을 주었다.

그녀는 엉덩이를 흔들면서 가쁜 호흡을 토해냈다. 그녀는 마치 성능 좋은 오토바이를 타고 비포장도로를 달리는 것처럼 흔들리며 연신 숨이 넘어가는 듯한 가쁜 신음 소리를 냈다.

"조, 좋아요……! 이, 이런 기분 처음이예요……! 꼭 주, 죽을 것만 같아요……!"

"그, 그럼 그만둘까……?"

"아, 아녜요. 계속해 줘요…… 계속…… 계속……!"

여종업원은 정말 동세가 중단하려는지 알고 다급하게 말했다.

사무실 쪽에서 동세 씨, 하고 유시애가 부르는 소리가 들려왔다. 하지만 동세는 멈추지 않았다. 세상이 당장에 망하지 않는 한, 이런 작업을 중단할 수는 없는 것이었다. 만약 여기에서 멈춘다면 그건 인류의 종족 번식에 대한 모독이 된다. 동세는 더욱 열심히 그녀를 밀어붙였다.

그녀의 등과 엉덩이에는 이미 땀이 물기처럼 번져서 흥건했다. 그녀가 잡고 있는 장식장이 마구 흔들리며 보조를 맞추듯이 헬멧들이 덜거덕거리는 소리를 냈다.

다시 밖에서 유시애가 부르는 소리가 들려왔다. 그러자 동세는 더욱 그녀의 엉덩이를 잡은 손에 힘을 주고 힘차게 밀어붙였다. 이제 장식장은 마치 무너질 듯이 흔들렸다. 하지만 두 사람은 도저히 멈출 수가 없었다.

이윽고 동세는 으흐흐……! 하는 신음 소리를 내면서 그녀의 등을 향해 엎어졌다. 그 바람에 헬멧 두 개가 바닥으로 떨어져서 굴렀다.

잠시 후, 그 자세 그대로 거친 호흡을 가다듬은 두 사람은 일어서서 옷을 입었다.

"난 정말이지 미치는지 알았어요……!"

아직도 나른하게 취해 있는 그녀는 달콤한 음성으로 속삭였다.

"어때, 로드킹 같던가?"

"아니 로드킹보다 훨씬 훌륭했어요. 그런데 우리 다시 또 만날 수 있을까요?"

그녀는 동세를 놓치기가 싫었다. 남자 경험이 거의 없는 그녀이긴 하지만 이렇게 강렬한 경험은 처음이어서 이번 한 번만으로 끝내기에는 몹시 아쉬웠다.

"기회가 되면 만날 수 있지 않을까?"

동세는 바닥에 떨어진 헬멧 하나를 주워들고 이렇게 말했으나 그도 한 번으로 끝내기에는 아쉬움이 있었다. 힘과 타고난 테크닉이 좋은 이런 여자는 쉽게 만날 수 있는 여자가 아니었다. 아무래도 조만간 다시 연락해야 될 것 같았다.

"꼭 연락을 주세요, 네? 내 이름은 이영미예요, 이영미. 꼭 기억해 두세요."

"알았어. 이, 영, 미……!"

동세가 먼저 옷을 챙겨 입고 사무실로 나왔다.

"왜 이렇게 오래 걸려? 헬멧을 새로 만들어서 온 거야?"

유시애는 낌새가 이상하다고 느꼈는지 그를 살펴보며 말했다. 그러고 보니 그녀는 냄새라도 맡은 것처럼 동세의 머리에서부터 발끝까지 새삼스럽게 살펴보고 있었다. 하지만 아무리 그녀라 해도 그 사이에 창고에서 섹스를 하리라고는 상상도 못할 것 같았다.

"괜찮은 물건이 구석에 있는 바람에 그걸 꺼내느라고……."

"동세 씨, 그런데 정말 돈이 있긴 있어서 로드킹을 산다는 거야?"

"물론."

그는 주머니에서 수표를 꺼내 보여주었다. 여종업원은 이제서야 조금은 새침한 표정을 하고 나왔다.

그는 수표로 2천 7백 50만 원을 여종업원에게 지불하고 로드킹을 끌어냈다. 그가 고른 로드킹은 그린과 블랙의 말하자면 미스틱 투 톤 컬러여서 은빛 차체와 세련된 조화를 이루고 있었다.

335킬로그램이 주는 중량 때문에 힘이 좋은 그로서도 로드킹을 움직이기가 만만치가 않았다. 여종업원이 서비스라고 하면서 라이더용 테크닉 부츠 하나를 가져다 주었다. 쉽게 구입할 수 없는 맨하탄 상표의 롱부츠였다.

"40만 원짜리인데 신어 보세요. 잘 맞을 거예요."

여종업원은 쭈그리고 앉더니 그의 발에서 낡은 부츠를 벗겨내고 새 부츠를 신겨주었다. 마치 아내라도 되는 것처럼 정성스럽게 신겨 주고 구둣솔로 솔질까지 해 주었다. 부츠는 처음부터 그의 것이었던 것처럼 아주 잘 맞았다.

"내 선물이예요."

여종업원은 이렇게 말하고 고개를 들어서 그를 쳐다보았다. 우스

꽝스럽게도 그녀의 얼굴에는 이별의 슬픔 같은 것이 물기처럼 묻어 있었다.

동세는 조금 씁쓸해졌다. 세상의 더러운 물정과는 거리가 먼 순수한 여자를 괜히 건드린 게 아닌가 하는 생각 때문이었다.

동세는 여종업원에게 고맙다는 말을 남기고 로드킹의 시동을 걸었다. 단번에 걸리는 엔진이 부드럽고도 탄력 있는 소리를 내면서 할리 특유의 둥두둥~두두둥~ 하는 둔중한 배기음이 흘러나왔다.

그 배기음은 좌석과 엉덩이를 통해서 뱃속의 내장까지 진동을 시킬 정도로 실로 감동적인 소리였다.

그는 기어를 넣고 출발했다. 로드킹이 부드럽게 전진했다.

그래, 이제 출발이다! 다시는 뒤돌아보지 않을 잘난 내 인생! 시궁창만 같았던 내 인생! 그래 이제 개 같은 내 인생이 간다!

뒤에서 그를 부르는 소리가 들렸다.

아, 잠자리다……!

동세는 문득 이렇게 감동의 소리를 지를 뻔했다. 오랜 세월 잊고 지낸 기억의 저편, 그곳에 묻혀 있던 물잠자리 한 마리가 빛의 파동을 일으킴으로써 순수함으로 가득 찬 어린 시절의 기억 역시 파동을 일으키고 있었던 것이다.

아……!

동세는 움직일 줄을 모르며 물잠자리를 지켜보았다. 잠자리가 움직이는 대로 어노니머스의 엉덩이며 허리와 다리를 따라 시선을 움직이며 그대로 지켜보았다.

어둠과 폐쇄, 탈옥, 절망, 희망, 자유, 이런 단어들이 편린처럼 떠오르다가는 잠자리 날개에 의해 부서지듯이 흩어졌다.

제3장 미스어노니머스

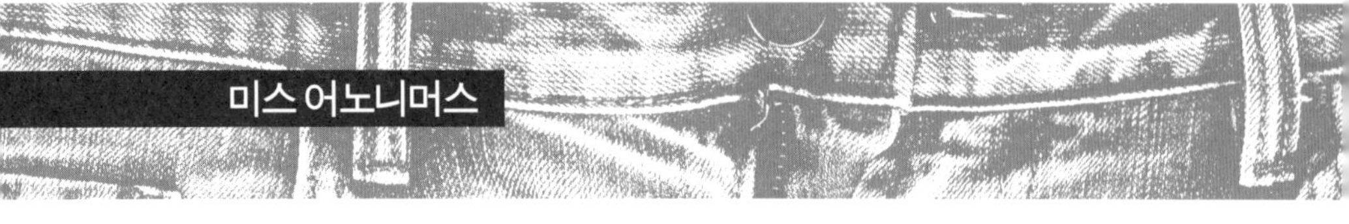

로드킹의 매력에 흠뻑 빠진 동세는 대답하지 않았다. 엉덩이를 타고 전해져 오는 그 엔진의 부드러운 진동은 실로 감동적이기까지 했다.

엔진의 견고한 금속과 질 좋은 검정 가죽 시트로 그리고 마침내는 엉덩이와 허벅지를 부드럽게 조어 오면서 진동을 일으키는 그 할리의 로드킹은, 갈기를 휘날리며 벌판을 달리는 야생마를 탄 것처럼 아직은 썩 익숙지는 않았다.

그는 기어를 변속하고 속도를 높여 보았다.

두두둥……! 하는 엔진음과 함께 로드킹은 승용차들 사이로 커다란 몸체를 날렵하게 들이밀었다. 차량들 사이를 아슬아슬하게 스칠

듯이 빠져나갔다.

여기저기서 승용차들이 브레이크를 밟아대는 소리가 귓전을 스쳤다. 운전자들 몇몇은 주먹을 휘두르면서 욕설을 퍼붓고 있으리라.

그는 낄낄거리며 웃었다. 비로소 자유인이 되었다는 쾌감이 오르가슴처럼 번져왔다.

자유!

그래, 나는 왔어! 감옥에서 이제야 자유를 찾아왔단 말이야!

손에 와 닿는 로드킹의 핸들링은 생각보다 매끄러웠다. 핸들링이 중량급답게 둔중한 감이 있으면서도 신기할 정도로 부드러웠다.

동세는 양팔에 와 닿는 적절한 힘의 배분과 안정감을 느끼면서 만족해했다.

아직은 커다란 몸체의 로드킹을 무리없이 다루기에는 그의 힘이 부족한 감이 있지만 그건 조만간 익숙해질 것이다.

그는 분당 쪽으로 빠졌다가 국도로 접어들었다. 그리고 속도를 높였다.

엄청난 스피드가 전신을 감쌌다. 생각보다 접지력도 좋아서 로드킹은 아스팔트를 낮게 날아가는 비행물체처럼 느껴졌다.

그는 고전적인 하드락인 '하이웨이 스타'를 흥얼거렸다.

앞서가던 빨간 스포츠카 한 대가 그의 로드킹을 발견하고는 제풀에 비틀하더니 재빨리 도로변으로 피했다. 그는 손을 들어주었다.

스포츠카에는 젊은 여자가 혼자 타고 있다가 그에게 손을 흔들어 주었다. 제법 예쁜 여자라는 걸 그 빠른 스피드에서도 한눈에 알 수 있었다.

그것은 거의 그만이 갖고 있는 본능적인 감각이나 다름이 없었다.

그는 여자의 뒷모습만을 보아도 또는 얼굴도 알아보기 힘들 정도로 멀리 있는 여자를 보기만 해도 그녀가 미인인가 아닌가를 알 수 있었다.

그는 서서히 속도를 늦추었다. 아직 감옥에서 나온 지 채 24시간도 지나지 않은 처지여서 그는 모든 것이 넘치고 있었다.

조금 더 전진을 하자 아래층에는 레스토랑을 하고 그 위에는 숙박 시설이 있는 전형적인 러브호텔이 아담한 모습을 드러냈다.

그는 그리로 들어가서 커피 한 잔을 시켰다. 벽면이 통유리로 되어 있어서 진한 녹음이 우거진 그럴 듯한 시골 풍경이 눈에 들어왔다.

그곳은 작은 계곡이 무성하게 우거진 나무들 사이로 드러나 있는 풍경이어서 동세는 차가운 물에 발을 담그고 싶다는 충동을 일으키게 했다.

그리고 보니 그가 계곡물 같은 곳에 발을 담가 본 건 아득한 옛날의 일로만 여겨졌다. 그간 그는 너무 거칠고 각박하게만 살아왔던 것이다.

잠시 후, 예의 빨간 스포츠카가 주차장으로 미끄러져 들어왔다. 역시 그의 예상대로 스포츠카에서 내린 여자는 눈에 번쩍 뜨이는 미녀였다. 이번에도 예상이 틀리지 않은 그는 기분이 좋아서 호호호……하고 웃으며 커피 잔을 기울였다.

여자가 문을 열고 들어오더니 그를 돌아보았다. 그녀의 눈이 반짝하고 빛나는 것 같았다. 동세도 그걸 알고 있듯이 그녀는 말하자면 그를 따라온 여자였다.

그녀는 인디고 블루의 반팔 티셔츠에 노란색 버뮤다 반바지를 입은 모습이 아주 세련되어 보였다. 가슴과 허리 엉덩이와 다리를 흘러내리는 선은 미끈했으며 그러면서도 탄탄한 볼륨이 있었다. 게다가 우리나라 여자들에게 아주 흔한 짧은 다리도 아니었다.

동세는 아무리 여자가 미인이라고 해도 엉덩이가 땅에 끌릴 정도로 다리가 짧은 여자는 절대 사절이었다. 그건 여자의 짧은 다리를 벌리고 섹스를 하려고 허우적이는 자신의 모습이 어쩐지 초라해 보이고 또 그런 여자와는 섹스도 이루어지지 않아서였다.

노란색 진바지에 팽팽하게 감싸어 있는 그녀의 엉덩이를 쓰다듬고 싶다는 생각이 불현듯 떠올랐다. 손바닥 가득 와 닿는 그 엉덩이의 살아 움직이는 듯한 부드러운 감촉은 생각만 해도 가슴이 흔들렸다.

엉덩이는 그리 크지 않으면서도 동그란 것이 날씬한 허리와 조화를 잘 이루고 있었으며 전체적인 자세는 우아한 편이었다.

아마도 차밍스쿨 정도는 다니면서 자세 교정 정도는 받은 것 같았다.

동세는 헛기침을 하고는 일어섰다. 그리고 그가 메시지를 주기를 기다리며 머뭇거리고 있는 여자를 향해 미소를 지어 보였다.

"괜찮으시다면 이쪽으로 오시겠습니까? 아까 일을 사과도 드릴 겸 해서 제가 커피 한 잔 사겠습니다."

"좋아요."

여자가 스스럼없이 하얀 이를 드러내며 웃었다.

"커피를 한 잔 하시겠습니까?"

"커피보다는 맥주 한 잔이 좋을 것 같아요."

동세는 손을 들어서 주문을 했다. 그의 몫으로도 버드와이저 작은 것 한 병을 더 시켰다. 마침 오래간만에 긴장을 하면서 땀을 뺀 탓으로 목이 마르던 터였다.

"아까는 정말 혼이 나는 줄 알았어요. 사이드밀러로 언뜻 보니까 마치 오토바이가 비행접시처럼 날아오는 거 같았거든요."

"그랬습니까? 그렇다면 다시 한 번 사과드립니다. 그럴 의도는 전혀 없었는데 오토바이만 타고 보면 나도 모르게 스피드가 붙는 바람에 그만……."

"실은 제가 아직은 초보운전자라서 엄청 겁이 많아요. 아빠를 졸라서 간신히 차를 한 대 뽑기는 했지만 말예요."

그녀는 귀엽게 혀를 날름해 보였다.

나이는 20대 초반 정도로 여겨졌으며 부유한 집안에서 자란 전형적인 압구정 스타일의 여자였다. 나름대로는 단정하게 차려입은 듯싶지만 그녀의 전신에서는 어딘가 퇴폐적이며 유흥적인 요소가 강하게 묻어 있었다.

말하자면 그녀는 인생의 관조라든가 이런 것과는 거리가 멀며 오직 인생은 '즐기는 것' 외에는 목적이 없다, 라고 자신 있게 말할 수 있는 여자였다.

그녀가 몰고 온 빨간 스포츠카는 언뜻 보아도 상당한 고가품이었다.

"그런데 오토바이를 아주 잘 타시는 모양이죠."

그녀는 이렇게 말하면서 새삼 그의 가죽재킷과 가죽바지에 감싸인 탄탄한 그의 몸을 바라보았다. 그녀의 눈이 빛나는 걸 동세는 알고 있었다. 동세는 그녀의 시선 때문에 온몸이 발가벗겨지는 것만 같은 기분이었다.

그녀는 나직하게 한숨을 내쉬고는 자세를 고쳐 앉았다. 늘씬하면서도 긴 다리가 그가 있는 쪽까지 뻗어 와서 바로 그의 무릎 앞에서 천천히 흔들렸다.

그러자 그녀의 하얀 캔버스화에 감싸인 발은 마치 그의 가죽바지를 아니, 좀 더 정확하게 말하면 가죽바지 속의 피부를 그리고 좀 더 진전하자면 허벅지와 그 사이까지 건드리고 싶어서 안달을 하고 있었다.

게다가 넓은 공간에 손님이라고는 그들 둘 뿐이고 여주인인 젊은 여자는 주방 쪽에 있었기 때문에 그들 둘만의 공간은 어느 정도는 확보되어 있는 셈이었다.

이곳에서 당장에 모든 옷을 홀랑 벗어 버리고 마룻바닥에서 짐승처럼 뒹굴지 않는 이상 그리 문제될 건 없을 것 같았다.

동세는 그녀와 맥주병을 가볍게 부딪치고는 각자 술을 마셨다.

"그런데 우리는 아직 이름도 모르는군요."

동세는 맥주병을 입에서 떼고는 말했다.

"그게 뭐 그렇게 중요한가요? 차라리 익명이 좋지 않은가요?"

"그건 그렇습니다. 그럼 앞으로 미스 어노니머스(Anonymous)로 불러도 되겠죠?"

그 사람은 나타내는 이름이 더러는 부자연스러울 때도 있는 법이다. 현대인은 때로는 익명성을 즐기기도 한다.

"좋을 대로 하세요."

"오토바이는 오래 타셨나요?"

여자의 발이 테이블 밑에서 그의 무릎을 건드리고 있었다. 그녀의 발에서는 어느새 운동화가 벗겨져 있었다.

"꽤 오래됩니다."

그는 다리에 지그시 힘을 주었다. 그녀의 발이 점점 위쪽으로 올라오면서 전후로 조금씩 움직였다.

"오토바이를 즐기는 사람들은 보통 사람들보다 자극을 원하는 사람들이라고 보면 될까요?"

"자극을 원한다는 게 적당한 표현인지는 모르겠습니다만 나는 오토바이를 타면서 오르가슴을 느끼는 편이죠. 그 강렬한 스피드가 주는 쾌감 말입니다."

"오토바이와 오르가슴이라는 표현은 처음 들어요. 그럼 그 오르가슴은 섹스할 때와 같은 오르가슴인가요?"

여자는 부(富)로 도배한 스타일답게 부끄러움이라고는 조금도 없었다. 그녀의 발은 허벅지까지 올라와 있었다. 그녀는 그 자세 그대로 의자를 끌어서 조금 앞으로 다가앉았다.

동세는 빙긋 미소를 지었다.

"그건 직접 경험해 보는 게 좋겠습니다."

"어때요? 그럼 저 근사한 오토바이 좀 태워주겠어요?"

"어렵지 않습니다."

얼굴이 조금 상기된 그녀는 나직하게 한숨을 내쉬었다. 그녀의 발이 부풀어 오른 그의 남성을 집요하게 건드리고 있었던 것이다.

그는 어노니머스에게 미소를 지어주고 테이블 밑으로 손을 내려뜨렸다. 그녀의 매끄러운 다리가 손에 잡혔다. 그것을 쓰다듬자 그녀는 갑자기 몸을 움찔하고는 다시 한숨을 내쉬었다.

그는 손을 뻗어서 노란색 버뮤다 반바지 속으로 손을 집어넣었다.

하지만 버뮤다 스타일의 반바지는 근본적으로 통이 좁은 편이어서 손이 허벅지 중간 부분에서 더 이상 들어가지 않았다.

그는 손을 뻗어서 그녀의 의자를 그의 옆으로 당겨놓았다. 그리고 그녀의 인디고 블루 컬러의 티셔츠에 감싸여 있는 그녀의 가는 허리에 손을 둘렀다. 손바닥에 와 닿은 허리의 매끄러우면서 생생하게 살아 있는 감각은 그만이었다.

손은 자연스럽게 그녀의 반바지를 채우고 있는 은제 단추 위에 머물렀다. 그는 손가락 두 개로 단추를 벗겨내고 지퍼를 조금씩 아래로 미끄러뜨렸다.

매끄러운 아랫배에 있는 하얀 팬티가 조금 보였다. 팬티는 델타 지역을 겨우 가릴 수 있을 정도로 자그마한 것이었다. 그 속으로 손을 미끄러뜨리자 부드러운 음모가 손가락 끝에 만져졌다. 그녀는 낮은 신음 소리를 내면서 엉덩이를 들썩였다.

이번에는 그녀의 가늘고도 긴 손이 그의 가죽바지 지퍼를 내리고 그 속으로 쑥 들어왔다. 한껏 팽팽해진 그의 남성은 그녀의 손에 포로처럼 잡혀 있었다. 그리고 그녀의 몸은 가늘게 떨리고 있었다.

왼손을 뻗어서 그녀의 티셔츠 위로 젖가슴을 더듬었다. 크면서도 탄력이 있는 데다가 노브래지어 차림이어서 손에 와 닿는 감촉이 그대로 살아 있었다.

주방 쪽으로 시선을 돌리자 커다란 커피메이커 옆에 있는 젊은 주인 여자와 눈이 마주쳤다. 그녀는 당황해서 황급히 고개를 떨구었다. 그녀는 아마도 계속 지켜보고 있었던 것 같았다.

동세는 주인 여자가 고개를 들기를 기다리면서 계속 주인 여자를 바라보았다. 이윽고, 주인 여자가 고개를 들었다. 동세는 기다렸던 것처럼 윙크를 했다. 주인 여자의 얼굴이 빨개진 것도 같았다. 하지만 이번에는 시선을 비키지는 않았다.

그녀는 두 사람의 모든 행동을 지켜보아 주겠다고 결심을 한 사람처럼 똑바로 그를 바라보고 있었다. 어쩌면 앞이 차단된 주방 테이블 아래에서 그녀는 자신의 허벅지를 쓰다듬을지도 모른다는 생각이 들었다.

그러자 1878년에 조지 네이피스가 한 말이 문득 떠올랐다.

여성은 남성과는 달리 천박한 정열을 갖고 있지 않는 생물이다. 그리고 예외는 있지만 여성은 일반적인 남성이 느끼는 성감의 10퍼센트만 맛볼 수 있는 경우도 있다. 또한 행위 중에 분비되는 점액은 음란한 여자나 사치스런 여자에게만 나타나는 현상이다.

도덕가적인 터무니없는 말이어서, 여성이 오르가슴에 다다르면 수명이 단축된다는 한 독일 산부인과 의사가 1894년에 한 말이나 다름이 없었다.

동세는 과연 이 여자는 무엇인가 하는 점을 잠시 생각해 보았다. 그리고 이 여자의 흥분은 무엇이며 이 여자와의 섹스는 또 무엇인가도 생각해 보았다.

그가 한때 철학을 전공하게 된 원인이 궁극적으로는 여자에게 있고 또 프랑스로 간 것 역시 여자 때문이라고 할 수 있을지 모르지만 아직 그가 아는 건 아무것도 없었다.

그녀의 허벅지 안쪽에 있는 그의 손가락은 충분히 젖어 있었고, 목덜미에 와 닿는 그녀의 부드러운 숨결은 그를 흥분시키고 있었지만 역시 그가 아는 건 아무것도 없었다.

그건 주인 여자도 마찬가지일 것이다. 젊은 주인 여자는 계속 그들을 지켜보면서 그 자리에 그대로 서 있지만 그녀 역시 아는 건 없을 것이다. 다만 그녀가 아는 건 테이블 밑에서 행하는 자위행위 뿐일 것이다. 아까부터 여자의 오른쪽 손은 지속적으로 움직이고 있었으며 얼굴 표정은 조금 이상했던 것이다.

동세는 미스 어노니머스의 티셔츠를 젖가슴 아래에까지 걷어 올리고 그 속으로 손을 집어넣었다. 주인 여자에게 의도적으로 보여주기 위한 행동이었다.

“우리 위로 올라갈까요?”

여자가 끈끈한 눈으로 그를 올려다보며 물었으나 동세는 고개를 저었다.

"그보다 오토바이를 타는 건 어떨까요?"

"좋아요. 지금 당장 타요."

동세와 그녀는 같이 일어섰다.

주인 여자는 동세가 내미는 돈을 받으면서도 전혀 시선을 피하지 않았다. 오히려 동세를 똑바로 바라보았다. 그렇다고 동세에게 어떤 기대를 하는 눈은 아니었다.

그녀는 낯선 남자와 외도를 하기보다는 마스터베이션으로 만족을 하는 스타일인 것 같았다. 나이는 서른이나 서른 한, 둘 정도 되어 보였고 얼굴은 예쁜 편이었다. 동세는 그녀를 그의 리스트에 넣을까 어쩔까 하다가 그냥 레스토랑을 나왔다.

아마 그녀는 이제 곧 테이블에 기대어 서서 다리를 벌린 다음 어쩌면 팬티를 입은 그대로 아니면 팬티를 엉덩이에서 끌어내린 다음, 본격적으로 마스터베이션을 할 것 같았다.

두 눈은 열에 들뜬 듯이 허공을 바라보고 있고 그녀의 머릿속에는 좀 전에 그들이 연출한 섹시한 모습이 슬로우비디오 모션으로 흘러간다. 그러면 그녀는 어쩌면 안타깝게도 구체적으로 떠오르지 않는 영상 때문에 좀 더 손을 빨리 움직이면서 그녀의 작고 예쁜 성기를 처음에는 부드럽게 그리고 점차 강하게 자극한다. 그 시간은 30분 이상이 될 수도 있겠지만 그녀는 그렇게 긴 시간을 요구하는 스타일의 여자는 아닐 것이다.

그리고 그녀는 입을 약간 벌린 채 가쁜 호흡을 하면서, 때로는 도톰한 입술을 가볍게 문 뒤에 목구멍 저 깊은 곳에서부터 우러나오는 신음 소리를 낸다. 아마도 그녀의 걷어 올린 다리는 테이블 뒤에서 떨리고 힘이 빠진다. 나른한 피로가 밀물처럼 몰려오지만 그녀는 언제 들어올지도 모르는 레스토랑의 손님을 맞이하기 위해서 곧 부드러운 티슈를 꺼내어 허벅지 사이의 예쁜 성기를 잘 닦는다.

약간 아쉬운 감이 남으면서도 좀 전에 본 동세와 미스 어노니머스의 모습은 잘 잊혀지지 않는다. 그녀는 그래도 두 남녀를 잊으려고 하면서 가랑이 사이로 팬티를 끌어올리고는 스커트를 내린다. 그리고 조리대로 가서 손을 닦는다.

동세는 이렇게 생각하면서 주인 여자를 돌아보았다. 주인 여자는 그를 뚫어져라 바라보면서 테이블에 기대어 있었다. 오른쪽 어깨가 약간 아래로 처져 있으면서 또, 먼 거리임에도 불구하고 그녀의 오른쪽 어깨의 미세한 떨림이 느껴지는 것으로 보아 벌써 마스터베이션에 열중하고 있는 것 같았다.

동세는 살짝 윙크를 해 주었다. 하지만 주인 여자는 여전히 그를 바라볼 뿐, 아무런 내색도 하지 않았다. 그녀는 마치 모든 욕구는 마스터베이션으로 처리하기로 단단한 결심을 한 여자처럼 보였다.

그렇다면 만약 그녀가 마스터베이션을 죄악시하던 시대에 태어났다면 어떻게 됐을까? 아마도 주인 여자는 자위행위를 방지하기 위해서 입는 코르셋 때문에 안타까워할 것이다. 코르셋의 아래에는 금속성 캡이 달려 있고 이 금속성 캡이 성기에 손이 접근하는 걸 막고 있기 때문에 그녀는 마침내는 우울증에 걸리고 말 게 분명했다.

하지만 다행스럽게도 지금은 적당한 마스터베이션은 정신건강에도 좋다는 시대다. 의사들 역시 사회학자들이나 문화인류학자들처럼 그렇게 말들을 하지만 의사들의 말은 전적으로 믿을 건 못된다. 의학은 과학을 근본으로 하고 있는 학문임에도 불구하고 한때 의사들은 자위행위가 기형아를 낳고 생명을 단축시키고 머리가 나빠진다고 말을 했으며 또 갖가지 야만적인 '자위행위방지기구' 를 만드는데 앞장을 섰던 것이다. 그러고 보면 과학은 사회학보다는 후미의 학문인지도 모른다.

동세는 그녀로부터 그만 고개를 돌리고 말했다.

"차는 어떻게 하겠습니까? 다시는 이곳으로 돌아오지 않을지도 모릅니다. 난 한 번 스피드를 내면 최소한 부산까지는 가야 하거든요."

동세는 그녀의 빨간 스포츠카를 가리키며 말했다.

"걱정 마세요. 나중에 사람을 시켜서 가져가면 되니까요."

"그렇군요."

동세는 로드킹의 시동을 걸었다. 그녀가 뒤에 앉아서 그의 허리를 끌어안았다. 커다란 젖가슴이 그의 등을 지그시 눌렀다. 하지만 그녀의 손이 그의 바지 벨트 아래로 내려오지는 않았다.

그는 기어를 넣고 출발했다. 아직 스피드도 내기 전인데 여자의 팔에는 잔뜩 힘이 들어가 있었다.

동세는 국도를 따라서 부산까지는 내려갈 생각이었다. 길이 썩 좋지는 않은 편이지만 부산 정도면 로드킹을 길들일 수 있을 것 같아서였다.

서서히 스피드를 내자 여자가 비명을 지르기 시작했다. 생각보다 겁이 많고 시끄러운 여자였다. 부유한 스타일들이 대부분 그렇듯이 단순히 쓸데없이 인생을 소모시키는 유흥에만 밝은 그들은 사소한 것에도 비명을 지르고 호들갑을 떨어댄다.

그들에게 발달된 것이 있다면 그건 젖가슴과 성기를 비롯한 섹스 도구들 뿐일 것이다. 에밀 졸라와 보들레르 그리고 헨리 밀러가 좋아하는 그 섹스의 도구들 말이다.

그러나 그들은 알몸으로 역시 알몸의 여자와 탁구를 치는 헨리 밀러와는 근본적으로 다르다. 헨리 밀러는 여자와 알몸으로 별짓을 다 하지만 근본적으로 그가 추구하는 건 오락을 위한 섹스가 아니다.

그들은 섹스를 유흥 요소로만 사용하는데 반해서 헨리 밀러는 진지한 탐구의 요소로 생각하는 것이다.

밀러는 그래서 알몸의 여비서와 역시 알몸으로 책상 앞에 앉아 타이프를 치면서도 식사를 하면서도 오락적인 섹스를 초월할 수 있었다.

그런데 뒤에 바짝 붙어 앉은 이 여자, 미스 어노니머스는 어떤가?

허벅지 안쪽에 성기만을 달랑 붙이고 자랑스럽다는 듯이 암소의 것처럼 커다란 젖가슴을 내밀고 다니는 여자다.

동세는 당연히 그런 여자들을 경멸한다. 그녀들에게는 내세울 거라고는 성기와 그 관련 기관 뿐이기 때문에 '움직이는 성기(性器)'라고 불러주어야 옳다.

그러면서도 그녀들은 터무니없는 우월감에 젖어 산다. 대부분의 부(富)가 그런 여자들에게 의외로 호감을 갖는 탓도 있을 것이다. 거리를 다니다 보면 혹은 여자를 조금 사귀어 보면 그런 여자들이 제법 많은 게 현실이다.

어쩌면 일부의 여자들은 이런 걸 성차별적인 지적이라고 할 수도 있을지 모르지만 이건 분명히 성차별이 아니다.

남자 역시 머릿속에는 돌과 허접한 쓰레기들만 가득 집어넣은 채 성기를 무슨 훈장이라도 되는 것처럼 흔들면서 다니는 사내들도 있기 때문이다. 그런 자들은 알고 보면 여자들 등을 전문으로 치는 제비만도 못한 자들이며 강간범만도 못한 자들이다. 이런 자들 역시 거리에서 볼 수 있는 건 우리나라나 외국이나 별로 다를 게 없다.

그런데 동세는 지금 그런 사람들 중의 하나인 미스 어노니머스를 태우고 부산 쪽을 향하고 있다.

동세는 마음을 바꾸었다. 구토증을 유발하는 여자와 함께 부산까지 갈 생각을 하니 갑자기 더워졌다. 게다가 어노니머스는 뒤에 바짝 붙어서 아주 행복해한다.

어쩌면 그녀는 이미 나른하게 젖어들었는지도 모른다. 속도 때문만은 아닌 듯 더욱 세게 안아대며 하복부를 밀착시키는 것이 그렇다.

동세는 도중에서 마음을 바꾸었다. 한가한 국도를 달리던 그는 왼쪽으로 난 좁은 길로 핸들을 꺾었다.

그녀의 성적 관련 부위는 그녀의 다른 것에 비해서 아주 훌륭한 편에 속한다. 그녀와는 물물교환을 해도 그가 봉사를 했다는 생각은 들지 않을 것이다. 그리고 무엇보다 그녀도 그걸 절실하게 원하고 있다.

비포장 길로 접어들어서 로드킹이 말처럼 펄쩍 뛰었다. 어노니머스는 꺄악! 하고 비명을 지르면서도 좋아한다.

그녀는 더욱 세게 동세의 배를 끌어안아서 그는 호흡이 다 곤란할 지경이었다. 뒷목덜미에 와 닿는 그녀의 거친 호흡은 뜨겁도록 간지럽다.

그는 자그마한 계곡 쪽으로 난 좁은 길로 로드킹을 몰아넣었다.

로드킹은 그 거대한 몸체를 겨우 폭이 30센티미터도 채 안 될 길을 미끄러지듯이 나갔다. 오랜 세월 오토바이를 탄 그에게 있어서는 오토바이는 이제 그의 몸이나 다름이 없기 때문에 동세는 더 비좁은 길이라도 지나갈 수 있었다.

왼쪽으로 계곡이 있고 오른쪽으로는 나무가 무성한 산기슭이 있었다.

계곡은 마을과는 한참이나 떨어지고 으슥한 곳이어서 인적이라고는 전혀 없었다. 멀리의 논에서 일하는 농부 몇 명만이 보일 뿐이어서 장소로는 적당했다. 요란하게 짝을 찾는 매미 소리도 들려왔다.

"이게 부산 가는 길인가요?"

"부산 가는 길처럼 보입니까?"

"아니요."

"그럼 어디로 가는 것처럼 보입니까?"

"꼭 대답을 해야 하나요? 대답 대신 이건 어때요?"

어노니머스는 슬며시 손을 내려뜨리더니 가죽바지에 감싸여 있는 그의 성기를 살짝 건드렸다. 그리고 대담하게도 그것을 쓰다듬었다. 그러자 가죽바지 속에서 그것이 고무풍선처럼 부풀어 올랐다.

제법이었다.

동세는 로드킹을 세웠다. 그리고 그녀를 번쩍 안아들고 계곡으로 내려갔다. 그녀는 비명처럼 웃음을 터뜨리며 호들갑을 떨었다.

"물에 던지지는 말아요. 난 수영을 못한단 말에요."

마침, 맑은 계곡물이 가득 담긴 알맞은 크기의 웅덩이가 그곳에 있기는 했지만 동세는 처음에는 그녀를 물에 던져 버릴 생각은 없었다. 하지만 동세는 어노니머스가 그걸 원하고 있다는 걸 알고 있었기 때문에 그대로 물속에 던져넣었다.

첨벙! 하는 물소리가 나고 그녀는 하얀 포말을 튀겨 올리며 물에 빠졌다가 솟아 올라왔다. 그녀는 예상대로 수영도 할 줄 알았다.

그녀는 천천히 물속에서 몸을 일으켰다. 물에 젖은 긴 머리와 인디고 블루 컬러의 티셔츠……

그 티셔츠는 물에 젖어서 속을 그대로 드러내 주었다. 알맞은 크기이면서 조금도 처지지 않은 젖가슴의 모습은 벗은 것보다 더욱 섹시해 보였다. 그리고 그 젖가슴의 돌기 부분에서는 물이 뚝뚝 떨어지고 있었다.

그녀는 머리칼을 뒤로 쓸어 넘기며 그를 쳐다보았다.

동세는 서두르지 않았다.

먼저 부츠를 벗고 가죽바지를 끌어내렸다. 가죽바지는 전문 라이더용인 탓에 워낙 몸에 꽉 끼는 것이어서 잘 벗어지지 않았다.

그가 힘을 쓰자 그녀는 깔깔거리면서 물을 끼얹었다. 티셔츠를 벗고 팬티까지 벗자 그녀는 낄낄거리기를 멈추었다. 잘 생긴 그의 아랫배 부위를 똑바로 쳐다본 그녀는 두 눈을 동그랗게 뜨고 놀라는 눈치가 역력했다.

그의 그것은 아직은 적당히 부풀어 오른 상태였지만 보기에 좋았다.

근육질의 상체와 가는 허리 그리고 엉덩이는 탄탄했으며 허벅지는 힘이 있어 보였고 다리는 긴 편이어서 그녀는 그의 몸에서 쉽게 눈을 떼지 못했다.

"멋져요……!"

그녀는 나직하게 외치며 감탄했다. 동세는 씩 웃고 말았다.

그는 성큼성큼 웅덩이로 걸어 들어갔다. 차갑고도 맑은 물이 시원하게 느껴지자 기분이 좋았다. 그로서는 거의 이런 계곡에 몸을 담그게 된 지는 10년도 넘은 옛날의 일이어서 추억이 새로웠다.

미스 어노니머스가 다가와서 그의 그것을 부드럽게 만져 주었다. 그녀의 가늘고도 긴 손가락은 따스했으며 미묘한 움직임을 지니고 있었다.

"이렇게 잘 생기고 멋진 건 처음이에요."

이 말은 진심이었다. 남자에 대해서는 좀 아는 편에 속하는 그녀로서는 동세의 멋진 몸에 대해서는 감탄을 금치 못했다. 동세는 한 마리의 잘 생긴 종마(種馬)처럼 보일 정도였다.

"미스 어노니머스도 참 아름답습니다."

어노니머스는 그의 눈속에 그녀의 몸을 집어넣기라도 하려는 듯이 뜨거운 눈으로 들여다보며 흠뻑 젖은 티셔츠를 벗었다.

그러자 알맞은 크기의 탄력 있는 젖가슴이 가볍게 흔들리면서 드러났다. 그리고 허리를 구부려서 버뮤다 반바지를 엉덩이로부터 끌어내렸다. 그녀의 허벅지 안쪽을 가리고 있는, 거의 물에 젖어서 반투명한 손바닥만한 팬티가 나타냈다.

동세는 자신도 모르게 침을 삼켰다. 그녀가 전형적인 '움직이는 성기(性器)' 인 것은 틀림이 없지만 늘씬한 몸매를 지니고 있는 것 또한 틀림이 없었다.

그녀는 천천히 물소리를 내며 다가왔다.

새소리는 여전히 부드럽게 들려오고 햇빛은 뜨겁게 계곡물 위로 쏟아졌다. 교미 때문에 쌍으로 붙은 잠자리는 계곡 물을 낮게 치며 날고 물속에서는 송사리 떼들이 유유히 헤엄을 치며 더러는 그와 그녀의 다리를 입으로 쪼기도 했다. 게다가 바람도 적당히 불고 있어서 나뭇잎들은 햇빛을 반사하며 조금씩 흔들렸다.

말하자면 섹스를 하기에는 최상의 조건이 갖추어진 장소였다. 만약 이런 곳에서 섹스를 않는다면 그건 인간을 만들어낸 신(神)을 모독하는 것이나 다름이 없었다. 인간에게는 인생을 즐겁게 살 중요한 의무도 있는 것이다.

사실 '즐거운 인생' 이란 삶의 가장 숭고한 목표이며 삶의 가장 근본적인 목적이 되어야 함에도 불구하고 현실이 그렇지 못하다. 그것은 일부의 기득권층이 그것을 용납하지 않기 때문이다. 기득권자들은 일은 신성한 것이며, 일은 인생의 전부라고 끊임없이 강요한다. 그것은 그래야만 기득권자들이 '즐거운 인생' 을 누릴 수 있기 때문이다.

그녀는 다시 한 번 젖은 머리칼을 뒤로 쓸어 넘겼다.

조금도 처지지 않은 젖가슴이 위로 당겨지면서 유혹적으로 흔들렸다. 유두는 연한 핑크빛이고 작아서 순결한 처녀의 것처럼 보였다.

"어서 안아줘요……."

어노니머스가 속삭이듯이 말하고는 팔을 벌려 안겨왔다. 동세는 그녀의 뒷머리로 손을 돌려안고는 키스를 했다. 그녀의 혀가 입속으로 곧장 건너왔다.

예상 외로 능숙한 프렌치 키스였다. 그가 프랑스의 일러스트레이션 학교에 다닐 때 처음 경험한 현란한 키스 테크닉인데 그녀의 혀는 놀라울 정도로 움직였다. 때로는 부드러운 춤처럼, 때로는 격렬한 춤처럼, 어떨 때는 교묘한 뱀처럼 잠시도 그의 혀를 가만 놓아두지 않았다.

그러나 그도 테크닉에 관해서는 지지 않았다. 그는 섹스의 본 고장이라고 할 수 있는 프랑스에까지 가서 섹스를 탐구하고 온 사내였다. 사실 에콜 에밀 콜 프랑스 학교에서의 일러스트레이션 공부는 부차적인 것이어서 그는 학교에서보다는 니스 해변과 파리 쪽에서 더 많이 머물며 여자와의 관계에 탐닉했다.

"내, 내가 졌어요…… 그, 그만 해요……! 숨이 막힐 것만 같아요……!"

마침내 그녀가 떨어져서 가쁜 호흡을 몰아쉬면서도 사랑스럽다는 눈길을 동세에게서 떼지 못했다. 하지만 동세는 틈을 주지 않았다.

그는 이번에는 키스를 하는 대신 젖가슴을 애무했다. 그녀는 금방 감전이라도 된 것처럼 몸을 비틀면서 견딜 수 없다는 듯이 나른한 신음 소리를 냈다.

매끈하고도 탄력 있는 아랫배로 내려간 손이 다시 허벅지를 더듬어 올라오다가 그녀의 반투명한 팬티 속을 비집고 들어갔다. 부드러운 음모가 손가락 끝에서 조금씩 만져지는 그곳은 이미 뜨겁게 젖어 있었다.

그녀는 몸을 움찔하면서 그의 목을 감은 손에 힘을 주었다.

그녀는 머리는 뒤로 젖히면서 그에게 매달리고 있었다. 몸은 점차 활처럼 휘어졌고 앓는 듯한 신음 소리가 더욱 높아졌다. 그럴수록 그녀의 긴 손가락이 그의 그것을 정성스럽게 애무하더니 이제는 꽉 움켜쥐고는 몸을 떨었다.

그녀의 팬티는 발목 쪽으로 흘러내리더니 물에 둥둥 떠 있었다. 그런데 그녀가 발을 들자 팬티는 하류 쪽으로 떠내려갔다. 그가 얼른 잡으려고 하자 어노니머스는 제지하면서 매달렸다. 팬티를 따라 하류로 내려가는 송사리 떼들의 모습이 잠시 시야에 들어왔다가 사라졌다.

이윽고, 어노니머스는 그에게 몸을 밀어붙이기 시작했다. 어서……! 어서……! 하고 애타게 애원하면서 그에게 매달렸다.

어노니머스를 돌려세워서 계곡에 드리워진 나뭇가지를 잡고 엎드리게 했다. 그녀의 탐스런 엉덩이는 시야 가득 나타났다. 가는 허리에서 갑자기 부풀어 오른 그 엉덩이는 곡선이 주는 아름다움을 그대로 지니고 있었고, 그 위로는 햇빛이 눈이 부시도록 쏟아졌다.

엉덩이를 쓰다듬자 손에 묻어날 듯이 매끄럽고도 부드러운 피부의 감촉이 느껴졌다. 그녀의 피부는 마치 고운 모래를 만지듯이 손에 와 닿았다. 보기 드물게 아름다운 피부여서 참을 수가 없었다.

그러나 동세는 멈칫했다.

투명한 햇빛이 쏟아지는 그녀의 하얀 엉덩이 위로 갑자기 청록색의 날개가 문득 퍼덕이고 있었던 것이다.

하얀 피부 위에서의 날갯짓으로 짙은 무지개를 만드는 그것은 어디선가에서 날아온 잠자리였다.

아, 잠자리다……!

동세는 문득 이렇게 감동의 소리를 지를 뻔했다. 오랜 세월 잊고 지낸 기억의 저편, 그곳에 묻혀 있던 물잠자리 한 마리가 빛의 파동을 일으킴으로써 순수함으로 가득 찬 어린 시절의 기억 역시 파동을 일으키고 있었던 것이다.

아……!

동세는 움직일 줄을 모르며 물잠자리를 지켜보았다. 잠자리가 움직이는 대로 어노니머스의 엉덩이며 허리와 다리를 따라 시선을 움직이며 그대로 지켜보았다.

어둠과 폐쇄, 탈옥, 절망, 희망, 자유, 이런 단어들이 편린처럼 떠오르다가는 잠자리 날개에 의해 부서지듯이 흩어졌다.

물잠자리는 어노니머스의 엉덩이 위에서 자맥질을 계속 하고 있을 뿐, 좀처럼 떠날 생각을 하지 않았다. 어쩌면 그녀의 피부에 맺힌 반짝이는 물방울 위에 알을 낳으려고 하는 것 같기도 했다.

"뭐하는 거예요……?"

그녀가 엉덩이를 흔들며 재촉했다.

"잠깐만, 잠자리입니다……."

"뭐라구요?"

그녀가 몸을 일으키며 돌아섰다. 그러나 잠자리는 그녀의 주위를 맴돌 뿐, 떠날 생각을 하지 않았다.

"잠자리가 뭘 어쨌다는 거죠……?"

그녀가 잠자리를 향해 손을 휘저었으나 잠자리는 여전히 맴돌았다.

"설마 잠자리를 처음 본 건 아니겠죠……?"

그녀가 의아해하는 얼굴을 했다.

"……혹시 곤충학이라도 전공했나요?"

"아니, 일러스트레이션을 좀 배웠을 뿐입니다."

"그럼…… 컬러리스트란 이야기군요. 하지만 이건 좀 지나쳐요. 우중충한 잠자리 한 마리 때문에 이러고 있는 건 어울리지 않아요…… 어서 우리 일을 끝내야죠……?"

그녀가 그의 손을 끌어 허리에 감고 몸을 밀어붙였다.

잠자리는 여전히 맴돌고 있었으나 동세는 그녀의 알몸에 몰두하려고 노력했다. 그러자 언제 그랬냐는 듯이 그의 몸은 왕성하게 일어섰다.

잠자리는 여전히 그녀의 엉덩이며 허리를 맴돌고 있었으나 그는 그리 신경 쓰지 않았다. 오히려 잠자리와 함께 어노니머스의 알몸을 애무하듯이 움직였다.

그는 천천히 허리를 구부려 그녀의 허리와 엉덩이에 정성스럽게 키스를 해 주었다. 그녀는 그럴 때마다 화들짝 놀란 사람처럼 몸을 떨었다.

이윽고, 그녀는 더 이상 못 견디겠다는 듯이 엉덩이를 흔들면서 어서……! 어서……! 하고 재촉을 했다. 동세는 일어서서 그녀의 가는 허리를 힘주어 잡았다. 그녀가 기다렸다는 듯이 엉덩이를 밀어붙였다. 그는 흔들리는 젖가슴을 움켜잡으며 더욱 세차게 밀어붙였다.

그녀는 멀리서 일하고 있는 농부들이 들을까 염려가 될 정도로 마구 신음 소리를 토해냈고, 그녀가 움켜잡고 있는 나뭇가지도 그녀와 함께 사정없이 흔들렸다. 그녀의 매끄러운 등 위로 땀이 번들거리자, 그녀는 마치 고장이 난 바이올린을 켜는 듯한 소리로 울어대면서 몸을 흔들었다. 그러면서도 그녀는 이런 기분은 정말 처음이야! 하고 숨가쁘게 외쳐댔다.

동세도 이 정도면 충분했다. 그는 이제 끝을 내야 한다고 생각하면서 그녀의 엉덩이를 더욱 세차게 움켜잡았다. 그리고 목구멍 저 깊이에서부터 토해내는 듯한 신음 소리를 내면서 몸을 떨었다.

그와 그녀의 요란한 신음 소리 때문에 더 이상 새들은 지저귀지 않았다. 잠자리도 허공에서 멈춘 채, 날개만을 퍼득였고, 송사리 떼도 쏜살같이 물밑을 헤엄쳐서 도망가지 않았다. 이름 모를 몇 마리의 물벌레들만이 유영하듯이 천천히 움직이고 있을 뿐이었다.

그들은 가쁜 호흡을 몰아쉬면서 그 자세 그대로 있었다. 그들은 숲속에 있는 아담과 이브처럼 나뭇가지를 의지해서 호흡을 가다듬었다.

그 모습은 인간이 자연과 얼마나 잘 조화를 이루고 있는가를 새삼 보여주는 것 같았다. 그들은 그러니까 한 쌍의 새처럼 또는 한 쌍의 잘 생긴 원숭이처럼 또는 한 쌍의 잠자리처럼 원래 그곳에 있었던 것처럼 조화를 이루고 있었다. 그리고 그것은 또 어떻게 보면 헨리 밀러가 여비서와 알몸으로 탁구를 치는 것이나 다름없이 자연스럽기도 했다.

두 사람은 물속으로 몸을 담그고 서로를 닦아주었다. 동세는 얼른 일어나고 싶었지만 그녀에게 좀 더 몸을 맡겨두었다. 왠지 그녀가 눈물이 나도록 불쌍해 보여서였다.

어노니머스…….

그녀의 모든 조건이 그보다 월등한 건 사실이지만 그녀는 확실히 불쌍한 여자였다. 그건 그녀가 '움직이는 성기(性器)'에 불과하기 때문이었다.

동세는 일어섰다. 팔목에 차고 있는 알바 디지털시계는 그들이 이곳에 도착한 지 2시간이 지났다는 걸 알려주고 있었다. 그들은 자그마치 2시간이나 섹스를 즐긴 셈이었다.

두 사람은 아직 한여름의 열기가 그대로 남아 있는 계곡 가로 나와서 옷을 입었다. 그녀의 젖은 옷은 이미 잘 말라 있는 상태였다.

하지만 팬티를 잃어 버린 그녀는 그냥 버뮤다 반바지를 가랑이 사이로 그냥 끼워넣다가 호들갑스럽게 비명을 질렀다. 어딘가 자크에 낀 것 같았다. 돌아서서 몇 번 자크를 올리고 내리는 눈치이더니 무사히 일을 끝냈는지 티셔츠를 입었다.

동세는 그런 그녀를 보며 얼굴을 찡그렸다. 그나마 그에게 봐 달라 하지 않고 직접 해결한 것이 다행이라고나 할까?

"미스 어노니머스, 나 먼저 갈게요."

동세는 로드킹에 앉아서 시동을 걸고 말했다.

"난 어쩌구요?"

그녀가 의아해했다.

"미안해요."

"부산까지 같이 가자고 하지 않을 테니까 날 아까 그 레스토랑에까지만 태워다 줘요.”

“미안합니다.”

“그럼 차가 다니는 길만이라도…….”

그녀가 이렇게 부탁을 하면서 계곡에서 올라오고 있었다.

“미안해요. 조금만 걸어가면 길이 나오니까 거기서 차를 타도록 해요.”

“좋아요. 정 그렇다면 이걸 받아요. 그녀는 바지 주머니에서 종이 봉투 하나를 꺼내더니 그걸 구겨서 그에게 던졌다.

“뭐죠?”

“나도 몰라요. 어떤 사람이 당신에게 꼭 전해 주라고 했어요.”

동세는 뭔지는 모르지만 일단 야구 포수처럼 한 손으로 그것을 가볍게 받았다. 그것은 편지였으며 아직 개봉되지는 않은 상태였다. 봉투에는 아무것도 써 있지 않았다.

교도소에 있을 늙은 죄수의 얼굴이 떠올랐다가 사라졌다. 아무래도 그가 보낸 메시지 같았다. 문득 가슴이 서늘해졌다.

그는 읽어 볼까 하다가 그냥 주머니에 집어넣었다.

“이제 태워주겠어요?”

동세는 고개를 저으며 기어를 넣고 로드킹을 출발시켰다. 두두둥~ 하는 엔진음이 터지며 로드킹은 좁은 길을 순식간에 미끄러져 나갔다.

뒤에서 이 나쁜 놈아! 나쁜 새끼야! 가다가 자빠지기나 해라! 하고 욕을 해대는 어노니머스의 목소리가 들려왔다.

동세는 허탈하게 웃었다.

그래 난 나쁜 놈이고 나쁜 새끼다…… 그래서 강간을 하러 간다……!

로드킹은 곧 국도로 접어들었다. 오후 6시가 가까워지고 있어서 햇살이 한풀 꺾이고 있었다. 그는 어쩐지 슬퍼지는 자신을 주체할 수 없어서 속도를 높였다. 헬맷 속에서 눈물이 주루루 흘러내리다가 턱 아래로 떨어지면서 바람에 그대로 씻겨졌다.

로드킹은 두두두두~~ 하는 굉음을 뿜어내며 국도를 질주했다. 그는 오늘 저녁에는 어딘가에서 술을 한 잔 해야겠다는 생각을 했다. 그곳이 어느 곳이든 쓴 소주와 구운 안주만 있으면 된다. 그리고 뿌연 불빛의 백열전구가 어딘가에 걸려 있어도 좋다. 아마 뭔가를 굽는 연기는 배경처럼 피어오를 것이다. 그래픽처럼 말이다.

문득 어노니머스의 바스트 사이즈가 어땠을까 하는 생각이 떠올랐다가 사라졌다.

그는 안녕, 하고 조용하게 속삭였다.

아아…… 이래서는 안 되는데……! 프런트에 손님이 왔을지도 모르는데……! 아냐…… 이 남자가 좀 더 안아줬으면 좋겠어…… 좀 더 세게……! 그런데 내가 왜 이러지……? 정말 이러면 안 되는데…… 아아, 날 그만 놓아줘요…… 아녜요, 더 세게 키스해 줘요…….

그런데 그가 갑자기 그녀를 놓아주고 말했다.

"죄송합니다. 인경 씨가 너무 아름다워서 그만 키스를 했습니다. 그런데 입술이 많이 망가졌군요. 다시 립스틱을 칠해야겠습니다."

그는 뻔뻔스럽게도 이렇게 말하고 있었지만 왠지 밉지 않았다.

제4장 호텔 립스틱

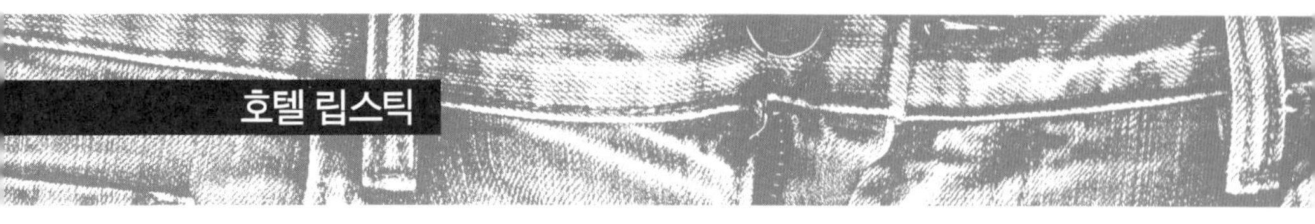

　　작은 도시로 그의 로드킹이 들어섰을 때 동세는 이 도시의 이름이 뭔가를 알았지만 곧 잊어 버렸다. 도시의 이름이 대전이나 목포 또는 대구 혹은 여주라고 해도 그에게는 별 의미가 없었다.

　　현재 그가 있는 곳은 대한민국이라는 이름이 붙은 우리나라이고 또 부산을 향해 가는 길이기 때문에 굳이 경유지를 안다는 건 의미가 없는 일이었다.

　　만약 이 도시에 여자가 없다면 이 도시의 이름을 기억해 두었다가 얼른 지나쳤겠지만 이 도시에도 다른 어느 도시들과 마찬가지로 예쁜 여자들은 있게 마련인 것이다. 그리고 이 도시의 여자들 역시 남자들과 섹스를 하기 위해서 옷을 벗을 것이고 애무를 할 것이기 때문이다.

동세는 날이 어두워지고 있었기 때문에 어디선가에서 쉬고 싶었다. 하지만 그는 호텔을 찾기 전에 먼저 들러야 할 곳이 있었다.

작은 5층 건물의 1층에 '한일정보통신'이란 커다란 간판이 붙어 있는 곳이 우측으로 나타났다. 그는 속도를 늦추었다. 지나가던 사람들이 그의 모터사이클을 보고는 호기심어린 눈을 떼지 못했다. 로드킹은 우리나라에서는 채 열 대도 판매되지 않은 것이어서 사람들의 눈길을 끌만도 했다.

그가 오토바이에서 내려서서 헬멧을 벗자 지나가던 젊은 여자들이 힐끔거렸다. 개중에는 노골적으로 유혹적인 시선을 보내는 여자도 있었다.

하지만 아직은 그렇게 눈길을 끌만한 여자는 보이지 않았다. 아무래도 서울보다는 지방으로, 대도시보다는 소도시로 내려갈수록 예쁜 여자는 줄어들기 마련이다.

남자들도 그렇지만 여자들도 출세를 위해서 혹은 괜찮은 남자를 만나기 위해서 서울이나 대도시로 떠나기 때문에 더욱 그렇다.

그는 오토바이를 세워두고 한일정보통신 안으로 들어갔다. 그러자 단정한 유니폼 차림의 젊은 여자가 어서 오세요, 하면서 그를 맞이했다.

그는 그곳에서 휴대폰 하나와 노트북 컴퓨터 한 대를 구입했다. 그리고 컴퓨터에는 약 1시간의 시간을 소모해서 휴대폰으로 통신이 가능하게 부품들을 장착하고 몇 가지의 프로그램을 설치했다. 그리고 비용으로 4백 90만 원을 지불했다. 모두 현금이나 다름이 없는 수표로 지불했기 때문에 여종업원의 입이 벌어졌다.

감옥에서 금방 나왔음에도 불구하고 부유해 보이고 잘 생긴 그에게 여종업원은 은근한 시선을 보냈으나 그는 모른 체하고 밖으로 나왔다.

그는 좌석 뒤에 붙어 있는 검정 가죽으로 만든 새들백에 노트북 컴퓨터를 집어넣고 핸드폰은 저고리 윗주머니에 넣었다. 그리고 오토바이를 타려던 그는 주위를 둘러보았다. 조금 왼편으로 떨어진 곳에 편의점 하나가 보였다.

그는 그리로 다가가서 소주 두 병과 마른안주 몇 가지와 종이컵을 사들고 나왔다. 그것을 다시 새들백에 집어넣고 오토바이에 앉아서 시동을 걸고 천천히 출발했다.

도시의 중심부로 나아가자 자그마한 호텔이 눈에 들어왔다. 그는 오토바이는 직접 호텔 주차장에 집어넣었다. 그리고 노트북 컴퓨터와 소주봉투를 꺼내들었다.

그는 여직원 혼자서 자리를 지키고 있는 프런트 데스크로 다가가서 방 하나를 부탁했다.

"어떤 방을 드릴까요?"

여직원은 특이한 복장 차림의 그를 한 번 새삼 호기심어린 눈으로 살펴보고는 물었다. 그녀는 하얀 반팔 블라우스와 감색 스커트 차림의 유니폼이 잘 어울리는 여직원이었다.

나이는 20대 중반 정도로 보였으며 전체적인 외모는 괜찮은 편에 속했다. 특히 화장이 잘된 도톰한 입술이 눈에 띄었다. 아마도 레드 와인 컬러 같았다. 입술 속에 가지런하게 숨어 있는 새하얀 치아도 보기 좋았다.

문득, 그는 입술이 마르는 듯한 느낌을 가졌다.

"저층보다는 고층이 좋겠습니다."

"그럼 713호실을 드릴게요. 그런데 여행중이신가 보죠?"

여직원이 표찰이 달린 열쇠를 내밀었다.

"그렇습니다. 모터사이클로 부산까지 가는 길입니다."

"그렇군요…… 복장이 아주 잘 어울리세요. 방금 들어온 커다란 오토바이를 손님께서 타고 오신 거죠?"

여직원은 대부분의 여자들이 그렇듯이 동세에게 호감을 느낀 것 같았다.

"그렇습니다. 할리 데이비슨의 로드킹이라고 아주 잘 생긴 놈이죠."

"저는 처음 보는 오토바이예요. 사진으로는 더러 보았지만……."

"그렇죠. 우리나라에서는 채 열 대가 판매되지 않았으니까요. 그런데 오토바이에 관심이 많으시군요."

"실은 저도 오토바이를 좋아하거든요."

여자는 부끄럽다는 듯이 웃었다.

"아, 그렇군요. 뭘 타시죠?"

전형적인 커리어우먼처럼 생긴 여자가 오토바이를 즐긴다니 의외였다.

"혼다 스티드 600이에요. 아담한 기종이죠."

"별 말씀을 다하십니다. 내가 전에 타던 오토바이가 바로 발칸 750이었으니까 혼다 스티드 600과 비슷한 종류였죠."

혼다 스티드 600은 그녀의 말처럼 절대 아담한 기종은 아니다. 가격이 약 600만원 이상이나 가는 중량급 오토바이이다.

"아, 그랬군요……."

"어때요? 내일 시간이 있으십니까? 같이 오토바이를 한 번 타 보고 싶은데."

"좋아요. 내일은 비번이니까 가능해요. 이따가 제가 방으로 연락을 드릴게요."

동세는 다른 손님이 다가오고 있어서 프런트에서 떨어지면서 그녀의 가슴에 붙어 있는 명찰을 보았다.

오인경이었다.

동세는 엘리베이터를 타고 그의 방으로 올라갔다. 옷을 벗고 간단하게 샤워를 한 다음에 노트북 컴퓨터에 파워를 넣었다. 그리고 전화선을 끌어내어 연결했다.

1년 전과 비교해서 훨씬 성능이 좋아진 컴퓨터여서 PC관련 산업의 발전이 눈부신 걸 알 수 있었다. 그는 먼저 통신에 연결해 보았다. ID와 패스워드를 묻고 있었다.

그는 'autobike'를 아이디로 쳐넣었다. 거부하지 않았다. 이번에는 그가 기억하고 있는 여덟 자리의 패스워드를 쳐넣었다.

그러자 감동스럽게도 곧 연결이 되었다. 그는 정말이지 1년 전에 쓰던 아이디로 단번에 연결이 되리라고는 생각도 않고 있었던 터여서 조금은 감동이 되었다. 시애의 얼굴이 새삼 떠올랐다.

ID '오토바이크'는 오래 전에 그가 만든 아이디인데 그가 교도소에 들어가 있는 동안에도 유시애가 살려두었던 같았다.

그는 이번에는 인터넷으로 연결해 보았다. 역시 그대로 연결이 되었다.

그는 휴대폰을 꺼내어 시애에게 전화를 걸었다. 신호음이 다섯 번 간 뒤에 그녀의 음성이 흘러나왔다.

"동세 씨?"

"맞아, 나야. 부산 가는 길에 전화했어."

"지금 그곳은 어디야?"

"조그만 호텔에 투숙했어. 노트북 컴퓨터 하나를 사서 통신을 하다가 시애 생각이 나서 전화를 했어."

"서울에는 언제 올 거지?"

"모래쯤……?"

"동세 씨 빨리 왔으면 좋겠어. 알겠지만 난 지난 1년 동안 동세 씨를 기다려 왔어…… 그런데 벌써부터 이렇게 떨어져 있는 건 정말 싫어. 난 동세 씨 음성만 들어도 몸이 뜨거워진다는 거 알지?"

"알아. 참 휴대폰도 하나 구입했어. 번호는……."

동세는 휴대폰 번호를 알려주고 통화를 끝내려고 했다. 그런데 다급한 음성으로 그녀가 전화를 못 끊게 했다.

"싫어. 더 이야기를 해……!"

"혹시 지금 운전중 아냐?"

"맞아. 난 지금 시청 앞을 통과해서 퇴계로 쪽으로 가고 있는 중이야. 하지만 날 말릴 생각은 하지 마. 내 손은 지금 내 스커트 속으로 들어가 있으니까."

동세는 나직하게 한숨을 내쉬었다. 그녀가 무얼 하는지 잘 알고 있기 때문이었다. 그녀는 가끔은 이런 스릴을 즐기기도 했다.

"그럼 버스에 탄 사람들이 내려다보지 않을까?"

"지금은 밤이야. 그리고 실내등도 모조리 껐으니까 걱정하지 않아도 돼……."

그녀의 음성이 점차 뜨거워지는 것 같았다.

"……동세 씨, 난 지금 내 팬티 속에 손을 집어넣었어…… 동세 씨,

무슨 말이라도 해 봐…… 내가 지금 동세 씨의 잘 생긴 그걸 만지고 싶어서 미치겠는 거 알지?'

"알아. 나도 시애의 엉덩이 사이에 숨어 있는 예쁜 그것을 너무 좋아한다구. 따뜻하면서도 매끈한 아랫배가 있고 그 아래를 따라 조금 내려가면 부드러운 음모가 만져지지. 난 그럴 때면 가장 좋아. 그 음모가 만져지는 그 부분에서의 느낌말이야. 조금 더 내려가면 시애의 따스한 입술이 만져지겠지만 솔직히 나는 입술보다는 아랫배의 따스한 느낌을 더 좋아해…… 그건 이제부터 시애의 모든 걸 가질 수 있겠다는 기대감 같은 것이기도 하고 또 잘 익은 사과를 먹기 위해서 조금 베어 물은 것과도 같은 느낌이지……."

동세는 호흡 소리가 높아지는 그녀와 보조를 맞추었다.

"더…… 더 이야기해 줘…… 난 이제 티셔츠 위로 내 젖가슴을 만지고 있어. 방금 버스 한 대가 지나가는 바람에 손을 얼른 내리긴 했지만 다시 젖가슴을 만지고 있어…… 동세 씨, 내 젖가슴 좋아하지? 동세 씨는 내 젖가슴 어디를 그렇게 좋아하는 거지……?'

"난 시애의 모든 걸 좋아해. 시애의 잘 생긴 엉덩이도 못생긴 발바닥도 하다못해 난 시애의 방귀 소리도 좋아하고 있어. 이건 진심이야…… 그러고 보니 내가 아무래도 제일 좋아하는 건 하얀 레이스 팬티 속에 들어 있는 시애의 그곳이야. 작고 귀엽고, 예쁘고, 부드럽고 또 따스한 그곳 말이야…… 시애야, 생각나니?'

"뭐가……?"

시애가 호흡 소리를 높이면서 물었다.

"우리는 언젠가 '유니폼 페티시즘' 에 대해서 얘기했었지? 아마 프랑스의 니스 해변에 있는 노천 카페에 앉아서 이야기를 했을 거야. 전쟁 중에 많은 독일 여성들이 남성의 군복을 보고도 성적 흥분에 빠져들었고 또 어떤 여성은 군복을 장식하는 끈만 보고도 흥분을 했다는 기록도 있지. 또 어떤 여성들은 전쟁 포로를 보고도 특별한 매력을 느꼈다는 기록도 있어. 그래서 그런 여자들에게는 또 하나의 증후군 즉, '전쟁색정광' 이라는 진단이 내려졌지……."

"맞아, 난 그러고 보면 독일 여자 같은지도 몰라…… 동세 씨, 어서 더 이야기해 줘……!'

"그리고 어떤 여성은 군대가 행진하는 소리를 듣고도 자위행위를 했다는 기록도 있어…… 군대 행진 같은 것은 힘과 권력과 남성을 상징하는 것이니까 그럴 수도 있을 거야……."

"그럼 이제부터 내 사랑스런 군대는 동세 씨야. 동세 씨, 더 힘차게 행진해 줘……! 동세 씨, 참을 수가 없어. 아아……!'

"천천히…… 적당히 해…… 난 시애의 예쁜 그곳에 상처가 나는 건 정말 싫어……."

"아, 알아…… 나도 조심하고 있어…… 난 정말이지 그 독일 여자들처럼 병적인 여자는 아니야……."

유시애는 이렇게 말하더니 갑자기 신음 소리를 높이더니 조용해졌다. 그리고 잠시 후, 그녀의 평온한 음성이 건너왔다.

"난 지금 차를 세웠어. 어두운 곳이니까 걱정하지 않아도 돼."

"팬티를 갈아입으려는 거지?"

"맞아. 난 축축한 건 못 참는 성미잖아. 난 지금 핸드백에서 돌돌 말려 있는 팬티 한 장을 꺼내고 있어. 이제 스커트를 걷어 올리고 엉덩이를 들어서 팬티를 끌어내리는 중이야. 이런…… 팬티가 하이힐에 걸려 버렸어…… 어쨌든 다 벗었어. 티슈 한 장을 꺼내어 그곳을 닦아냈어. 그런데 동세 씨, 알지? 약간 얼얼한 그 기분? 이제 새 팬티를 다리 사이로 집어넣었어. 엉덩이를 들고 완전히 올리고 스커트를 내렸어. 휴지와 헌 팬티는 작은 비닐 쇼핑봉투에 넣었어. 가다가 거리에 있는 휴지통에 던져넣을 생각이야…… 동세 씨, 이제 됐어…… 하지만 다음에도 날 이렇게 혼자서 외롭게 마스터베이션이나 하게 놔 둔다면 그때는 정말 용서 않아. 그럼 서울로 돌아오거든 연락해. 나 갈게…… 안녕…… 아, 잠깐……!"

그녀가 갑자기 생각난 것처럼 브레이크를 걸었다.

"부산에 계신 할머니가 전화해 달라고 하셨어. 저녁 무렵에 전화가 왔었어."

"할머니가……?"

"그래, 아직도 할머니한테 출감했다고 연락도 않고 뭐했어? 할머니가 동세 씨, 걱정을 많이 하시던데…… 어쨌든 곧 연락하라 했으니까 빨리 전화해 봐."

"할머니……."

그는 문득 중얼거림으로써 할머니가 있다는 걸 기억의 저편에서 끄집어냈다. 그에게는 그를 키워준 할머니가 있었던 것이다.

6개월 전쯤에 교도소로 면회를 왔을 때, 할머니의 허리는 거의 90도로 굽어져 있었는데도 불구하고 그 허리로 시장에서 장사를 한다고 했다. 장사라고 해 봐야 허접한 야채 부스러기 몇 가지 놓고 하염없이 수다스런 아줌마들을 기다리는 그런 것이겠지만 말이다.

할머니는 그런데 그때, 거의 반쯤은 감기듯이 처진 눈에서 찔끔찔끔 흘러내리는 눈물을 닦아내고는 말했다. 10만 원을 넣어놓았으니까 맛있는 것 사먹으라고 말이다. 그는 가슴이 무너져 내리는 것만 같았다. 할머니가 돈 10만 원과 부산에서 서울까지의 교통비를 모으려면 적어도 두서너 달은 꼬박 모아야 한다는 걸 잘 알기 때문이었다.

"알았어. 곧 전화를 할게."

"안녕……!"

그는 수화기를 내려놓고 익숙한 전화번호 하나를 머릿속에서 끄집어냈다. 오랜 세월 그대로 사용하는 할머니의 전화번호였다.

파출소에서나, 그에게 얻어맞은 녀석의 부모나, 중고등학교 시절의 담임선생님 등이 자주 찾고는 하던 할머니의 전화번호였다.

지금은 국번의 숫자 하나가 늘어났지만 그가 잊을 리가 없었다.

번호를 누르고 잠시 기다리자 전화 저쪽에서 대뜸 할머니의 음성이 흘러나왔다.

"동세냐?"

약간 탁하면서 노인의 음성답지 않게 힘이 있는 그 음성은 단번에 동세를 알아챘다.

"네, 할머니. 저 동셉니다. 오늘 낮에 나왔습니다."

"그래, 얼마나 고생이 많았냐? 나도 가 보았어야 하는데 못 가 봐서 미안하구나…… 그래, 두부는 먹었냐?"

"그럼요, 두 모나 먹었습니다…… 그런데 할머니 건강은 좀 어떠세요? 허리는 여전하시구요……?"

"그래, 나는 괜찮다만 밥은 얻어먹고 다니는 거냐?"

"그럼요. 그런 걱정은 안 하셔도 됩니다."

"너를 찾는 전화가 왔었다. 나나인지 라나인지 하는 여자가 너를 찾는다고 하더구나. 해운대에 있는 호텔에 머물고 있다니까 네가 전화해 보거라……."

라나? 동세는 순식간에 프랑스 니스 해변의 코트 다쥐르를 그리고 매력적인 금발의 여인을 떠올렸다.

라나, 라나가 왔다……?

쉽게 믿어지지 않는 일이었다. 그는 정말이지 라나가 우리나라에까지 올 줄은 몰랐던 것이다. 어쩔 수 없는 진한 이별을 나누며 그녀와 함께 나눈 것이 각자의 전화번호인데 그것 하나만을 들고 그녀가 왔다는 게 아닌가?

"라나 라슬린이라고 하던가요?"

그는 스스로에게 확인이라도 하듯이 물어보았다.

"기다려 보거라. 내가 전화번호를 적어놓은 게 있으니까⋯⋯."

할머니는 잠시 후, 더듬거리는 음성으로 번호를 불러주고는 말했다.

"그래, 언제쯤 왔다 갈거니? 갈 곳이 마땅치 않으면 여기에 와서 좀 쉬어라. 내가 비록 허리는 꾸부러졌어도 밥은 굶기지 않고 먹여줄 테니까⋯⋯."

"네, 알겠어요. 며칠 내로 한 번 들를게요."

"꼭 와야 한다? 알았지⋯⋯? 잘 알았지⋯⋯?"

할머니는 몇 번이나 다짐을 받고나서야 전화를 끊었다.

라나⋯⋯!

동세는 할머니가 불러준 전화번호를 눌렀다.

몇 번 신호가 가고 전화 저쪽에서 음성이 흘러나왔다.

"동세⋯⋯?"

조심스러움과 기대감에 섞인 음성이 흘러나왔다.

"라나⋯⋯?"

"동세 씨? 나, 라나 맞아요. 내가 한국에 왔다구요. 동세 씨를 찾아서 말이에요. 지금 어디에 있는 건가요? 얼른 보고 싶어요, 동세 씨.”

그녀의 음성이 마치 쏟아 붓는 것처럼 흘러나왔다.

“라나, 나 동세 맞아요. 그런데 이렇게 갑자기, 아무런 연락도 없이…… 언제 온 겁니까?”

“어제 왔어요. 동세 씨가 보고 싶어서 여름휴가를 받아서 이스라엘에서 직접 날아왔다구요…… 그런데 지금 어디에 있나요? 빨리 보고 싶은데 부산에 있나요?”

라나 라슬린, 그녀는 이스라엘 육군의 매력적인 보병 중위였다.

“아닙니다, 라나. 나는 지금 라나가 아는지 모르겠지만 경기도 부근에 있어요. 부산에는 내일 오후에나 갈 수 있을 겁니다.”

“좀 멀리 있는 것 같네요. 잘은 모르지만 그런 생각이 들어요. 내일은 볼 수 있겠죠?”

“물론입니다. 나도 라나를 빨리 보고 싶습니다. 내일 호텔로 직접 찾아가겠습니다.”

“알았어요. 기다릴게요. 낮에는 해변에서 수영이나 하면서 동세 씨 생각을 하겠어요…… 호텔 뒤쪽의 동백섬이 산책 코스로 좋다고 호텔 매니저가 권해 줬는데 그곳은 내일 동세 씨와 함께 가도록 하구요.”

“그래요, 라나. 동백섬 산책은 나와 내일 합시다…… 그럼, 라나, 내일 봐요.”

"동세, 안녕⋯⋯!'

말끝에 들려온 라나의 키스 소리가 귀를 간질였다. 그러자 그녀의 좀 더 깊숙한 곳에 숨어 있는 체취며 입 안으로 구르는 듯한 부드러운 음성과 하다못해 침대 시트 속에서 부스럭이는 그녀의 움직임까지 느껴지는 듯했다.

라나를 처음으로 니스에서 만난 것도 역시 그녀의 휴가 기간 때였다.

그녀는 전투병과 소속의 보병 중위라고는 믿을 수 없을 정도로 아름답고도 매력적이어서 동세의 시선을 한눈에 사로잡고 말았던 것이다.

자그마한 얼굴에 짧게 올려친 금발과 올리브색으로 빛나는 신비한 눈 그리고 172센티미터의 키는 거의 완벽함에 이르렀다고 보아도 좋을 정도였다. 게다가 야전생활로 인해 검게 그을린 피부와 탄탄함을 감춘 늘씬한 몸매는 슈퍼모델을 보는 듯한 착각을 불러일으킬 정도였다.

Train Biue를 타고 리용에서 니스에 도착한 지, 채 6시간밖에 안 되는 라나를 위해서 동세는, 샤토의 성터와 크로와제트 대로를 그녀와 함께 거닐었고, 재래시장에서는 갓 사춘기에 접어든 아이들처럼 과일을 사먹으며 웃음을 쏟아냈다.

그들은 어느새인가 누가 먼저랄 것도 없이 손을 잡고 있었고, 서로의 눈을 가만히 들여다보았다. 자동차 소리도, 해변의 떠들썩한 소음도, 샤토의 성터를 돌아 나오는 바람 소리도 들려오지 않는 그런 조용함 속에서, 갈색과 올리브색의 눈은 서로의 깊숙한 떨림을 찾고 있었다.

마주잡은 손은 더위 속임에도 불구하고 화이트 와인처럼 한없이 부드럽다는 느낌을 서로에게 전해 주었으며, 그리하여 마침내는 서로의 간절함을 일깨워 주었다.

노천카페의 커피 두 잔이 바닥을 드러낼 즈음, 그들은 서로를 원하고 있음을 확인하고 마세나 거리를 거닐며 누가 먼저랄 것도 없이 손을 잡았다.

그들은 성숙한 연인이라기보다는 어쩐지 사춘기의 소년과 소녀처럼 들뜨고도 수줍어하는 그런 모습으로 니스 해변이 내려다보이는 West and Hotel의 방을 잡았다.

유학생 신분이었던 동세 그리고 이스라엘 육군의 초급장교인 그녀로서는 무리인 1박에 265달러짜리 Sea View 방을 잡았다.

그들로서는 방이 비싸기는 했으나, 거리가 보이는 싼 방에는 이미 투숙객이 가득했기 때문에 선택의 여지가 없었다는 게 옳았다. 그렇다고 해변을 내려다보며 죽 늘어서 있는 다른 호텔을 기웃거리며 싼 방이 있는가를 알아보기에는 마음이 급하기도 했다.

그들은 열쇠를 받아들자마자 거의 달리듯이 방으로 올라갔다. 그리고 서로를 탐닉하는데 몰두했다.

그리고 이틀 후, 그들은 사람들이 들끓지 않는 니스 해변의 Private Beach를 거닐었다. 작고 완만한 곡선을 지닌 자갈이 깔린 해변을 거닐면서 그들은 끊임없이 속삭이고 또 키스를 하고는 했다.

딩동! 하고 누군가 초인종을 누르고 있었다.

동세는 누구세요? 하면서 매직밀러로 내다보았다. 그런데 그녀는 누구인가? 프런트 데스크에 있던 오인경이 아닌가?

그녀는 오인경이에요, 하고 그의 물음에 답까지 했다.

동세는 문을 열었다. 그녀가 얼른 안으로 들어왔다. 그리고 트렁크형 팬티에 러닝셔츠만 걸친 그의 모습을 발견하고는 어머! 하고 소리를 내면서 어쩔 줄을 몰라 했다.

"미안합니다. 지금 옷이라고는 라이더용밖에 없어서 이런 차림입니다. 불편하시다면 가운이라도 걸치겠습니다."

"그래주셨으면 고맙겠어요……."

그녀는 비스듬히 외면을 하고 말했다.

동세는 할 수 없이 옷장에 가지런히 걸려 있는 호텔 가운을 꺼내어 입었다.

"됐나요?"

동세가 아이처럼 두 팔을 들어 보이자 그녀가 수줍은 미소와 함께 고개를 끄덕였다.

"네, 실은 전화를 했는데 계속 통화중이어서 와 봤어요."

그녀는 얼굴이 붉어져서 우물거리듯이 말했는데 그 모습이 귀엽고도 예뻤다. 그리고 프런트 데스크에서 볼 때보다 키도 크고 늘씬한 것 같았다. 그래서 그런지 약간은 펑퍼짐한 유니폼에 감싸여 있음에도 불구하고 드러나는 날씬한 몸매는 더욱 돋보였다.

"아, 죄송합니다. 그만 통신을 좀 하느라고…… 랜이 들어오지 않은 것 같아서 일반전화선에 연결해서 통신을 좀 했습니다."

"아, 컴퓨터 통신을……? 그럼 노트북 컴퓨터를 갖고 다니시나 보죠?"

오인경은 탁자 위에서 푸르스름한 빛을 뿜어내는 노트북 컴퓨터를 보고는 새삼 그를 쳐다보았다. 그녀는 야성적이고 터프한 사내가 컴퓨터까지 다룰 줄은 정말 몰랐던 것이다. 그리고 그녀는 역시 자신은 남자를 보는 눈이 있다고 생각했다.

"내일 오전 10시에 세종공원 입구에서 만났으면 해서요."

그녀는 수줍게 말했다.

"좋습니다."

"세종공원은 동암동 로타리에서 우회전을 하면 금방 나타나거든요."

"알겠습니다. 모르면 물어서 가죠. 그럼 내일 오전 10시에 뵙겠습니다."

"그럼 이만…… 프런트를 비워놓고 와서 얼른 가 봐야 해요."

그녀는 고개를 까딱해 보이고는 뒤돌아서서 문 쪽으로 걸어갔다. 동세는 그녀를 따라가면서 짧은 순간이지만 그녀의 머리칼 냄새를 맡아 보았다. 싱글 플러럴 계열의 향수 냄새가 은은하면서도 섬세하게 나고 있었다. 그리고 머리카락 몇 올이 그의 코끝을 감미롭게 스쳤다.

순수하며 청결하며 청순한 싱글 플러럴 계열의 향수는 미혼여성이라고 해서 굳이 모두 사용하는 향수는 아니었다.

아마도 오인경은 아직 남자를 모르는 순결한 여자라는 느낌이 다가왔다. 남자의 손목 정도는 아니 어쩌면 키스 정도는 겨우 해 보았을지 모른다. 그것도 온갖 설렘과 부끄러움 속에서 겨우 했을 것이다.

어쨌든 오인경은 그녀의 마니아적인 취미인 모터사이클 때문에 이 방에까지 왔지만 그녀의 모든 것은 순수함 그 자체라는 생각이었다.

동세가 문을 열어주기 위해서 손을 뻗자 그녀의 어깨에 살짝 닿았다. 그녀는 금방 얼굴이 빨개져서 당황해했다. 그녀는 얼른 문을 열려고 했지만 그들이 바로 문 앞에 서 있었기 때문에 문을 열 수가 없었다. 아니 정확하게 말하면 동세가 바로 뒤에 붙어서 있었기 때문에 동세가 뒤로 물러나야만 문을 열 수가 있었다.

동세는 문 손잡이를 잡고 있는 그녀의 손을 잡고 문을 밀어서 조용하게 문을 닫았다. 그녀가 고개를 돌려서 동세를 보았다. 당황해하는 모습이 역력했다.

동세는 손가락을 입술에 대 보이며 조용히 하라는 신호를 하고는 그녀의 얼굴을 두 손으로 안아서 그의 입술을 가져갔다. 그러자 오인경은 한 마리의 푸득이는 새처럼 반항을 했다.

"아, 안 돼요……!'

그녀는 이렇게 말했으나 음성은 그의 두터운 입술에 묻혀 버려서 흔적도 없이 사라져 버렸다. 그래도 그녀는 이를 꼭 다물고 그의 혀는 받아들이지 않으려고 안간힘을 다했다. 두 손으로는 동세의 가슴을 힘껏 밀었다. 그러나 건장한 동세를 그녀는 당할 수가 없었다. 오히려 그녀의 두 손은 런닝셔츠에 겨우 가려서 반쯤은 드러난 널찍한 가슴을 만지는 꼴이 되었다.

게다가 동세는 속옷차림이고 뒤로 열 걸음만 가면 더블 침대도 있다. 아니 침대가 문제가 아니었다. 단 둘이 방에, 그것도 가운 하나만 벗으면 속옷 차림인 남자와 방에 있다는 게 더 문제다.

만약 이 남자가 강제로 쓰러뜨린 다음에 옷을 모두 벗겨내서 알몸으로 만들어 버린다면 어떻게 할까? 낯선 남자 앞에서 내 몸의 구석구석을 드러낸다는 건 너무 부끄러운 일이야…… 그리고 너무 거칠게 다루면 어쩌지? 아프지는 않을까? 이 남자는 괜찮은 남자인 것 같기는 하지만 절대 강제로 당할 수는 없어……!

하지만 그녀는 의지와는 상관없이 남자의 키스가 감미로우며 머릿속은 아득해져만 간다는 걸 느끼고 있었다.

아아……! 그녀는 자신도 모르게 그의 혀와 입술을 음미하고 있었다. 달콤하면서도 부드러우며 감미로운 그 키스의 감촉은 그래서 그녀로 하여금 나직하게, 그녀만이 알아들을 수 있는 비명을 지르게 했다. 자칫 잘못하면 이대로 허물어져 버릴 것만 같았다.

인경은 마녀의 독약이 든 사과를 한 입 먹은 것처럼 머릿속은 텅 비어 있었고 온몸의 힘도 나른하게 풀려지고 있어서 그의 품에 그대로 안기고만 싶었다.

아아…… 이래서는 안 되는데……! 프런트에 손님이 왔을지도 모르는데……! 아냐…… 이 남자가 좀 더 안아줬으면 좋겠어…… 좀 더 세게……! 그런데 내가 왜 이러지……? 정말 이러면 안 되는데…… 아아, 날 그만 놓아줘요…… 아녜요, 더 세게 키스해 줘요…….

그런데 그가 갑자기 그녀를 놓아주고 말했다.

"죄송합니다. 인경 씨가 너무 아름다워서 그만 키스를 했습니다. 그런데 입술이 많이 망가졌군요. 다시 립스틱을 칠해야겠습니다."

그는 뻔뻔스럽게도 이렇게 말하고 있었지만 왠지 밉지 않았다.

"너무 무례하셨다는 걸 알아야 해요."

인경은 가슴 한쪽에서는 아쉬움을 느끼면서도 그를 똑바로 쳐다보며 야무지게 말했다.

"잘 알고 있습니다. 죄송합니다."

그녀는 주머니에서 손수건을 꺼내어 입술에 엉망으로 묻어 버린 립스틱을 닦아냈다. 그녀의 눈에는 이슬 같은 눈물방울이 희미하게 맺혀 있었다.

"죄송했습니다. 그럼 내일 오전 10시에 세종공원에서 뵙도록 하겠습니다."

인경은 대답을 않고 밖으로 나갔다. 화가 난 듯이 또박또박 걸어가는 그녀의 뒷모습을 동세는 잠시 지켜보며 미소를 지었다. 그녀가 분명히 약속 시간에 나올 것이라는 느낌이 강하게 와 닿았다.

문을 닫고 자리로 돌아온 동세는 소주병과 마른안주를 꺼내놓고 한 잔 기울였다. 거리의 흘러가는 듯한 야경이 내려다보였다.

서울 같은 대도시의 야경보다는 화려하지는 않지만 그래도 나름대로의 소박함과 단아함이 있었다. 그러고 보니 이 도시는 다른 우리나라의 도시처럼 더러운 데다가 항상 고통에 찬 신음 소리를 내는 음울한 도시가 아닌, 보기 드물게 깨끗한 도시 같았다.

그는 문득, 계곡에서 정사를 나눈 미스 어노니머스가 전해 준 편지를 생각하고 바지 주머니를 뒤져서 그것을 꺼냈다. 그는 봉투를 뜯고 읽어 보았다.

예상대로 교도소에 있는 최동기 노인이 보낸 편지였다. 물론 편지는 최동기의 부탁으로 다른 사람이 썼겠지만 서명 란에는 최동기라고 되어 있었다.

젊은 친구, 안녕하신가?
자네의 빛나는 젊음이 눈에 보이는 듯해서 기쁘네. 자네가 그토록

이야기하던 할리 데이비슨의 로드킹을 구입했다는 이야기는 들었네. 자네가 그 로드킹을 타고 거리를 누비는 모습이 눈에 선하네. 물론 뒷좌석에는 여자도 태우고 자네의 엉덩이가 들썩이도록 달리기도 했겠지? 자네가 이야기하던 오르가슴도 느껴 봤나?

어쨌든 내 짐작으로는 자네는 스피드를 좀 줄이는 게 좋을 걸세. 그래야만 자네는 자네의 빛나는 젊음을 지킬 수 있고 또 나는 내 일이 완료되는 걸 지켜볼 수 있기 때문일세.

난 자네가 모터사이클을 즐기는 게 아니라 가끔은 자네의 감정을 즐기는 것만 같아서 염려스러울 데가 있다는 걸 말해두고 싶네. 자네가 노인의 쓸데없는 걱정이라고 한다면 할 말이 없지만 말일세.

자, 그럼 본론으로 들어가세. 난 자네가 지금쯤 이 편지를 어느 작은 도시의 작은 호텔에서 읽을 것으로 생각하고 있는데 맞나? 아마 내 짐작이 맞을 걸세.

그럼 자네는 지금 곧장 일어나서 밖으로 나가게. 자네가 머물고 있는 호텔에서 조금만 사거리 쪽으로 올라가면 아담한 5층 건물이 나타나고 그 1층에 '컬러브레이크'라는 레스토랑이 나올 걸세.

소도시에 있는 것 치고는 제법 근사한 레스토랑일세. 그곳에 가서 식사를 시켜도 좋고 식사와 곁들여서 와인을 한 잔 해도 좋네. 음식 맛은 일급 호텔 수준이니까 방금 교도소에서 나온 자네의 입에는 너무 잘 맞을 걸세. 그리고 자네는 아마 식사 도중에라도 한 여인을 볼 수가 있을 걸세.

그녀는 어쩌면 소도시에는 잘 안 어울릴 것 같은 여자여서 자네는 금방 그녀를 알아볼 수 있을 걸세. 그녀는 키가 크고 아름다우며 또 젊고 우아한 여성이네. 그런데 문제는 그녀가 외롭다는 걸세. 어떤 지독히도 못난 사내가 그녀를 외롭게 만들고 있는 걸세.

아마도 그녀는 결국 그 외로움에 지치면 스스로 시들어 버릴 것이고 그렇게 되면 나는 그것을 안타까워할 것이네. 난 그래서 그녀의 외로움을 달래주기로 결정을 했네. 아니 더 정확히 말하면 그녀가 시들지 않기를 바라는 걸세. 난 언제나 그녀가 아침에 피어난 싱싱한 꽃 같은 아름다움을 언제나 지니고 있기를 바라는 걸세.

자, 이제 일어나서 '컬러브레이크'로 가게. 가서 그녀를, 외로움을 위해서 뭔가를 제안해 주게. 이것은 내 부탁일세. 아무것도 묻지 말고 그대로 해 주게.

자네가 나중에 이 일의 대가를 청구한다면 당연히 지불할 생각이네. 그리고 그녀에게 늙은 죄수 최동기가 보내서 왔다고 말을 하게. 나중에 나는 이 일의 결과와 진행과정을 자네에게 물어볼지도 모른다는 걸 미리 말해두네. 그때는 곤란하더라도 대답을 부탁하네. 나 같은 노인이 그녀의 모든 것에 대해서 알고 싶어 하는 걸 이해해 주게.

그럼 부탁하네. 빛나는 젊음의 친구, 잘 있게.

편지는 이렇게 끝이 나 있었다. 동세는 소주 한 잔을 더 따르며 이 편지가 주는 의미를 생각해 보았다. 늙은 죄수 최동기는 과연 무얼 원하고 있는 걸까?

단순히 한 여자를 위로해 주려는 걸까? 그건 어느 부분까지 해당이 되는 걸까? 동세는 일어섰다. 근사한 저녁과 술과 아름다운 여인이라는 그림은 레이아웃이 잘된 훌륭한 것이어서 그가 사양할 이유가 없었다. 그리고 그는 아직 저녁 전이어서 허기를 느끼고 있었다.

그가 엘리베이터에서 내려서 호텔 프런트 앞을 지나가자 인경은 조금은 미묘한 표정으로 그를 쳐다보았다. 동세는 살짝 윙크를 해 주었다. 그녀는 조금 웃는 것 같았으나 그건 그만의 느낌 같았다.

레스토랑 '컬러브레이크(Color Brake)'는 걸어서 채 10분도 안 되는 거리에 있었다. 시계는 밤 10시 30분을 가리키고 있었으며 소도시답게 밤거리를 오가는 행인들은 그리 많지 않았다.

그는 컬러브레이크의 문을 밀고 안으로 들어갔다. 늙은 죄수의 말대로 서울에서도 흔히 볼 수 없는 고급스런 레스토랑이어서, 소도시에 이런 레스토랑이 있다는 게 믿어지지 않을 정도였다. 밝으면서도 은은한 조명 아래에 고급스런 집기들이 우아한 모습으로 그림처럼 늘어서 있었고, 주방 앞쪽에서는 한 여인이 역시 우아한 모습으로 천천히 걸어오고 있었다. 영업 시간이 지났는지 손님들은 없었다.

그녀는 한눈에 보아도 큰 키에 아름다운 여자였다. 그녀는 서두르지 않는 조용한 걸음으로 다가와서 그에게 미소를 지어 보이며 말했다.

"손님, 죄송합니다만 영업 시간이 지났습니다."

"그럼 식사는 안 되는 겁니까?"

"네, 10시까지 영업을 합니다. 다음에 들러주시면 고맙겠습니다."

그녀를 어디선가에서 본 듯했다. 분명히 낯선 얼굴은 아니었다.

이지적이면서도 약간의 피곤함이 묻어 있는 그녀는 30대 초반 가량으로 여겨졌다. 키는 175센티미터가 약간 넘는 큰 키여서 검정색의 타이트한 옷이 그녀의 몸매와 잘 어울렸다.

"손님, 다음에 들러주시면 고맙겠습니다."

동세가 머뭇거리자 그녀는 그래도 여전히 미소를 띤 채 조용하게 말했다.

"그럼 술이라도 한 잔 할 수 있을까요?"

"죄송합니다."

동세는 히든 카드라도 쓰듯이 말했다.

"……실은 최동기 선생이 보내서 왔습니다."

그가 최동기란 이름을 꺼내자마자, 그녀의 얼굴에서는 놀라움과 반가움이 떠올랐다.

동세는 이제 자신의 옷을 주워 와서 하나씩 옷을 입었다. 팬티를 입고 하얀 티셔츠를 걸치고 가죽바지를 다리 사이에 끼워서 당겨 입고 은제버클을 채우고, 가죽재킷을 입었다. 모두가 그녀에게 보여주기 위해서 의도적으로 천천히 취하는 행동이었다. 나중에 그가 떠난 뒤에 그가 어떻게 옷을 입었고 또 그가 어떤 몸을 지니고 있었는지를 그녀에게 뚜렷하게 남겨주기 위한 행동이었다.

최소한 1년 정도는 그녀의 기억에 동세가 선명하게 남는다면 그녀는 1년 동안은 그 기억으로 위안을 삼을 수 있는 것이었다. 동세는 진심으로 그렇게라도 오혜수가 위안이 되었으면 하고 바라고 있었다.

제5장 컬러브레이크

그녀와 최동기가 어떤 사이인지는 정확하게 모르겠지만 그녀의 얼굴에는 화색까지 돌아왔다. 하얀 치아가 드러나는 깨끗한 미소가 인상적이었다.

"아, 그러세요…… 어서 이리로 앉으세요."

그녀는 그제서야 서둘러서 자리를 권했다.

"참, 뭘 좀 드시겠어요?"

맞은편에 앉으려던 그녀는 깜빡했다는 듯이 물었다.

"실은 제가 아직 식사 전입니다. 괜찮다면 식은 음식이라도 있으면 좋겠습니다만…… 술은 맥주가 좋겠구요."

"아, 이걸 어쩌죠……? 종업원들이 다 퇴근을 해서…… 괜찮다면 제가 식은 밥으로 오무라이스나 김치볶음밥 같은 것은 만들어 드릴 수 있는데요."

"좋습니다. 귀찮으시겠지만 부탁드리겠습니다."

"그럼 잠깐 기다리세요."

그녀는 이렇게 말하고는 주방 쪽으로 가더니 안주와 버드와이저 다섯 병을 가져와서 탁자 위에 내려놓았다. 그리고 한 잔 따라주고는 서둘러 주방 쪽으로 걸어갔다.

잠시 후, 동세는 주방 쪽에서 나는 볶음밥 냄새를 맡으면서 맥주잔을 기울였다.

"최 선생님은 잘 계시죠?"

주방 쪽에서 그녀가 소프라노의 음성으로 물었다.

"그럼요. 언제나 그렇듯이 잘 계시니까 조금도 염려 안 하서도 됩니다."

"그래도 워낙 연세가 많으신 분이라서 항상 걱정이 돼요."

"제가 본 바로는 건강도 좋아서 염려할 정도는 아니었습니다."

"하긴 그럴 거예요. 워낙 자신을 잘 다스리는 분이라서……."

그녀는 이내 음식을 손수레로 밀고 와서 탁자 위에 늘어놓았다. 먹음직스럽게 생긴 김치볶음밥이었다. 이번에는 코냑 한 병도 끼어 있었다.

입에서 군침이 돌았다. 얼마 만에 대하는 그럴 듯한 음식인가?

그녀가 만든 볶음밥은 생각보다 맛이 좋았다.

그가 식사를 다 하고 나자 그녀가 물었다.

"전에 다리 관절이 안 좋으셨는데 요즘은 어떻든가요?"

"왼쪽 다리를 약간 불편해하시는 것 같습니다만 그 정도는 연세든 분이라면 누구나 다 겪는 거니까 걱정하실 건 없습니다."

"다행이네요…… 저도 한 잔 주시겠어요?"

그녀가 잔을 내밀었다.

"죄송합니다. 진작에 드렸어야 하는데……."

동세는 그녀에게 코냑을 한 잔 따라주었다. 그녀는 약간 피곤해 보이기는 했으나 그보다는 얼굴에 드리워진 알 수 없는 그늘 같은 것이 그녀를 더욱 피곤케 하는 것 같았다. 그것은 뭐랄까? 혼자 사는 아름다운 여자의, 그래서 스스로 시들어 가는 걸 자각하는 그늘 같은 것이라고나 할까? 어쨌든 그런 것이 그녀에게는 있어서 최동기의 부탁이 아니더라도 그녀를 안아서 위로해 주고 싶다는, 새삼 가슴이 저려오는 충동을 일으키게 했다.

"죄송하지만 교도소에서 나오시는 중인가요?"

그녀가 조심스럽게 물었다.

동세는 조금 웃었다.

"맞습니다. 9시간 전쯤에 교도소 철문을 나왔습니다. 교도소에서는 최동기 선생과 죽 한 방을 썼었구요. 아직도 제 몸 어디선가에서는 교도소 냄새가 날 겁니다. 교도소 냄새는 지독해서 한 번 몸에 스며들면 금방 없어지지 않거든요…… 그런데 혹시 전에도 최동기 선생이 보낸 사람이 왔었습니까?"

동세는 그것이 궁금했다. 그래서 곧 본론으로 들어갔다. 만약 누군가가 왔었다면 그녀를 위로하는 일에는 어떤 절차와 방법이 있을 것이다.

그녀 앞에서 무용을 하면서 노래를 부르는 따위의 어처구니없는 짓이 그녀를 위로해 주는 방법은 아닐 거라는 짐작을 하고는 있지만 확실히 알아둘 필요가 있다. 자칫 잘못하면 자신도 모르게 저 세상으로 가는 수가 있다.

분명히 앞에 있는 늘씬한 미인, 롱 슬릿을 준 롱스커트를 입어서 미끈한 허벅지의 바깥쪽 깊은 곳까지 드러낸 그녀는 최동기의 딸이거나 친척 같은 여자는 아닐 것이다.

최동기가 보낸 편지를 읽으면서 느낀 것이지만 그녀는 최동기의 애인이거나 그와 비슷한 여자일 확률이 높다. 그런데 최동기는 그런 여자를 위로해 주라고 한다.

이건 헨리 밀러도 쉽사리 흉내낼 수 없는 짓이며 에밀 졸라도 마찬가지일 것이다. 그럼 보들레르는 어떨까?

그는 사랑이 흘러넘치는 욕망에 가득찬 시(詩)를 지어서 여자에게 바치는 것으로써 위로를 하려 했을까?

그는 이런 경우 어떨까를 스스로 생각해 보았다.

그는 여자를 몹시 사랑한다면 그리고 오랜 세월 이별이 계속되었다면 그녀를 위해서라도 그럴 수 있다고 생각했다. 이별이 계속되고 또 사랑하는 여자를 행복하게 해 줄 희망이 별로 없다면 여자에게 재혼을 권유할 수도 있는 것이다.

"아녜요. 처음이에요."

"그럼 제가 여기에 온 목적도 모르시겠군요?"

"최 선생님의 안부를 전하러 온 게 아니신가요?"

그녀는 단정한 이마를 상큼 찌푸리면서 의아한 표정을 떠올렸다. 그녀가 거짓말을 하는 것 같지는 않았다.

그렇다면 그가 그녀를 위로해 주기 위해서 처음 온 남자이다.

"제가 온 건…… 그보다 먼저 이 레스토랑 문을 완전히 닫아주시겠습니까? 아니면 저를 댁의 집으로 데려가셔도 좋습니다."

"무슨 말씀이신지?"

그녀는 영문을 모르겠다는 얼굴을 했다.

"저는 최동기 선생의 부탁대로 하는 겁니다."

그녀는 어쨌든 일어서서 문 쪽으로 가더니 나무로 만들어진 견고한 현관문을 닫고 또 오토 슬라이드 방식의 유리문을 잠그고 돌아왔다. 시계는 거의 밤 12시 가까이를 가리키고 있었다.

그녀가 맞은편 소파에 앉자 그는 미소를 지어 보였다. 그녀가 긴장을 하고 있는 것 같아서였다.

"참, 제 소개 먼저 하죠. 저는 이동세라고 합니다."

"저는 오혜수라고 해요."

"그런데 어디선가 분명히 뵌 듯한 분인데 잘 기억이 안 나거든요? 혹시 저를 아십니까?"

여자가 조금은 쓸쓸한 미소를 떠올렸다.

"많은 분들이 그렇게 말들을 하세요……."

"무슨 말씀인지……?"

동세는 언뜻 납득이 되지 않았다.

"아무튼 그런 게 있어요…… 지금은 다 잊은 오래 전의 일이지만 실은 제가 미스코리아 출신이에요."

그녀는 맑은 액체가 담긴 술잔을 기울이며 역시 조금 전의 쓸쓸한 미소처럼 말했다.

"아, 그렇군요. 그러고 보니 생각이 납니다…… 한때 탤런트 생활도 하셨죠? 인기가 많았던 드라마였던 것으로 기억하는데…… 그런데 갑자기 은퇴를 했다고 해서 말들이 좀 있었죠?"

동세도 그녀를 기억했다. 그녀는 한때 텔레비전 브라운관을 누비던 연예인이었다. 그런데 어느 날 갑자기 그녀는 은퇴를 선언하고는 팬들의 시야에서 사라져 버렸던 것이다.

"그럼 은퇴를 선언한 건 최동기 선생 때문이었던가요?"

"그런 셈이죠……."

"그렇군요."

동세는 머리를 끄덕였다. 이제 모든 걸 알 것 같았다.

"최 선생은 오혜수 씨를 무척 사랑하시는 것 같더군요."

"그건 저도 잘 알고 있어요…… 하지만 그건 남들이 생각하는 그런 사랑은 아니예요……."

어느새, 코냑은 반이나 비어 있었는데도 그녀는 자세가 별로 흐트러지지 않았다. 생각보다 술이 센 여자였다. 그녀는 마치 그녀의 쓸쓸함을 그리고 시들어 가는 그녀의 아름다움을 조금씩 술과 함께 마셔 버리고 있는 것만 같았다.

"……그런데 저에게 전할 말이 뭐죠?"

오혜수가 그를 똑바로 쳐다보며 물었다. 약간은 술기운에 젖은 눈이 그를 바라보고 있었다. 습기와 침윤(浸潤), 이런 단어가 적절하다고 여겨지는 눈길이었다.

이걸 어떻게 설명해야 할까? 동세는 조금 난감했다. 최동기의 부탁으로 당신의 외로움을 위로해 주러 왔다고는 할 수 없지 않은가? 그리고 그러니까 얼른 옷을 벗어라 하고 말할 수는 더더욱 없지 않은가?

에어컨이 잘 가동되고 있어서 실내는 그리 덥지는 않았으나 동세는 의도적으로 재킷을 벗었다. 그러자 잘 발달된 그의 상체가 하얀 티셔츠에 감싸인 채 드러났다.

"술 때문인지 조금 덥군요."

동세는 이렇게 말하면서 그녀의 눈길이 자신의 몸에 머무는 걸 느꼈다. 그리고 자세를 고쳐 앉으며 나직한 한숨 같은 걸 쉬는 것도 알 수 있었다.

"그런데 제가 뭐라고 부르는 게 좋겠습니까? 부인이라고 할까요? 아니면 나이도 어린 제가 좀 건방지겠지만 그냥 성함을 부를까요?"

"부인이라니 좀 낯설어요. 아직 결혼도 한 일이 없는데…… 그냥 이름을 불러주세요."

"그럼 그렇게 하죠, 혜수 씨……."

"그렇게 불러주시니까 제가 동세 씨 또래가 된 것 같네요. 한 잔 더 하시겠어요?"

어느 덧, 그는 마지막 버드와이저를 입에 물고 있었다.

"좋습니다, 혜수 씨. 몇 병만 더 하죠."

그녀는 눈썹을 약간 치켜 올리면서 웃어주고는 주방 쪽으로 걸음을 옮겼다. 그는 천천히 움직이는 그녀의 몸매를 지켜보다가 시선을 거두었다. 잠시 후에 실내에는 부드러운 음악이 흘러나왔다.

오랜만에 들어보는 센티멘털한 정감이 있는 노래였다. 그는 노래를 따라 발을 조금씩 흔들며 홍얼거려 보았다.

넌 고향으로 가고 있니?

네가 오랜만에 고향으로 가는 걸 사람들은 아니?

넌 그녀의 생각에 날을 지새우기도 했지만 그녀는 고향에 있을까?

하지만 그녀가 없더라도 너는 슬퍼하면 안 돼

넌 고향으로 가고 있으니까

넌 고향으로 가고 있으니까…….

노래는 그를 위해서, 출옥을 한 그를 위해서 선정해 준 것이겠지만 동세는 우울했다. 그래서 그는 맥주병의 바닥을 드러내고는 난 고향이 없어. 난 갈 곳이 없어. 그래서 지금 이곳에서 방황을 하고 있는 거야, 하고 중얼거렸다.

그에게도 물론 태어난 곳이 있긴 하나 그건 단순히 태어난 곳에 불과하다. 그는 그를 낳아준 생모와 생부의 얼굴도 모르며 그의 표현에 의하면 떠돌이 개처럼 떠돌며 성장했다. 그렇다고 고아원 같은 보육시설의 신세를 진 건 아니다.

그를 돌봐준 사람은 먼 친척처럼 여겨지는 할머니였고, 그는 가출을 일삼으며 성장했다.

"제가 음악을 잘못 선정했나 보죠……?"

어느새, 다가온 그녀가 그의 머리를 만져주면서 위로를 해 주었다. 너무 오래간만에 마신 술 탓에 자신도 모르게 눈물이 조금 흘러내린 것 같았다.

그녀가 두 손으로 그의 얼굴을 감싸더니 눈물을 닦아주었다.

"그만 우세요. 슬픔이란 건 감옥에서 금방 나온 사람이 아니더라도 누구에게나 있는 거예요."

"내 모습이 우습지요? 너무 오랜만에 술을 마신 탓인가 봅니다. 하지만 난 정말이지 오토바이를 탄 개가 되고 싶습니다."

"그게 무슨 소리죠?"

"난 그저 거리를 떠도는 개처럼 오토바이를 타고 거리를 떠돌고 싶다는 겁니다…… 가끔 예쁜 여자와 개처럼 섹스를 하면서 말입니다……."

동세는 쓸쓸하게 웃으면서 아무래도 지나치게 술에 취한 것 같다는 생각을 했다.

"그건 자학인가요?"

"아마도 그럴 가능성이 농후하죠."

동세는 이번에는 코냑을 스스로 따라 마셨다.

"그만 드세요. 감옥에서 금방 나오신 분이 이렇게 많은 술을 마시면 몸을 버려요."

그녀가 그의 손에서 술잔을 빼앗아서 스스로 마셔 버렸다. 그리고 맞은편의 소파로 자리를 옮기더니 한숨처럼 물었다.

"내 슬픔은 어떤지 아세요?"

"아마도 많은 슬픔이 있겠죠…… 적어도 최동기 선생을 아는 사람이라면……."

"그래요, 난 벌써 최 선생님과는 5년이나 떨어져 있었어요…… 하지만 5년이 문제가 아니예요. 최 선생님은 영영 감옥에서 못 나올 수도 있고 난 너무나 외롭다는 거예요…… 그래서 난 늘 강간을 당하는 꿈을 꾸고 있어요…… 그것도 독일 병정이나 산적이 마구 강간을 해 주는 꿈을 말예요……."

그녀는 아주 자연스럽게 강간이란 말을 입에 올려서 '강간' 이란 단어가 신기하게도 편의점에서 파는 탄산음료의 상표처럼 느껴졌다.

"하지만 그 꿈도 언제나 끝을 맺지 못하는 필름처럼 되어 버리고는 해요……."

"최 선생 때문인가요?"

그녀는 대답하지 않으며 술기운에 젖은 미소를 떠올렸다.

"그래서 난 차라리 재봉틀을 밟아대는 여자 재봉사가 되었으면 하는 생각도 해 봤어요. 왜 알죠? 그 패달을 밟아대는 옛날 재봉틀 말예요."

"왜 하필 재봉틀이죠?"

"그건 재봉틀의 패달을 힘차게 밟아대면 오르가슴을 느끼기 때문이예요. 난 그걸 고등학교 2학년 때 처음 알았어요. 그때 우리 집은 가난했고 난 어머니를 도와서 학교에서 돌아오면 재봉틀을 돌려야 했어요. 그런데 어느 날, 난 재봉틀을 밟으면서 야릇한 감정을 느꼈던 거예요. 처음에는 그 감정이 뭔지 몰랐죠. 하지만 내 손이 나도 모르게 허벅지를 쓰다듬게 되면서 오르가슴이란 걸 알게 된 거예요……."

동세는 그녀의 빈 잔에 술을 따라주었다.

"……그 다음부터는 재봉틀을 더 맹렬하게 밟아대고는 했죠. 그리고 어떨 때는 브래지어 속으로 손을 집어넣어서 가슴도 자극하고는 했어요. 점점 더 발전을 한 거죠. 조그만 유두를 만져주기도 하고 젖가슴을 애무하기도 하고 그리고 따뜻한 아랫배와 마지막에는 언제나 허벅지를 더듬으며 맹렬히 패달을 밟아대는 것으로 끝을 내고는 했어요…… 하지만 언제나 죄책감에 시달리고는 했어요. 지금 생각하면 우습지만 그때는 그랬어요. 자위행위를 하면 암에 걸리는 건 아닌지? 나중에 결혼도 못하는 건 아닌지? 아니면 점점 저능아가 되어 버리는 건 아닌지 하는 생각 때문에 늘 걱정을 했으니까요. 나중에 대학을 가서 안 것이기는 하지만 어떤 친구는 커피믹서기를 다리 사이에 끼워서 그 진동을 즐겼다고도 하고 또 어떤 친구는 기차의 끊임없이 이어지는 진동을 즐겼다고도 하고 또 어떤 친구는 그네를 타면 오르가슴에 도달한다고도 고백을 하더군요. 그것에 비하면 나는 아주 점잖은 편에 속했다고나 할까요……?"

"혹시 혜수 씨는 마스터베이션(Masturbation)이라는 말의 어원을 아시나요?"

"아니요, 궁금해요. 말 좀 해 주세요."

"영어의 마스터베이션이라는 말의 어원은 라틴어에서 나왔는데 '사람이나 남자'를 말하는 mas와 '떠들썩하게 하다. 마음을 어지럽히다'라는 turbo가 합성된 것이라고 말들을 하고 있어요. 그런데 20세기에 들어서면서 독일의 성학자들이 '손'이라는 뜻의 마누스(manus)와 '더럽히다'는 또는 '능욕하다'라는 뜻의 스투프로(stupro)를 합성한 것이라고 주장하기 시작했지요. 하지만 독일의 성학자들의 주장은 점차 근거가 없어지기 시작했습니다. 아시다시피 마스터베이션이라는 행동은 손만을 사용해서 하는 행동은 아니거든요. 그래서 그들의 주장이 근거를 잃어 버리게 된 거지요. 그러니까 결국 마스터베이션은 라틴어의 mas와 turbo에서 나왔다고 보는 게 옳죠."

"그렇군요…… 전 여고 때 그 마스터베이션 때문에 고민을 많이 했어요. 내가 정말 음탕한 여자가 아닐까 하는 생각도 하고 심지어는 클리토리스를 외과적으로 제거해 버리는 수술을 받아야 되는 게 아닌가 하는 생각도 했었죠……."

"그랬군요, 이해가 됩니다. 실제로 클리토리스를 제거하는 수술이 서양 쪽에서는 오래 전부터 있어왔죠. 심지어는 1920년대까지 클리토리스 제거 수술을 했다는 미국의 기록이 있으니까요."

"그건 여성에 대한 성적 억압 같은데요?"

"그렇죠…… 자위행위란 건 남녀를 불문하고 죄악시를 했지만 남자에 비해서 여성의 경우에는 그 정도가 조금 심했죠. 프랑스의 내과 의사 두 명이 클리토리스 제거 수술의 효과에 대해서 보고서를 낸 적이 있는데 그 기록에 따르면 한 의사는 62회의 수술을 한 결과, 사망이 8회, 치료가 25회, 다른 한 사람은 22회의 수술을 해서 성공이 10회라고 되어 있으니까 그 당시에 얼마나 많은 여성들이 성적 억압 때문에 희생이 되었는지를 알 수가 있죠. 하지만 그렇다고 해서 페미니스트들처럼 이런 것들을 성차별 쪽으로만 이해를 하려면 곤란한 점도 있습니다. 남자들도 그 부분에 있어서는 가혹할 정도로 제재를 받았으니까요."

"근데 동세 씨는 전공이 뭐죠? 의대생이었나요?"

"아닙니다. 저는 철학을 조금 배우다 말았고 또 프랑스에 가서 일러스트레이션을 조금 배우다 말았으니까 글쎄 굳이 전공이라고 한다면 아니, 최 선생의 말에 따르면 섹스철학이란 게 있다면 내가 박사 학위를 받고도 남을 거라고 이야기를 하더군요."

"그래요? 그거 의외인데요?"

"저도 스스로 제 자신을 돌아보며 놀랄 때가 있으니까 의외로 생각하시는 게 당연합니다…… 그럼 혜수 씨는 요즘은 어떻게 해결을 하시죠?"

그녀는 비둘기 소리처럼 꾸루룩이듯이 소리 내어 웃으며 반문했다.

"어떻게 해결하냐구요? 나라고 별다른 방법이 있겠어요? 스스로 혼자서 해결을 하는 편이죠."

"그래서 늘 슬프기도 하구요?"

"그렇죠."

"혼자서 쓸쓸한 방에서 할 때면 내가 지금 무엇을 하고 있나? 왜 이렇게 사는 건가? 하는 생각을 할 때가 있어요. 갑자기 그런 기분에 사로잡힐 때는 중단을 하고 차라리 샤워를 하죠. 시간이 된다면 조깅 같은 운동을 하기도 하구요……."

"그게 근본적인 문제 해결은 되지가 않겠군요?"

"지금 우문현답을 원하는 건가요?"

그녀의 자세는 조금 흐트러져서 검정 롱스커트에 감싸인 한쪽의 미끈한 다리는 거의 그대로 드러나 있지만 말솜씨는 여전히 매끄러웠다.

"실은 며칠 전에는 동세 씨가 앉은 바로 그 자리에서 한 적도 있어요…… 재즈를 들으면서 했는데 그날은 10분만에 끝이 날 정도로 잘된 편이었어요."

그녀는 동세를 장난스럽게 살펴보면서 던지듯이 말했다.

"그날 이 자리에 괜찮은 남자 손님이라도 앉았었던 모양이죠?"

"어, 어떻게 알았죠? 그래요. 그날 회색 양복을 입은 근사한 젊은 남자가 그 자리에 앉아서 식사를 하고 갔죠. 그래서 그 남자의 품에 안기는 상상을 하면서 한 거죠. 물론 상상 속이긴 하지만 생각보다 회색 양복은 힘이 센 편이어서 일찍 끝난 거였어요. 최 선생님께는 미안하지만 어쩔 수가 없었어요…… 근데 나를 찾아온 이유가 정말 뭐죠?"

"최 선생이 부탁을 해서 온 건 틀림이 없습니다."

"사실을 말해 줘요. 최 선생님이 동세 씨에게 뭘 부탁을 했다는 거죠?"

그녀는 두 손을 턱을 괴고 그를 빤히 쳐다보면서 말했는데, 그 얼굴은 이제 술 때문에 발그스레하게 상기되어 있어서 귀엽고도 섹시해 보였다. 한쪽 벽을 기둥처럼 장식하고 있는 대형 괘종시계는 천천히 새벽 2시가 됐음을 알려주었다. 하지만 그는 조금도 졸리지 않았고 오혜수도 그런 기색이었다.

"말을 하기가 곤란한가요?"

"실은 그런 셈입니다. 최 선생의 부탁으로 여기에 온 건 틀림이 없습니다만…… 그런데 내가 여기에 이렇게 앉아 있는 게 싫습니까?"

"그렇지는 않아요. 솔직히 잘 생기고도 건강한 젊은 남자와 깊은 밤에 마주 앉아서 술을 마시는 건 스릴이 있으면서도 달콤해서 좋아요."

"다행이군요. 그럼 먼저 왔던 회색 양복이 다시 이곳에 왔다고 생각하시면 됩니다."

그녀는 두 눈을 깜박이면서 그의 말뜻을 헤아리려고 노력하는 것 같았다.

　"그렇지 않아도 나는 지금 화장실을 다녀올까 생각중이거든요."

　"화장실이라면 단순한 용무 때문에 가는 건 아니시겠죠?"

　그녀는 고개를 끄덕였다.

　"혹시 저를 생각하면서 마스터베이션을 할 생각인가요……?"

　약간의 취기 탓일까? 그녀가 고개를 끄덕였다.

　"맞아요. 어쩐지 회색 양복의 남자보다 빨리 끝낼 수 있을 것 같거든요……"

　그녀는 스스럼없이 대답했다.

　"그렇다면 이곳에서 하셔도 됩니다. 나는 그저 회색 양복처럼 앉아 있기만 할 테니까요."

　술기운과 오래간만에 마음이 맞는 이성과의 대화 탓인지 약간 이상한 방향으로 흘러가고 있었다.

　"……하지만 나도 그러고는 싶지만……."

　그녀는 선뜻 내키지는 않는 얼굴이었으나 내심으로는 간절히 원하고 있다는 걸 동세는 짐작할 수 있었다.

　"그럼 그렇게 하세요. 혜수 씨가 원하지 않는다면 절대 혜수 씨에게 다가가지는 않을 테니까요. 실은 저는 이곳에 오기 전에 두 여자와 이미 관계를 맺었기 때문에 그렇게 여자에게 굶주려 있는 처지는 아니니까 안심하셔도 좋습니다. 그리고 아마 이런 것 정도는 최 선생께서도 오히려 권유할 것으로 여겨집니다."

"그럴까요……?"

그녀의 눈이 새로운 기대감에 부풀어서 반짝였다.

"최 선생께서는 혜수 씨를 몹시 사랑하기 때문에 혜수 씨가 원하는 일이라면 무엇이든지 들어주실 겁니다. 그것이 설사 섹스라 할지라도 말입니다…… 그리고 혜수 씨가 원한다면 난 나의 모든 것을 혜수 씨에게 보여드릴 수도 있습니다."

"그 말이 정말이세요? 그럼 동세 씨의 건장한 알몸도 보여줄 수 있다는 건가요?"

"그렇습니다. 혜수 씨가 원하기만 한다면 그렇게 하겠습니다. 제가 지금 당장 티셔츠를 벗죠."

동세는 이렇게 말하고는 그녀가 말릴 새도 없이 티셔츠를 벗고는 근육질의 탄탄한 상체를 드러냈다. 그의 상체는 교도소의 거친 햇빛 때문에 검게 그을린 상태여서 전등빛에도 왁스를 바른 것처럼 빛이 났다.

술기운에 젖은 그녀의 시선이 천천히 그의 상체를 살펴보았고 입에서는 나른한 한숨이 새어나왔다. 그녀는 이제 바닥을 드러내고 있는 코냑을 잔에 따르더니 그것을 단숨에 마셨다. 그리고 동세를 노려보듯이 쳐다보았다. 이어서 춤을 추듯이 두 손을 들어 올려서 어깨를 가볍게 덮고 있는 머리칼을 뒤로 쓸어 올리고는 두 손을 아래로 미끄러뜨리더니 타이트한 검은 섬유 속에 들어 있는 젖가슴을 양 손으로 부드럽게 잡아서 두 손을 리드미컬하게 움직였다.

라운드 미드나잇(Round Midnight)인지 선 다운(Sun Down)인지 정확히 기억이 나지 않는 재즈 음악은 레스토랑의 매끈한 마룻바닥을 따라서 천천히 그러면서도 다이나믹하게 기어와서 그녀의 몸을 더듬었다.

그녀는 나직하게 입을 벌렸으며 가끔씩은 눈을 지그시 감았다. 한 손은 천천히 복부를 따라서 내려가더니 롱슬릿을 준 스커트 사이로 미끄러져 들어갔다. 그 손은 왼손이었으며 슬릿을 준 곳도 왼쪽이어서 그 왼손은 곧 허벅지 깊은 곳까지 쉽게 도달할 수 있었다.

동세는 그녀의 젖혀진 스커트 사이로 팬티스타킹과 그 팬티스타킹 속에 숨어 있는 작은 팬티를 볼 수 있었다. 그녀의 가늘면서도 긴 손가락은 허벅지 깊은 곳 팬티 위쪽에서 마사지하듯이 부드럽게 움직이는 중이었다.

굽이 높은 하이힐을 신은 두 발은 50센티미터 정도 벌렸으며 폭이 좁은 롱스커트는 무릎 위까지 젖혀져 있었다.

그녀는 빨간 혀를 꺼내어 입술을 조금씩 핥으면서 집요하게 팬티 안쪽의 한 부분을 자극했다. 그리고 더는 못 참겠다는 듯이 엉덩이를 들더니 팬티스타킹을 허벅지까지 끌어내렸다. 하지만 팬티는 끌어내리지 않아서 섬세한 섬유로 만들어졌으며 라인에는 레이스가 붙어 있는 손바닥만한 팬티는 그녀의 왼손을 반쯤은 덮고 있었다.

그래서 동세는 그 손가락들의 델리킷한 움직임을 제대로 볼 수가 없어서 아쉬웠다. 약간 갈색빛이 나는 음모는 가끔 손가락 사이로 볼 수 있었으나 그녀의 깊은 곳은 보이지 않았다. 하지만 그 손가락들의 지속적이고도 부드러운 움직임은 정확하게 느낄 수 있었다. 굳이 경험에 의하지 않더라도 그녀가 어떤 부위를 어떻게 자극하는지까지 잘 알 수 있었다.

그녀는 어쩌면 여고 시절부터 지금에 이르기까지 마스터베이션에 탐닉(?)했다면 아마도 비정상적으로 크게 자란 클리토리스를 소유하고 있을지도 모른다는 생각이 들자, 동세는 얼른 그녀의 그곳을 확인하고 싶은 충동에 사로잡혔다.

그러나 그는 그녀와의 약속대로 움직일 수가 없었다. 그리고 아직 그녀를 위한 '위로(慰勞)'라는 것이 어떠한 형태의 것으로 진행되어야 하는지 명확하게 판단이 서지 않은 상태였다.

동세는 일단은 여자의 판단에 따라서 행동을 할 생각이었다.

그녀는 입을 약간 벌린 상태였으며 가끔은 이를 지그시 물었고 또 신음 소리도 가늘게 흘려냈다. 그러면서도 동세의 몸을 보는 것을 잊지 않았다.

"어서 아래도 보여줘요, 어서……!'

그녀가 문득 재촉했다.

동세는 얼른 일어나서 꽉 끼어 있는 가죽바지를 힘껏 아래로 내렸다. 탄탄한 허벅지 위쪽에 완강하게 붙어 있는 푸른색 삼각팬티가 드러나자 그녀는 신음 소리를 높였다.

그녀도 서둘러서 롱드레스를 벗어 버리고 브래지어를 거추장스럽다는 듯이 끌어내렸다.

그러자 30대 초반이란 나이의 완숙한 몸매가 스스럼없이 드러났다. 미스코리아 출신이라서 그런지 몸매는 오히려 20대 초반의 여성보다 좋아 보였다.

나이에 비해서 조금도 처지지 않은 젖가슴을 그녀의 오른손이 집요하게 애무했다. 한 번은 젖가슴 전체를 한 번은 아직 연한 핑크빛으로 밝게 빛나는 유두를 반복적으로 애무했다.

이제 그녀의 시선은 앞부분이 솟아오른 동세의 팬티 쪽에 머물러 있었다. 아직 고통스러울 정도는 아니지만 동세는 그의 남성이 팽팽하게 솟아 있음을 잘 알 수 있었다.

하지만 오혜수의 몸에 그의 남성을 집어넣어서 힘차게 운동을 하고 싶다는 생각은 아직 나지 않았다. 그는 이번에는 스스로 팬티를 끌어내리고는 그녀가 잘 볼 수 있도록 똑바로 섰다.

그녀의 입에서 나직한 탄성이 새어나왔다. 잘 생긴 그것을 그것도 젊은 남자의 남성을 바로 눈앞에서 본 그녀는 거의 제정신이 아니었다.

최동기라는 두려운 남자만 아니라면 그녀는 벌써 동세의 품에 안겨서 몸부림을 쳤을 것이다.

동세는 이번에는 스트립쇼를 하는 것처럼 서서히 몸을 돌려서 탄탄한 엉덩이도 보여주고 다리를 들어서 탁자에 올려놓기도 했다. 옆모습을 보여주기도 하고 정면에서 스스로 몸을 쓰다듬는 모습을 연출하기도 했다.

그럴수록 오혜수는 신음 소리를 높이며 몸을 비틀었으나 동세는 그럴수록 슬퍼지는 자신을 주체할 수가 없었다.

그녀의 신음 소리가 곧 그녀의 슬픔에 가득찬 울음 소리로 들려오고 있었던 것이다. 그래서 동세는 그녀를 위해서 한 번도 해 보지도 않은 갖가지 포즈를 취해 주었다. 언젠가 파리의 술집에서 본 남성 스트립댄서의 포즈를 생각하면서 몸을 움직였다.

이제 오혜수는 거의 울부짖고 있었으며 동세의 눈에서는 눈물방울이 맺혔다.

최동기, 그는 나쁜 노인이었다. 노인 주제에 그것도 교도소에서 죽어가는 주제에 이렇게 젊고 아름다운 여자를 속박하고 있었다. 그건 죄악이나 다름이 없는 일이었다.

최동기는 분명히 돈과 힘으로 오혜수를 잡아두고 있겠지만 그렇게 되면 결국 오혜수는 서서히 부스러지듯이 죽음에 이르는 길밖에 없는 것이다.

하지만 지금 오혜수는 모든 걸 다 잊고 절정을 향해서 가는 중이었다. 부끄러움 없이 있는 대로 신음 소리를 높이면서 욕망에 들뜬 몸을 비틀었다.

그녀의 신음 소리 때문에 음악 소리까지 묻혀 버릴 정도였고 덩치가 큰 소파는 들썩이면서 조금씩 밀릴 정도였지만 조금도 음탕하게 보이지는 않았다. 탁자 위에 있던 안주 그릇은 그녀의 높이 쳐들었던 발 때문에 바닥으로 떨어져서 굴렀다.

그리고 잠시 후, 그녀는 비명처럼 짧은 신음 소리를 내면서 소파 깊숙이 몸을 늘어뜨렸다. 가쁜 숨을 몰아쉬면서 오르가슴으로 치달았던 온몸의 긴장감이 풀어지기를 기다리면서 아니면 오르가슴의 여운을 음미하고 있었다.

땀에 젖은 그녀의 긴 머리칼은 그녀의 얼굴을 반쯤은 덮고 있어서 그녀가 지그시 눈을 감고 있다는 것 외에는 표정을 잘 읽을 수가 없었다. 하지만 그녀의 눈에 눈물방울이 조금 묻어 있는 것이 반짝하고 보였다.

그 눈물은 오르가슴이 주는 희열의 눈물이기보다는 슬픔인 것 같았다. 동세는 천천히 다가가서 그 눈물을 손가락으로 닦아주었다.

그녀가 눈을 떴다. 그러고는 벗어놓은 롱드레스로 젖가슴과 아랫배 쪽을 가렸다. 그러자 동세는 말없이 롱드레스를 빼앗아서 던져 버렸다.

그녀가 왜……? 하는 얼굴로 쳐다보았다. 동세는 역시 말없이 그녀의 얼굴을 쓰다듬어 주고는 주방 쪽으로 가서 티슈를 가져왔다. 그리고 그녀의 다리 앞에 무릎을 꿇고 앉았다. 그녀의 다리를 벌리려고 하자 완강한 다리 힘이 느껴졌다.

"가만 계세요……."

동세가 조용히 말하자 그녀는 주춤주춤하면서도 그가 하는 대로 내버려 두었다. 동세는 아직까지 그녀의 허벅지 안쪽을 지키고 있는 그녀의 팬티를 벗겨내고 티슈로 그곳을 조심스럽게 닦아주었다.

그녀는 처음에는 부끄러움 때문에 얼굴을 두 손으로 가렸으나 곧 손을 내리고 동세의 모습을 하나하나 지켜보았다.

그녀의 그곳은 그녀의 욕망이 남긴 흔적처럼 빨갛게 부풀어 있어서 여운마저 사라져가는 지금, 그녀에게 통증을 안겨주는 것 같았다. 말하자면 그것은 주체할 수 없는 거친 욕망이 지난 뒤에 남는 그녀만의 슬픔이고 고통이어서 동세는 눈물이 흐를 것만 같았다. 그는 지금 오혜수의 가슴 저린 슬픔 한가운데에 들어와 있었던 것이다.

동세는 두 눈꺼풀을 지그시 눌러서 눈물을 참아냈다. 인생이란 기쁨보다는 슬픔이 훨씬 많다고는 하지만 동세의 인생이 그렇듯이 세상 어디에나 슬픔은 산재해 있었다.

그녀의 클리토리스는 좀 전에 생각했던 것처럼 비정상적으로 크지 않고 오히려 자그마해서 귀엽게 숨어 있었다.

동세는 이내 조심스럽게 그곳을 닦아주고는 팬티를 곱게 펴서 다시 입혀주었다.

오혜수는 그의 행동을 빤히 쳐다보면서도 그가 하는 대로 말을 잘 듣는 착한 아이처럼 움직여 주었다.

이번에는 바닥에 던져진 브래지어를 주워서 그녀에게 채워주고 롱 드레스를 입혀주었다. 등 뒤의 자크를 올려주는 것을 마지막으로 그녀를 돌려세웠다.

그녀가 희미한 미소를 지었다. 안됐다는 생각 때문에 가만히 그런 그녀를 안아주고는 떨어졌다.

동세는 이제 자신의 옷을 주워 와서 하나씩 옷을 입었다. 팬티를 입고 하얀 티셔츠를 걸치고 가죽바지를 다리 사이에 끼워서 당겨 입고 은제버클을 채우고, 가죽재킷을 입었다. 모두가 그녀에게 보여주기 위해서 의도적으로 천천히 취하는 행동이었다. 나중에 그가 떠난 뒤에 그가 어떻게 옷을 입었고 또 그가 어떤 몸을 지니고 있었는지를 그녀에게 뚜렷하게 남겨주기 위한 행동이었다.

최소한 1년 정도는 그녀의 기억에 동세가 선명하게 남는다면 그녀는 1년 동안은 그 기억으로 위안을 삼을 수 있는 것이었다. 동세는 진심으로 그렇게라도 오혜수가 위안이 되었으면 하고 바라고 있었다.

"그럼 안녕히 계세요."

그녀는 아무런 말도 하지 않았다. 그리고 문득 생각났다는 듯이 물었다.

"최 선생님 부탁으로 이곳에 오신 게 아닌가요?"

"맞습니다."

"그런데 그냥 가려는 건가요?"

"글쎄요. 제가 그냥 가는 것처럼 보이나요……?"

"난, 잘 모르겠어요."

동세는 고개를 갸웃하는 그녀를 남겨두고 돌아서서 문 쪽으로 걸어갔다.

"그냥 이렇게 가는 건가요……?"

아쉬움과 이별의 슬픔에 가득 찬 그녀의 음성이 그를 잡았다. 하지만 동세는 문을 열고 밖으로 나갔다.

레스토랑을 나와서 시계를 보니 새벽 3시를 가리키고 있었다. 행인은 거의 없었다. 뒤를 돌아보니 오혜수가 거리의 어두운 실루엣처럼 이쪽을 지켜보고 있었다. 동세는 손을 흔들어 주었다. 하지만 그녀는 미동도 하지 않았다. 동세는 뒷모습을 보이며 걸음을 옮기면서도 그녀의 가슴에서 흐르는 눈물을 그는 느낄 수 있었다.

그곳은 밝은 갈색으로 빛나고 있었으며 또 따스한 숨결 때문에 일렁이고 있었다. 그리고 다소곳하면서도 수줍은 아름다움이 있었다.

그 아래, 밝은 갈색의 그 아래에는 미세한 진동이 있었으며, 또 모근 하나하나까지 보일 정도였으며, 또 밝은 핑크빛으로 부풀어 있었다. 그래서 지난 밤의 그 고통의 순간에 본 그것과는 또 달랐다.

그때의 장면은 고통에 찬 슬픔이었다면 지금은 기쁨이었다. 그리고 그곳에서는 그녀만의 아릿하면서도 감미로운 향기가 배어나오고 있어서 더욱 좋았다.

제6장 그녀와 그녀

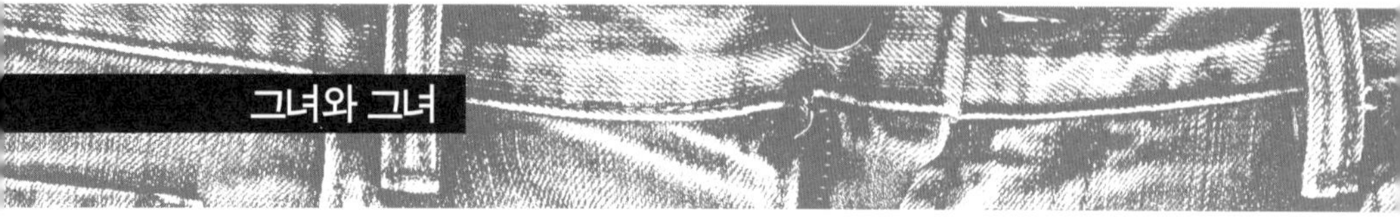

호텔방으로 돌아온 동세는 곧 옷을 벗고 침대에 몸을 던졌다. 나른한 피로감이 전신을 엄습했다. 그런데 전화벨이 낮은 소리로 조심스럽게 울렸다.

"동세 씨? 나예요."

수화기를 들자 전화 저쪽에서 갑자기 낯선 여자의 음성이 흘러나왔다.

"누구……?"

"벌써 잊었나요? 오, 혜, 수……."

그녀였다.

"여기를 어떻게……?"

동세는 담배 한 대를 꺼내물고는 딸깍 하고 라이터를 켜서 불을 붙였다. 어색함이 묻어 있는 그녀의 음성에는 그녀가 얼마나 힘들게 전화를 했는가를 말해 주고 있었다. 오혜수는 아마 열서너 번 정도는 망설이다가 전화를 했을 것이다.

"보기 드문 라이더용 가죽재킷, 그러면 분명히 근사한 오토바이를 타고 와서 어느 호텔엔가 묵었을 것 아닌가요? 이 소도시에서는 근사한 오토바이는 호기심의 대상이죠."

"그렇군요."

"그냥 이렇게 가슴 한켠을 지나가는 바람처럼 헤어지는 건 싫어서 전화를 했어요. 그렇다고 뭘 어쩌자는 건 아니지만……."

동세는 침묵을 지켰다.

그도 그녀와는 그저 지나가는 한 줄기 바람이기는 싫었다. 그녀는 나이와는 상관없이 마음이 맞는 여인이었다.

정말이지 그런 여자를 만난다는 건 쉬운 일이 아니었다. 어쩌면 그는 평생을 살아도 오혜수 같은 여자를 다시는 못 만날지도 모를 일이었다.

그리고 무엇보다 서로에게는 위로해 주어야 할 아픈 상처가 있다는 공통점이 있어서 좋았다. 하지만 그녀는 어쨌든 노인 죄수 최동기의 여자였다. 그러자 새삼스럽게 여자를 끌어안고 있는 최동기가 안쓰럽게 느껴졌다.

"왜 말이 없죠?"

"아시겠지만 이렇게 전화를 하는 건 좋은 일이 아닙니다."

"알고 있어요. 하지만 나 자신을 주체할 수가 없어서 이렇게 전화를 했어요……."

"이제 그만 전화를 끊어주시는 게 좋겠습니다."

"결국 이런 헤어짐인가요?"

"저는 최 선생의 부탁으로 그곳에 갔던 것뿐입니다. 그 이상도 그 이하도 아닙니다."

"동세 씨가 말은 그렇게 하지만 결코 그렇지 않다는 걸 나는 잘 알고 있어요……."

동세는 의도적으로 웃었다.

"사실을 말할까요? 난 최 선생에게 돈을 받기로 하고 그곳에 갔던 겁니다. 알겠어요. 무슨 소리인지?"

잠시 전화 저쪽에서는 말이 없었다. 약간의 생각이 필요했을 것이다.

"어쨌든 어떻게 나를 찾아왔든, 이제는 그런 건 문제가 되지 않아요. 나는 결코 이런 헤어짐은 원치 않는다는 걸 말해 주고 싶어요."

막무가내였다.

"더 이상 듣고 싶지 않습니다. 그럼 전화 끊겠습니다."

동세는 수화기를 내려놓았다.

다시 전화는 오지 않았다. 그는 오혜수 생각을 하면서 담배 한 대를 더 태우고 잠에 빠졌다.

이튿날 잠에서 깨어났을 때는 아침 햇살이 커튼을 거의 투명하게 비추고 있었다.

시계는 오전 8시 34분을 가리키고 있었다.

그는 팬티 차림 그대로 내려와서 노트북 컴퓨터를 켰다. 그리고 담배와 작은 크리스탈제 호텔 재떨이를 끌어다놓고 담뱃불을 붙였다. 요즘은 담배를 끊는 것이 유행이라고 하지만 그는 그럴 생각은 전혀 없었다. 그는 한참 젊음에 도취되어 있으며 인생에 대해서 그렇게 생각해 볼 나이도 아직은 아닌 것이다.

담배는 그의 모터사이클처럼 그의 젊음을 탐닉하는 맛이며 멋이며 또 젊음에 대한 중독이고 고독이며 사랑이며, 음악이기도 했다. 또 거리를 뒹구는 휴지가 되기도 하고 담벼락에 싸붙이는 오줌이기도 한 것이다. 말하자면 그의 젊은 인생에서 떼어낼 수 없는 한 부분인 것이다.

컴퓨터가 부팅을 끝내자 그는 브라우저를 실행시켰다.

그는 서치 엔진을 찾아서 그곳에서 한글로 '채수연'이라고 입력시키고 서치 버튼을 눌러주었다.

이내 채수연에 관한 자료들이 떠올랐다.

2종이었으나 그가 찾는 채수연에 관한 특별한 자료는 보이지 않았다. 한 사람은 화가 채수연이었고, 다른 한 사람은 가족 홈페이지 등록자였다.

그는 영문 검색 엔진으로 이동해서 'Soo-youn Chae'를 입력하고 서치 버튼을 눌러주었다. 그녀는 미국 예일대의 경영학 석사 출신이어서 어쩌면 그녀의 논문이나 그녀에 관한 자료들이 인터넷에 올라와 있을 가능성이 있었다.

예상대로 Soo-youn Chae가 있었으며 미국 예일대 출신의 채수연이 논문에 관한 기록이었다.

그는 그곳으로 이동했다.

채수연의 논문 즉, '다국적 기업의 국제화 경영전략과 제3세계'에 관한 간단한 소개만이 있는 곳이었다.

홈페이지 운영자는 미국인이며 서버가 위치한 장소는 샌프란시스코였으며 더 이상의 채수연에 관한 자료는 구할 수가 없었다.

동세는 일단은 물러났다. 그리고 메일을 확인해 보았다. 제목이 '동세 씨에게'로 되어 있는 메일 한 통이 도착해 있었다.

보낸 사람은 바로 유시애였다.

동세 씨, 안녕?

아직 아침 전이지? 어젯밤에는 한 잔 했을 것으로 여겨지는데 맞지?

나도 같이 한 잔했으면 좋았을 텐데…….

그건 그렇고 나 어젯밤에 동세 씨 생각 때문에 거의 뜬눈으로 밤을 새웠다는 거 알아?

교도소에서 나온 지 얼마나 됐다고 벌써 나를 이렇게 만들고 있지? 오랫동안 기다린 나를 생각해 주어야 하는 거 아냐?

정말이지 마스터베이션도 해 보고 DVD도 보았지만 소용이 없었어. 오늘 밤에 서울로 와서 꼭 나를 안아주어야 해.

그럼 오늘 밤에 봐. 알지?

그리고 첨부하는 파일은 오늘 아침에 내가 폴라로이드 카메라로 찍어서 스캐너로 입력시킨 거야.

내 생각 좀 하라고 보내는 거니까 알아서 해.

근데 동세 씨, 혼자 다닌다고 식사 거르면 안 돼. 식사는 꼭 제때에 챙겨먹어야 한다는 거 잊지 말아. 어때? 나 이쁘지?

동세 씨, 그럼 안녕!

동세는 빙긋이 미소를 지었다. 시애의 발랄한 얼굴이 그대로 메일 속에 담겨 있는 것만 같아서 기분이 좋았다.

시애가 보낸 그림 파일을 클릭해 주자 모니터에는 천천히 선명한 컬러 사진이 떠올랐다.

사진은 놀랍게도 시애가 실오라기 하나 걸치지 않은 알몸으로 정면으로 서서 그를 유혹하고 있는 모습이었다.

그녀는 턱을 약간 치켜들고 눈을 지그시 감은 채, 윙크를 하고 있으며 한 손은 젖가슴 쪽에 가 있었다. 다른 한 손은 허벅지 안쪽의 델타 지역을 은근히 가리고 있어서 그녀의 손가락 사이로 갈색의 그늘이 그대로 보였다.

동세는 이런 노골적인 사진을 받기는 처음이어서 기분이 묘하면서도 좋았다. 그리고 그녀를 안고 싶다는 생각이 불현듯 솟아올랐다. 어젯밤의 미적지근한 오혜수와의 일 때문에 더욱 그런 것 같았다.

하지만 그는 욕실로 들어가서 뜨거운 샤워를 하는 것으로 대신했다. 그리고 잠시 후, 호텔방을 나섰다.

호텔 프런트에는 이미 교대를 했는지 오인경의 모습 대신 낯선 여자가 자리를 지키고 있었다.

아직 아침식사를 할 정도의 시간 여유는 있었으나 그는 그대로 로드킹을 몰고 세종공원 앞으로 갔다.

공원은 생각보다 작고 아담했으며, 늦은 아침 운동과 산책을 하는 사람들의 모습이 더러 보였다.

공원은 정문을 들어서면서 보이는 세종대왕의 동상 때문에 세종공원으로 불리우는 것 같았다. 그는 로드킹에서 내린 다음 화단 가장자리에 엉덩이를 붙였다. 지나가는 사람들이 로드킹과 그를 호기심에 가득찬 눈으로 바라보며 지나갔다. 아닌 게 아니라 아침 햇살을 받은 로드킹은 더욱 멋진 그림으로 번쩍이고 있어서 동세는 기분이 괜찮았다.

시간은 정확히 10시를 가리키고 있었다. 그는 정확히 10분을 더 기다려 본 다음에 떠날 생각이기는 하지만 오인경이 꼭 나올 것으로 믿고 있었다.

그의 생각대로 오인경은 잠시 후에, 요란한 오토바이의 엔진음을 내면서 공원 입구로 들어서서 멋진 커브를 틀더니 멈추어섰다.

헬멧을 벗은 그녀가 환하게 웃으며 하이! 하고 말했다. 호텔에서 볼 때의 단정한 소녀같기 만한 인상은 어디에도 보이지 않았으며 오히려 건강미 넘치는 활달하고도 명랑한 여자라는 인상을 주었다.

게다가 그녀는 중량급인 혼다 스티드 600 오토바이를 능숙하게 다루고 있었으며, 몸에 착 달라붙는 청바지를 입고 있어서 그녀의 작으면서도 균형이 잡힌 엉덩이와 힘 있는 다리 등이 새삼 돋보였다.

"그럼, 그만 출발할까요?"

"잠깐만요."

그가 로드킹으로 다가가자 그녀가 제지하더니 오토바이 뒷좌석 아래에 붙어 있는 새들백에서 은박지로 싼 것과 작은 미네랄 워터 한 병을 꺼내어 그에게 내밀었다.

"아직 식사 전이죠? 이걸 어떤 여자가 분명히 아직 식사 전일 거라고 하면서 전해 주라고 했어요."

"어떤 여자? 내게는 이런 걸 보낼 여자가 없는데요……?"

동세는 고개를 갸웃하면서 은박지로 정성스럽게 포장이 된 것을 풀어 보았다. 그것은 샌드위치였다.

"이걸 보낸 여자가 누굽니까?"

"그건 스스로 생각해 보세요. 저는 그냥 받아만 왔으니까요."

"이걸 보낸 여자가 누구인지 알면 더 샌드위치가 맛있을 것 같은데 어떻게 생각하시죠?"

"저는 그냥 받아만 왔을 뿐이에요."

그녀는 싱글거리면서 대답은 하지 않았다.

누구인지 전혀 감이 잡히지 않았다. 이 도시에서 아니 다른 도시에서라도 그에게 맛있는 샌드위치를 만들어 줄 여자, 그러니까 그를 행복하게 배려해 줄 수 있는 사려가 깊은 여자는 없는 것이다.

혹시 유시애가……? 하지만 그녀는 너무 멀리 떨어져 있다.

어쨌든 그는 먹음직스럽게 생긴 샌드위치를 베어 물었다. 맛이 좋았다. 그가 지금까지 먹어 본 샌드위치 중에서 가장 맛있는 것이라고 해도 과언이 아닐 정도로 맛이 훌륭했다.

오인경은 보온병에서 커피 한 잔을 따라 내밀었다. 향이 짙은 원두커피가 담긴 머그잔이 손바닥 가득 따듯했다. 그녀의 준비물 중에는 머그잔은 물론 과일까지 있었다.

"하와이안 코나군요…… 잘 마시겠습니다."

코끝에 스치는 향기를 맡아 보고는 그가 말했다.

"네, 저도 좋아해서 늘 마시는 커피예요."

"그렇군요. 그러고 보면 우리는 공감대가 많군요. 그렇죠……?"

그녀가 이른 아침의 햇살만큼이나 맑은 미소를 보였다.

동세는 아마도 오인경이 샌드위치를 만들어 오고는 부끄러운 탓에 어떤 여자의 핑계를 대는 것이라는 쪽으로 생각을 정리하고는 그녀에게 고맙다는 뜻의 인사를 했다.

"샌드위치 정말 맛이 있었습니다."

"아니 근데 왜 그런 인사를 저에게 하는 거죠?"

"그런가요……? 어쨌든 누군가에게는 감사 표시를 해야 할 것 같아서요. 그런데 우리는 어느 쪽으로 가야 하죠?"

"제가 잘 가는 곳이 있어요. 따라만 오세요."

두 사람은 곧 요란한 엔진음과 함께 출발했다. 곧 소도시를 벗어나서 잘 포장이 된 국도로 접어들었다. 차량들은 거의 없었으며 주변에는 무성한 숲과 벌판이 있어서 경관이 좋았다.

오인경의 오토바이를 다루는 솜씨는 제법이었다. 오히려 라이더라고 자처하는 웬만한 남자보다 더 과감하고도 능숙하게 라이딩을 하고 있었다.

잘 닦인 국도를 두 시간쯤 미끄러지듯이 달려가자, 거대하다는 표현이 딱 맞을 호수가 모습을 드러냈다.

그러고 보니 몇 년 전에 강을 막아서 거대한 댐을 만든 바로 그곳이었다.

앞서가던 오인경이 손을 들어서 앞에 나타난 호텔을 가리켰다. 그 아래에는 커피숍과 편의점이 있는 곳이었다.

그들은 그곳에서 오토바이를 세웠다. 호텔의 이름은 세종관광호텔인데 그녀는 의식적으로 호텔 입구 쪽으로는 눈을 돌리려 하지 않고 있었다.

그들은 역시 호텔에서 운영하는 노천 커피숍으로 걸음을 옮겼다. 사람들은 평일이고 오전이어서 거의 없었다. 그들 외에 한 커플의 젊은 남녀가 커피를 마시고 있었다.

"여기 커피 맛이 좋아요. 가끔 혼자 와서 호수를 바라보면서 커피를 마시며 내가 살아 있고 존재하고 있다는 걸 확인해요."

"그렇군요. 가끔은 스스로를 확인하는 것도 좋겠죠…… 그런데 같이 오토바이를 타는 친구는 없습니까?"

"뭐라고 하셨죠?"

"오토바이 타는 친구가 있나 하고 물었습니다."

"아, 네…… 아직은 없어요. 실은 학교 때문에 서울에 있다가 이곳으로 내려온 지는 한 1년 정도밖에 되지 않거든요."

"이곳이 고향인가요?"

"아녜요. 고향은 서울이에요. 이곳에서는 언니와 함께 살고 있어요."

"그럼 언니도 직장이 이곳인가 보죠?"

"그런 셈이죠."

"이곳은 참 좋은 곳 같아요. 도시도 깨끗하고 사람들도 친절하고요. 무엇보다 또 이런 근사한 호수가 주변에 있잖습니까?"

"저도 그렇게 생각해요."

동세는 담배를 한 대 피워 물고 그녀에게도 권해 보았으나 그녀는 고개를 저었다.

"한때는 호기심 때문에 피우기도 했었죠. 하지만 이제는 아니에요. 어쩐지 피부가 거칠어지는 것 같아서요."

그녀는 고개를 젓고는 잠시 말없이 호수를 바라보았다. 그리고 그녀는 문득 일어섰다.

"자, 잠시 손 좀 닦고 오겠어요."

"그렇게 하시죠."

동세는 대답은 이렇게 했지만 그녀의 행동이 좀 부자연스럽다고 느끼고 있었다. 뭔가 허둥대는 것 같기도 하고 또 뭔가 깊은 생각에 잠기는 것 같기도 했다.

커피를 가저온 여종업원이 동세에게 무선전화기를 내밀며 물었다.

"손님이 이동세 씨 맞죠?"

동세는 고개를 끄덕이고 전화를 받았다.

"저예요."

방금 손을 닦으러 간다고 한 오인경이었다.

"무슨 문제가 생겼나요? 제가 도울 일이라도 생겼나요?"

그는 일부러 유쾌한 어조로 농담을 했다.

"그곳을 떠나서 이리로 오세요. 호텔 506호 객실이에요."

"객실이라구요?"

동세는 잘못 들은 것이 아닌가 해서 반문했다.

"맞아요, 동세 씨. 506호 객실로 오세요. 기다리고 있을 테니까 어서 오세요."

동세는 오인경의 애교스런 음성을 떠올리며 잠시 생각했다.

그는 그녀가 이렇게 빨리 또 스스럼없이 그를 요구할 줄은 짐작도 못했던 것이다. 그녀는 그의 느낌으로는 아직 남자의 손길을 모르는 처녀가 분명했으며 그녀의 버지니티(Virginity) 역시 어느 정도는 존중해 주어야 하는 것으로 생각하고 있었다. 그런데 그녀의 이런 행동은 쉽게 이해가 되지 않았다.

어쨌든 그는 일어섰다. 커피값을 계산하고 호텔로 가서 엘리베이터를 탔다.

506호 객실은 금방 찾을 수 있었다.

문을 열고 안으로 들어가자 침대 머리맡에 앉아 있던 그녀가 얼른 일어섰다. 양볼이 사과빛으로 상기되어 있는 것으로 봐서 부끄러워하는 걸 한눈에 알 수 있었다.

"노, 놀라셨죠?"

"실은 그렇습니다."

"저는 사실 한눈에 동세 씨가 마음에 들었어요. 그래서……."

그녀는 더 말을 잇는 대신 재킷을 벗고 바지 벨트를 풀었다.

"저를 좀 안아주시겠어요?"

"물론입니다만 갑자기 왜 이렇게 변한 건지……?"

동세는 다가가서 그녀를 안았다. 그녀는 열에 들뜬 것처럼 뜨거웠고 또 서둘렀다.

그녀가 먼저 그의 입술을 찾았다.

"어서……!"

그녀는 이상하게도 서두르고 있었다.

동세는 그녀와 키스를 하면서 한 손을 그녀의 바지 속으로 미끄러 뜨렸다. 팬티의 고무 밴드가 손등으로 느껴졌다.

그런데 그녀의 손이 갑자기 그의 손을 제지하다가는 이내 놓아주었다. 손가락에는 그녀의 부드러운 음모가 만져졌다. 그러나 다시 그녀의 손이 내려오더니 더 이상은 안 된다는 듯이 그의 손을 꽉 잡고 놓아주지 않았다.

오인경은 갈등을 겪고 있었다.

아직 순수한 처녀인 그녀는, 지난 25년간 고이 지켜온 그곳에 남자의 손길을 스스럼없이 받아들이기에는 두려움이 앞섰다.

하지만 이내 온몸을 나른하게 하는 야릇한 감정이 그녀를 점차 허물어뜨렸다. 그것은 그녀의 이성적인 의지와도 별 상관이 없는 것처럼 그녀를 나약하게 했다.

그녀의 손에 힘이 빠지면서 남자의 손길이 좀 더 내려갔으며 이미 뜨겁게 젖은 그곳은 동세의 손길을 기다리고 있었다.

그녀는 앓는 듯한 신음 소리를 내면서 가쁜 호흡을 했다.

이, 이래서는 안 되는데⋯⋯!

몸이 뜨거워질수록 그녀의 갈등도 커지고 있었다. 게다가 자칫 잘못하면 이대로 허물어져 버리고 말 것만 같은 두려움이 생기고 있었다.

만약 이대로 허물어져서 나의 온몸으로 이 남자를 받아들인다면⋯⋯ 아니, 그건 안 돼⋯⋯ 난 여기까지 만이야. 더 이상은 안 돼⋯⋯! 아냐, 아냐. 좀 더 이 남자에게 이렇게 안겨 있을 거야⋯⋯ 아냐, 난 여기까지 만이야!

그녀는 갑자기 도리질을 하면서 동세를 밀어냈다.

"도, 동세 씨. 아무래도 더 이상은 안 되겠어요⋯⋯!"

동세는 그녀를 가만히 지켜보면서, 그녀가 버지니티 때문에 갈등을 겪는 것으로 생각하고 좀 더 기다리기로 했다.

여자들은 이런 경우, 부드럽게 대해 주면서 그녀의 결심이 설 때까지 참을성 있게 기다려 주어야 한다. 그런데 그녀는 그게 아닌 것 같았다.

"저는 이제 그만 가야겠어요……."

확실히 뭔가가 이상했다.

"이곳까지 와서 새삼스럽게 무슨 소리죠? 아직 마음에 준비가 안 되었다면 좀 더 기다릴 수 있습니다만……."

"그게 아니라…… 미안해요. 저도 어쩔 수가 없어요. 그럼……."

그녀는 이렇게 말하고는 옷도 제대로 추스르지 않고 쏜살같이 밖으로 달려 나갔다.

어이가 없어진 동세는 소파에 털썩 주저앉아서 담배를 피워 물었다. 그간 많은 여자와 사귀어도 보고 관계도 가져 보았지만 또 이런 경우는 처음이었다.

이건 혹시 음모가 아닐까?

동세는 문득 이런 생각을 하면서 갑자기 치솟는 두려움을 느꼈다. 오늘은 오인경을 만날 때부터 이상한 일의 연속이었다.

오인경이 전해 준 샌드위치만해도 그렇고 오인경의 이해할 수 없는 행동도 그렇다. 만약 누군가의 함정에 빠진 거라면……?

하지만 누가?

목숨이 위험해지는 사태까지 발전하지 않을까?

우리나라의 건달들은 대체로 외국의 건달에 비해서 무식하다. 그들의 일 처리 방식을 보면 그것이 머리가 있는 사람이 하는 짓인지 고릴라가 하는 짓인지 분간이 안 갈 정도이다. 반면에 외국의 건달들은 이성적이면서도 단호하다. 그들은 정확하게 자신이 할 일이 무엇인지 알고 있으며 꼭 계획한 일만을 한다. 그래서 그들의 일 처리 솜씨는 세련됐다는 평을 들을 만큼 말끔하다.

그런데 누군가가 보낸 그 무식한 우리나라의 어느 건달이 이 방으로 들어온다면……? 그 다음의 모든 것은 오너의 의사와는 상관없이 동세의 목숨은 그들에게 내맡겨야 한다.

일단은 최소한 한쪽 얼굴이 으깨어지거나 다리 하나가 부러지기 전에 이곳을 빠져나가는 게 상책일 것 같았다.

동세는 일어섰다. 그런데 조심스럽게 문을 노크하는 소리가 들리더니 한 화사한 차림의 여자가 안으로 들어왔다.

"혜수 씨……!"

동세는 자신의 눈을 의심했다. 그녀는 놀랍게도 레스토랑 '컬러브 레이크'의 여주인이며 미스코리아 출신인 오혜수였던 것이다.

"놀라셨죠? 죄송해요."

그녀는 안에서 문을 딸깍 하고 잠그고는 그의 앞으로 천천히 걸어왔다. 동세는 잠깐 생각을 정리했다.

무언가를 알 것도 같았다.

"그럼 샌드위치를 보낸 분이 바로 오혜수 씨……?"

“맞아요.”

“오인경 씨와는 어떤 사이죠?”

그녀가 미소를 보였다.

“실은 자매간이에요.”

동세로서는 전혀 짐작도 못한 일이었다.

“오늘 새벽에 내가 동세 씨에게 호텔로 전화를 했었죠? 그때 동세 씨라는 사람을 인경이가 알고 있다는 걸 알았어요. 동세 씨가 마음에 들어서 오늘 오토바이로 드라이브 약속까지 했다고 하더군요. 그래서 전 인경이에게 레스토랑에서 있었던 일을 솔직히 털어놓았어요. 그랬더니 인경이가 결국은 수긍을 해 주더군요. 인경이는 제가 이렇게 살고 있는 것을 좀 안됐다고 생각하는 편이어서 동세 씨를 저에게 양보한 거예요. 이제 이해가 됐나요?”

“이해는 할 수 있습니다만 이런 만남은 좋지 않습니다.”

동세는 최동기를 생각하고 있었으며 또 한편으로는 불쾌하기까지 했다. 물론 오혜수와의 만남이 반갑기는 했지만 이런 진행 방식이 마음에 들지 않았다.

“그 점은 염려 마세요.”

오혜수는 이렇게 말하면서 핸드백을 탁자에 내려놓고 블라우스를 벗었다.

“소용없는 짓입니다. 난 가겠습니다.”

"잠깐만 기다려 주세요."

오혜수가 그의 앞을 막아서서는 스커트의 지퍼를 내렸다. 스커트가 바닥으로 흘러내렸다. 마침 전화벨이 그를 일깨우듯이 울렸다.

그녀가 하얀 팬티스타킹과 역시 하얀 브래지어만 한 차림으로 전화를 받으러 탁자 쪽으로 갔다. 그리고 수화기에 대고 그녀는 조용하게 말했다.

"여보세요…… 네…… 알았어요…… 잠시만 기다리세요. 옆에 있어요……."

오혜수는 그에게 수화기를 내밀었다.

"받아 보세요."

동세는 영문을 알 수가 없었다.

"누구죠?"

"받아 보시면 알아요."

그녀는 미소와 함께 수화기를 그의 손에 쥐어주었다. 동세가 수화기에 대고 뭐라고 하기도 전에 탁한 음성이 건너왔다.

"내가 누군지 알겠나……?"

귀에 익은 음성인데 누군지 알 수가 없었다.

"모르겠습니다만……."

"벌써 나를 잊은 건가? 섭섭하네. 나 최동기일세."

그는 교도소에 있는 최동기가 직접 전화를 하리라고는 상상도 못했기 때문에 그의 음성을 알아듣지 못했던 것이다.

"아, 안녕하세요? 어쩐 일이시죠? 교도소에서 나오셨나요?"

"난 평생 교도소에서 썩어야 할 몸이야. 세상이 변해서 교도소가 양로원으로 변하지 않는 한 나는 다시는 밖에 나갈 수가 없어."

"그럼 어떻게……?"

"난 자네와 우리나라의 교도행정에 대해서 논하고 싶지는 않네. 그보다 난 자네에게 실망했어. 자네의 일 처리 방식이 그게 뭔가? 난 '컬러브레이크' 에서 자네와 오혜수가 보여준 모든 것을 비디오테이프로 보았네. 물론 비디오 촬영은 자네는 모르는 것이었고 오혜수는 아는 것이었네. 그녀는 나를 위해서 그녀의 모든 것을 보여주고 싶었던 거야. 그 점은 자네가 이 늙은이를 위해서 이해를 해 주었으면 좋겠어……."

최동기는 잠시 말을 끊고 기침을 했다. 동세의 모습이, 그가 남성 스트리퍼 흉내를 내면서 보여준 그의 모습이 모두 비디오테이프에 담겼다는 이야기였다. 별로 기분이 나쁘지는 않았으나 기분이 묘했다.

"나이 탓인 것 같아. 전에는 이런 일이 없었는데 감기에 다 걸리고 말이야. 어쨌든 자네는 이제 정말로 그녀를 위로해 주었으면 좋겠어. 나에 대한 걱정은 전혀 하지 말고 말일세. 난 오늘 아침에 그 비디오테이프를 보면서 많은 생각을 했었네. 그녀의 괴로움, 그녀의 욕망, 그녀의 젊음, 그녀의 아름다움 이런 것들에 대해서 말일세. 그리고 그녀가 스스로 마스터베이션을 하며 오르가슴에 도달하려고 몸부림을 칠 때 난 눈물을 흘렸네. 아나? 내가 이 나이에 눈물을 흘렸단 말일세. 그녀의 몸부림이 너무나 가엾어서 흘린 눈물이었네. 그래서 난 이제 그녀를 놓아주기로 결정을 했네……."

최동기의 음성은 생소하게도 가늘게 떨리기까지 했다.

"……그녀를 한 마리의 새처럼 새장에서 날려 보내주기로 결정을 했단 말일세. 사실 그녀와 난 아빠와 딸 같은 처지였다고 보는 게 더 옳을 걸세. 그녀는 나를 남자로 여기고 있었는지 모르지만 그건 아닌 게 분명해. 난 그녀를 한 번도 안아주지 않았거든…… 그저 옆에 두고 있는 게 좋아서 그녀를 붙들고 있었을 뿐이야. 생각하면 나는 몹쓸 늙은이지…… 어떤가? 자네 생각은 어떤가? 내 생각이 옳은 것 같은가?'

"죄송합니다만 잘 하신 결정입니다. 비디오테이프를 보셨다니 아시겠습니다만, 오혜수 씨는 누구보다도 불쌍한 여자입니다."

동세는 진심으로 말했다.

"지금 생각하면 사람은 나이가 들수록 곱게 늙어야 한다고 했는데 내가 너무 노욕에 치우쳐서 추하게 늙어가고 있었던 것 같네. 자, 이제 전화를 끊어야 할 시간이네. 이제부터 자네가 알아서 하게. 그녀를 사랑하든 결혼을 하든 아니면 이 전화를 끊고 그대로 밖으로 걸어나가든 마음대로 하게…… 아마 그녀가 자네보다는 열 살 정도 나이가 많을 걸세. 하지만 내가 분명히 말할 수 있는 건 그녀는 아주 괜찮은 여자라는 거네. 자네도 앞으로 세상을 좀 더 살아 보면 알겠지만 괜찮은 사람을 만난다는 건 아주 어려운 일이란 걸 알 수 있을 걸세. 자, 이제 자네의 결정만 남았네…… 아무쪼록 자네의 현명한 판단이 있기를 바라네…… 그럼 젊은 친구, 잘 지내게. 아, 깜박 잊을 뻔했네. 자네의 로드킹에게도 안부를 전해 주게. 그럼……"

전화가 딸깍 하고 끊어졌다. 하지만 동세는 그대로 수화기를 들고 있었다. 그러자 뚜뚜뚜…… 하는 발신음이 계속 흘러나왔다.

조용히 다가온 오혜수가 그의 손에서 가만히 수화기를 빼앗아 내려놓았다. 동세는 다시 주머니에서 담배를 꺼내어 입에 물고 불을 붙였다.

전망이 좋은 유리벽을 통해 호수를 가르는 수상스키의 행렬이 보였다. 그들은 열심히 물살을 가르면서 어떤 모형을 만들기 위해서 노력을 하고 있었다. 맨 아래에는 네 사람이 그 위에는 세 사람이 그리고 그 위에는 두 사람이 맨 위에는 한 사람이 올라서는 형태의 모형인데, 그들은 계속 실패를 하면서도 또 계속 시도를 하고 있었다.

동세는 그들이 성공하기를 진심으로 바랐지만 그들은 계속 실패를 하고 있었다.

"저 그냥 가야 하는 건가요……?"

어느새, 소리 없이 다가온 그녀가 조심스럽게 물었다.

동세는 후, 하고 담배 연기를 내뿜고는 그녀를 돌아보았다. 푸른 담배 연기가 천천히 피어오르는 그 너머에 금방이라도 울음을 터뜨릴 듯한 얼굴이 애원하듯이 다가와 있었다.

동세는 잠시 침묵했다.

만약 이 여자를 이대로 보낸다면 이 여자는 어떻게 될까를 생각해 보았다. 자작하는 술과 조명이 꺼진 어두운 레스토랑과 그녀의 고통스런 마스터베이션이 뭉크의 그림처럼 떠올랐다. 그것은 결국 서서히 부식되어 가는 외로운 그림이었다.

"아닙니다. 가시다뇨? 저를 사랑해 주셔야죠."

그녀의 얼굴이 서서히 피어났다.

"고마와요, 동세 씨."

그녀가 흑, 하면서 안겨왔다. 아무래도 그녀는 눈물을 흘리는 것 같았다. 동세도 사실 그녀를 그대로 보내고 싶은 생각은 없었다.

"아닙니다. 오히려 제가 고맙습니다. 저처럼 할 일 없는 건달을 사랑해 주시는 사람은 그리 많지 않거든요."

동세는 이렇게 말하고는 그녀의 얼굴에 가볍게 키스를 했다. 그런데 그녀가 문득 물었다.

"인경이와는 어느 정도까지였죠? 대답하기 싫으면 안 하서도 좋지만……."

동세는 미소를 떠올리며 사실대로 말을 해 주었다.

"가벼운 키스와 가벼운 페팅 정도로만 생각하시면 됩니다. 그 이상은 절대 아닙니다. 저는 원했지만 인경 씨가 거부를 하고 달려 나갔기 때문에 기회가 없었습니다."

"어쩐지 알아두어야 할 것 같아서요…… 괜찮다면 목욕을 시켜드릴게요."

"좋습니다. 그럼 저도 혜수 씨 몸을 씻겨 드리겠습니다."

그녀는 동세의 옷을 벗겨서 금방 알몸으로 만들어놓고는 소녀처럼 키득거렸다. 그의 남성이 조금 부풀어 있었는데 그것이 어느 동물의 무엇을 연상시킨다면서 소리 죽여 웃었다.

이번에는 동세의 차례였다.

그는 그녀의 브래지어를 등에서 벗겨내고 하얀 팬티스타킹과 팬티를 끌어내려서 던져 버린 다음 그녀를 번쩍 안고 욕실로 들어갔다. 그녀가 소녀처럼 깔깔거렸다.

동세가 먼저 샤워기를 들었다. 물 온도를 조절하고 먼저 그녀의 목에서부터 발끝까지 골고루 물을 뿌려주었다. 그리고 비누와 스펀지로 그녀의 몸을 하얗게 만들었다. 그는 발끝에서부터 겨드랑이 아래, 엉덩이 사이까지 그의 손길이 미치는 곳이라면 모두 깨끗이 닦아주었다.

"그런데 혜수 씨가 몇 살이죠?"

동세가 문득 물었다.

"동세 씨보다는 아홉 살이 많은 서른한 살이에요."

"그렇군요. 그런데도 20대 초반의 몸 같이 아름답습니다."

"괜한 비행기라면 사양하겠어요."

"비행기라뇨? 당치도 않습니다."

그 말은 진심이었다. 그녀의 몸은 서른한 살이란 나이에 비해서 여전히 매끄럽고 또 날씬했다.

그녀는 그의 손길이 닿는 곳이면 조금도 부끄러워하지 않고 그대로 모든 것을 내맡겼다. 다만 그녀의 발가락을 들여다볼 때, 그녀는 못생긴 발이라고 하면서 조금 감추려고 했을 뿐이었다.

정말이지 그녀에게서 못 생긴 곳을 찾으라고 한다면 하이힐 때문에 손상된 발가락 한 가지를 들을 수 있었다. 하지만 동세는 그 발가락 하나하나에도 비누칠을 하고는 키스도 해 주었다.

"그, 그만……! 너무 간지러워요…… 그만 하세요……!'

그녀가 키득거리면서 또 신음 소리를 내면서 발을 뺐다.

비누칠을 모두 끝낸 동세는 이제 샤워기로 그녀의 구석구석을 씻어주었다. 다리를 들어서 허벅지 사이도 정성스럽게 씻겨주고 또 그곳에 부드럽게 키스를 했다.

"지금 보니 그곳이 참 예쁘게 생겼어요."

그녀의 다리 아래에서 고개를 든 그가 올려다보며 말을 하자 그녀는 얼굴이 빨갛게 되어서 그의 어깨를 찰싹, 하고 때렸다.

"나쁜 사람, 그런 말…… 몰라요……!"

이번에는 동세의 차례였다.

샤워기를 받아든 그녀는 동세의 머리 위에서부터 물을 뿌리고는 비누칠을 했다. 먼저 고개를 숙이게 하고 샴푸로 머리를 감겨준 그녀는 탄탄한 가슴에서부터 아랫배와 여전히 부풀어 있는 그의 남성에도 비누칠을 해 주고는 구석구석 스펀지로 닦아주었다.

그의 남성은 그녀의 손길 때문에 이내 한껏 부풀어서 그녀를 노려보았다. 그러자 그녀는 치이……! 하고는 혀를 쏙 내밀며 말했다.

"누가 화를 내면 겁낼 줄 알구……!"

동세는 웃고 말았다. 서른한 살이란 그녀의 나이가 주는 느낌이 의외로 발랄하고도 경쾌해서 좋았다.

"아무래도 그건 혜수 씨 책임 같은데 어떻게 생각하시죠……?"

"알았어요. 내가 달래 볼게요……."

그녀는 샤워기로 그의 남성을 깨끗이 닦아주고는 그곳에 부드러운 키스를 했다. 따스하면서도 감미로운 느낌이, 그래서 그런 느낌 속으로 전신이 빠져드는 것만 같았다. 그것은 아무래도 그녀의 섬세하면서도 자극적인 혀가 주는 깊숙한 느낌이었다.

그녀는 동세가 이제 그만……! 하고 말을 했는데도 쉽게 멈추지 않았다.

그가 원하는 일이라면 그가 기뻐하는 일이라면, 무엇이든지, 어떤 일이든지 정성스럽게 해 줄 준비가 그녀는 되어 있었다. 그것은 그녀가 생각해도 놀랄 만한 일이었다.

한때 연예가에서는 도도하기로 소문이 자자했으며 또 지금도 다른 남자에게는 눈길 한 번 주지 않는 그녀가 동세에게만은 그렇지가 못한 게 그녀로서도 신기했다.

동세는 그녀를 일으켜 세우고 번쩍 안아들었다. 그녀는 그의 목에 팔을 두르고 키스를 했다. 그는 그녀를 안고 침대로 가서 가만히 내려놓았다.

침대 위에는 전망이 좋은 넓은 유리벽을 통과해 온 밝은 햇빛 때문에 거의 투명하도록 밝았다. 그녀는 커튼을 쳤으면 좋겠다고 말을 했지만 동세는 고개를 저었다.

"아녜요. 전 혜수 씨의 모든 것을 이렇게 여과되지 않은 투명한 햇빛 속에서 보고 싶습니다. 혜수 씨의 머리카락 하나 혜수 씨의 예쁜 그곳에 있는 보드라운 음모 하나도 저는 자세하게 볼 겁니다. 그리고 모두 하나하나 사랑해 줄 겁니다……."

"고마와요, 동세 씨…… 전, 너무 행복해요……."

동세는 그녀를 똑바로 뉘어놓고는 그녀를 잘 만들어진 예술품을 감상하듯이 내려다보았다. 그녀는 처음에는 눈을 뜨고 동세의 모습을 보고 있었지만 부끄러움 때문에 두 눈을 지그시 내려감았다.

그녀의 귀에 들려오는 것이라고는 에어컨이 가동되는 소음과 자신의 심장이 세차게 뛰는 소리였다. 젊고 아름다운 그녀에게는 너무나 긴 세월인 5년 하고도 7개월 만에 남자의 품에 안기게 된 지금, 그녀는 그 설레임 때문에 혹시 신혼여행을 가서 첫날밤을 맞이하는 신부의 기분이 이런 게 아닐까 하는 생각을 해 보았다. 그리고 이것이 꿈이라면 오랫동안 깨지지 않을 꿈이 되기를 진심으로 바랐다.

동세는 그녀의 반듯하고도 깨끗한 이마를 덮고 있는 머리카락 몇 올을 쓸어 올려주고 그곳에 입을 맞추었다. 그러자 기다림에 설레이던 그녀는 그 키스만으로도 몸을 움찔했다. 눈썹과 두 눈꺼풀과 지금 파르르 떨고 있는 그녀의 긴 속눈썹에도 그의 입술이 닿았다.

알맞은 높이의 이국적인 콧날과 그녀의 머리칼 속에 숨어 있던 하얗고도 동그스럼한 귀에도 그의 입술이 닿았으며 그때, 그녀는 아……! 하고 낮은 신음 소리를 냈다. 그의 입술이 그녀의 귓불을 살짝 물었는데 그것은 견딜 수 없는 쾌감을 안겨주었다.

그의 따스한 입김이 한동안 그녀의 귓속을 맴돌았으며 잠시 후에는 그의 혀가 귓속으로 조심스럽게 들어왔다. 그녀는 그녀가 가진 모든 말초신경이 한꺼번에 중추신경으로 전달되는 것 같은 느낌 때문에 신음 소리와 함께 손으로 새하얀 시트를 꼭 움켜쥐었다.

그는 그녀의 모든 곳을 정성스럽게 애무해 주기로 작정한 것 같았다. 그의 혀와 따스한 입김은 그녀의 가늘고도 긴 목을 따라서 반대편의 귀로 이동했다. 그곳에서는 입술만으로 조금씩 키스를 해 주고는 목을 따라 내려갔다.

아담하면서도 선이 고운 어깨선을 따라 그의 입술은 천천히 이동했다. 햇빛에 반사된 고운 털이 일어서 있는 그녀의 팔과 손 그리고 손가락 하나하나에도 그의 입술은 닿았으며 손바닥에서는 그의 혀가 중추신경과 섬세한 교감을 형성했다.

그리고 곧장 그의 혀는 겨드랑이로 이동했다가 젖가슴 쪽으로 서서히 올라왔다. 그는 서둘지 않았다. 오히려 조급하게 서두르고 있는 건 그녀였다.

그녀는 마음속으로 어서 어서……! 하고 외치고 있었다. 사실 너무 오랫동안 이성을 그리워했던 그녀에게는 이것이 긴 기다림이어서 그녀는 목마른 바오바브나무처럼 애타게 그를 기다리고 있었다.

이제 오후 2시 경으로 접어든 한낮의 여름 햇볕은 그녀의 모든 것을 더욱 섬세하게 연출하고 있어서 그녀의 유백색으로 빛나는 탐스러운 젖가슴은 거의 실핏줄까지 보이는 것만 같았다. 그래서 동세는 혹시라도 그녀의 피부가 손상될까 봐 조심스럽고도 부드러운 키스를 하며 움직였다. 매끄럽고도 탄력이 넘치는 그녀의 젖가슴은 손을 대면 묻어날 듯이 부드러워서 그는 조심스럽기만 했다.

그의 혀가 닿기도 전에 소녀의 것처럼 자그마하면서도 연한 핑크빛의 유두는 이미 후두둑, 하고 일어서 있었으며, 마침내 그가 접근하자 그녀는 몸을 떨며 온몸의 근육을 일깨워 몸을 활처럼 세웠다.

"제발……!"

그녀는 자신도 모르게 이렇게 신음처럼 말했으나 동세는 더욱 집요하게 애무를 했다. 때로는 강하게 때로는 한없이 부드럽게, 때로는 길게 짧게, 입술만으로 또 혀만으로 그가 프랑스에서 배운 그대로의 애무였다. 그가 프랑스에서 귀국한 이래 처음 하는 정성스런 애무이기도 했다.

이런 애무는 아직 유시애에게도 해 준 일이 없었다. 동세는 적어도 오혜수처럼 사랑스런 여자라면 이런 애무 정도는 받을 자격이 있다고 믿고 있었다.

그는 마침내 그녀의 가는 허리 쪽으로 이동을 했다. 그녀의 허리는 군살이라고는 전혀 없이 매끄러웠으며 다른 부위에 비해서 약간 갈색으로 밝게 빛나고 있어서 매력적이었다. 그것은 아마도 여름철의 선탠 때문에 그을린 탓인 것 같았다.

허리에의 키스는 언제나 그렇듯이 동세에게는 특별했다. 특히 아름다운 여인의 가는 허리에는 유연한 곡선이 살아 있어서 특히 그는 좋아했다. 그리고 허리로 이어지는 매끄러운 아랫배, 호흡 때문에 오르내리고 있는 살아 있는 아랫배가 있고 또 유연한 곡선을 풍부하게 살려주는 둔부가 있어서 그는 특히 아름다운 여인의 허리를 좋아했다.

그는 이제 아랫배 쪽으로 이동했다. 귀엽게 생긴 배꼽 아래의 그곳은 조금도 나와 있지 않았으며 매끄러운 선 그대로 흘러내려서 둔부와 이어지고 있었다.

시트를 움켜잡고 경련을 일으키던 그녀의 손은 이제 더는 참을 수 없다는 듯이 그의 머리를 두 손으로 잡았다.

"제발…… 동세 씨, 제발……!'

입술을 약간 벌린 채 하얀 이를 지그시 문 그녀의 얼굴에는 땀이 물기처럼 배어나와 있었고, 내려감은 속눈썹 사이에서도 물기가 조금 배어 있는 것 같았다.

그녀는 이제 그만 힘 있게 안아주었으면 하고 간절하게 바랐지만 동세는 멈출 기색을 보이지 않았다. 그는 아마도 그녀의 온몸의 신경을 하나하나 일깨운 뒤에 그녀를 안아줄 것만 같았다.

그녀는 문득, 자신도 모르게 신음 소리를 내며 무릎을 세웠다. 밝은 햇빛이 대각선을 이루며 쏟아지고 있는 무릎, 그 위 안쪽으로 그가 이동하고 있었던 것이다.

그곳은 밝은 갈색으로 빛나고 있었으며 또 따스한 숨결 때문에 일렁이고 있었다. 그리고 다소곳하면서도 수줍은 아름다움이 있었다.

그 아래, 밝은 갈색의 그 아래에는 미세한 진동이 있었으며, 또 모근 하나하나까지 보일 정도였으며, 또 밝은 핑크빛으로 부풀어 있었다. 그래서 지난 밤의 그 고통의 순간에 본 그것과는 또 달랐다.

그때의 장면은 고통에 찬 슬픔이었다면 지금은 기쁨이었다. 그리고 그곳에서는 그녀만의 아릿하면서도 감미로운 향기가 배어나오고 있어서 더욱 좋았다.

동세는 밝은 햇빛이 스며드는 그곳에서 점차 아래로 이동했다. 무릎과 종아리와 발과 그리고 발바닥까지 왔지만 그녀의 모든 것은 깨끗하게만 느껴졌다. 그녀의 못생긴 발가락은 귀여웠으며 발바닥의 피부는 거칠다는 느낌이 전혀 들지 않았다. 발은 그녀의 키에 비해서 작고 아담한 편이었다.

그녀는 견딜 수 없다는 듯이 발을 오므리면서 발을 빼려고 안간힘을 썼으나 동세의 손에 꽉 잡혀 있어서 꼼짝을 할 수가 없었다.

"제발 그만……!"

그리고 그녀가 더는 견딜 수 없게 되었을 즈음 동세는 매끄러운 아랫배 쪽으로 이동해 왔다. 그리고 점차 그녀의 입술로 올라와서 키스를 해 주었다.

그는 고개를 갸웃했다. 무언가가 이상했다.

그는 다시 채수연의 얼굴 사진을 떠오르게 했다.

분명히 예쁘고 지적인 이미지가 풍부한 얼굴이다. 그런데 뭔가가 좀 이상한 것 같았다. 아무래도 채수연의 상반신 사진에서는 부자연스러움이 전체적으로 느껴지는 것이었다.

무엇이라고 딱 끄집어낼 수 없는 그런 부자연스러움이 사진에 숨어 있는 것만 같은 느낌이었다.

그는 사진을 캡쳐(Capture)해서 저장한 다음, 그래픽 프로그램으로 확대해서 살펴보았다. 채수연의 얼굴이 커다란 모자이크 형태로 변하면서 점차 확대되었다. 세심하게 살펴보았으나 합성사진 등으로 가공한 흔적은 보이지 않았다.

제7장 채수연 JPG

그러자 그녀는 가늘고도 긴 손으로 그의 탄탄한 몸을 쓸어내리더니 엉덩이를 쓰다듬고 이번에는 그의 남성을 꽉 쥐었다.

아아……!

손 가득, 충분히 뜨거운 남성이 쥐어지자 그녀는 감동의 소리를 냈다. 동세의 팽창한 남성은 그녀를 감동시키기에 충분해서 그녀의 손이 가늘게 떨리기까지 했다. 그녀는 바로 며칠 전까지만 해도 불행하게도 다시는 남자의 품에 안기지 못할 것 같다는 생각에 사로잡혀 있었던 것이다.

아아…… 이 남자를 놓치고 싶지 않아……! 욕심이라 해도 좋아……!

그녀는 동세를 놓지 않겠다는 듯이 힘껏 안았다.

동세가 이윽고 그녀의 위로 올라왔다.

그녀는 좀 더 동세를 잘 안을 수 있도록 긴 다리의 무릎을 세웠다. 그러자 동세의 남성이 예민한 그곳에 조심스럽게 닿는 느낌이 다가왔다.

아아……!

오혜수는 흠칫, 몸을 떨면서도 신혼 첫날밤을 맞이하는 신부처럼 설레는 가슴을 억제할 수가 없었다. 이윽고 잠시 머뭇거리던 동세의 남성이 서서히 그녀의 몸속으로 밀려 들어오고 있었다. 그것은 동세의 또 다른 일면을 보듯 부드럽고도 사려 깊게 조금씩 밀려 들어오고 있었다. 그리고 이내 가득 채워주는 듯한 뿌듯한 충만감에 그녀는 몸을 떨었다.

아아……!

그것은 그녀의 온몸을, 그녀의 마음속까지도 채우고 남을 만큼의 커다란 충족이고 기쁨이었다. 그녀는 신음 소리를 내면서 울었다. 가슴속 깊은 곳에서부터 기쁨의 눈물을 흘렸다. 긴 속눈썹의 눈에도 눈물이 이슬처럼 맺혀서 흔들렸다.

그녀의 얼굴과 햇빛에 드러나 있는 그녀의 알몸은 점차 땀에 젖어서 번들거렸으며 그녀의 신음 소리는 투명한 햇빛 속을 날아다녔다.

동세는 힘 있게 움직이는 근육 그 자체여서 지칠 줄 모르고 움직였

다. 그는 힘차게 불길을 뿜어내는 보일러처럼 거친 신음 소리를 토해
내면서 움직였다. 온몸에는 땀이 비 오듯이 솟았으며 얼굴에서 뚝뚝
흘러내리는 땀은 그녀의 얼굴로 젖가슴으로 떨어졌다.

호텔의 에어컨은 20도의 규정 실내온도를 지키며 정상적으로 가동
되고 있었지만 그들의 열기를 시켜주기에는 턱없이 높은 온도였다.

이미 흠뻑 땀에 젖은 하얀 시트는 그들의 거친 실루엣 때문에 둘둘
말려서 한쪽으로 밀려 있었다. 그리고 베게 하나는 바닥으로, 다른
하나는 발밑으로 밀려가 있었다. 하지만 그들의 역동적인 실루엣은
투명한 햇빛 속을 율동하듯이 움직였다. 그래서 마치 그들은 벌거벗
은 몸으로 침대 위에서 춤을 추는 것처럼 보였다.

아아……! 다시는 깨어나지 않았으면……!

오혜수는 처음으로 경험하는 너무나 큰 기쁨 때문에 가쁜 호흡을
하면서 간절히 원했다. 다시는 깨어나지 않을 꿈이었으면 하고 진심
으로 바랐다. 그리고 그녀는 있는 힘을 다해 남자를 끌어안으며 아
아……! 하고 거친 신음 소리를 냈다. 그녀는 다시는 남자를 놓지 않
을 것처럼 세차게 끌어안고 온몸의 경련을 일으켰다.

아아아……!

그녀는 마치 울어대듯이, 비명처럼 그녀의 목구멍을 타고 넘어오
는 신음 소리를 냈다. 그녀는 문득 세상이 정지된 것만 같다는 생각
을 했다. 그녀와 동세가 끌어안은 그대로 멈추어 있는 것처럼 세상

194

역시 그들을 위해서 움직임을 멈춘 것만 같았다.

이제 그녀는 온몸의 모든 것이 하나하나 부서져서 침대에 고스란히 내려앉았다. 관절과 근육, 모두 이완되었으며 서서히 온몸의 열기와 함께 스러졌다. 말하자면 그녀의 온몸은 욕망의 재로 변해서 고스란히 남아 있었다.

그것은 동세도 마찬가지였다. 그는 땀이 번들거리는 몸 그대로 그녀의 알몸 위에서 죽은 듯이 누워 있었다. 모든 것은 고요했으며 에어컨에서 찬 공기가 뿜어져 나오는 소리와 그들의 고요한 숨소리만이 방 안을 맴돌았다.

"사랑해요, 동세 씨……."

문득, 그녀가 말하고는 따스함이 가득 찬 눈으로 동세를 올려다보았다. 동세는 말없이 미소를 지어 보였다.

"동세 씨, 사랑해요……."

그녀는 다시 한 번 더 말했다. 그녀는 지금 막 온몸을 사로잡던 열정에서 깨어난 지금, 왠지 두려움을 느끼고 있었다.

이 남자…… 사랑스런 이 남자가 떠날 것만 같은 두려움 때문에 그녀는 '사랑해요'를 반복하고 있었다.

동세가 몸을 일으켰다. 그녀가 침대에서 내려가더니 바닥에 던져진 담뱃갑에서 담배 한 개비를 꺼내어 그의 입에 물려주고 불을 붙여주었다.

"아시겠지만 아직은 나를 사랑해서는 안 됩니다. 난 곧 떠날 겁니다. 혜수 씨를 전혀 사랑하지 않는다거나 그런 건 아닙니다. 난 그저 떠나야 하는 거죠. 밖에는 나를 기다리고 있는 로드킹이 있고 난 로드킹을 타고 도로를 달려서 어딘가로 가야만 합니다……."

동세의 음성에는 쓸쓸함이 푸른 색으로 느릿느릿 피어오르는 담배 연기처럼 묻어 있었다.

"가지 않으면 안 되는 건가요?"

그녀는 동세의 말뜻을 헤아릴 수 있을 것 같으면서도 잘 이해가 되지 않았다.

"그렇습니다. 저는 떠나야 합니다. 아직 내게는 모터사이클이 있고 또 모터싸이클이 달릴 수 있는 길이 있으니까요."

"그렇군요……."

그녀는 가만히 고개를 끄덕이면서 아쉬움에 가득 찬 손길로 동세의 등을 쓸어주었다. 아직은 정착할 수 없는 떠도는 섬 같은 그를 알 수 있을 것도 같았다. 아마도 그도 세월이 지나면 어느 한 곳에 머물기는 하겠지만 그것이 언제가 될 지는 그녀는 짐작도 할 수가 없었다.

하지만 그녀는 그래도 좋았다. 기다릴 수 있는 남자가 있다는 건 가슴 저린 스냅사진처럼 그녀의 가슴에 담아둘 수가 있어서 좋은 것이었다.

"그럼 연락은 자주 줄 수 있나요?"

“노력해 보겠습니다.”

동세는 일어섰다. 그리고 담배를 비벼 끄고 샤워를 하러 욕실로 들어갔다. 오혜수가 뒤따라 들어와서 그의 몸을 정성스럽게 닦아주었다.

그리고 두 시간 뒤, 동세가 먼저 호텔을 떠났다. 그녀에게는 손을 한 번 흔들어 주고 호텔 주차장에 그대로 서 있는 그녀를 두고 속도를 높였다. 로드킹이 뿜어내는 엔진 소리가 갑자기 폭발음처럼 터지면서 호수를 따라 난 도로를 질주했다.

헬멧을 쓰지 않은 탓에 날카로운 바람이 얼굴을 때렸다. 하지만 교도소에서 갓 나온 처지의 짧은 머리 때문에 그리 불편한 건 없었다. 그러나 바람에 휘날릴 머리카락이 없다는 건 어쩐지 조금은 쓸쓸할 것 같다는 생각을 동세는 했다. 여자처럼 긴 머리칼은 아니더라도 바람에 가볍게 날릴 정도의 머리칼이 있다는 건 좋을 것도 같았다.

허벅지와 다리에 힘을 주며 몸을 낮게 숙이고 속도를 높였다. 차량이 거의 없었기 때문에 그의 로드킹은 둔중하면서도 탄탄한 몸체로 뜨겁게 흐느적이고 있는 아스팔트 위를 날아갔다.

속도는 이미 한계를 넘어섰기 때문에 몸에 와 닿는 체감 속도는 거의 살인적인 흥분을 안겨다 주었다. 그것은 라이더들이 즐기는 바로 그 스피드의 오르가슴이었다. 한 번 맛을 들이면 끊기가 어려운 마약 같은 스피드가 그의 전신을 감싸고 있는 것이었다.

몇 대의 앞서가던 차량들이 급하게 브레이크를 밟으며 재빨리 도로 가로 비켜섰으며 그는 그대로 달려갔다. 그는 문득 왼쪽 가슴 부분이 떨리는 걸 느끼며 스피드를 줄였다. 진동 상태로 만들어둔 핸드폰이 주머니 속에서 전화가 왔음을 알려주고 있었다.

핸드폰을 꺼내들자 귀에 익은 남자의 음성이 들려왔다. 교도소의 늙은 죄수 최동기였다.

"동세?"

"그렇습니다만……."

"자네의 음성이 별로인데……? 나한테 불만이라도 있나?"

"난 남 앞에서 발가벗겨지는 게 싫습니다."

"아, 이 핸드폰 번호 때문에 그러는 모양인데 자네와 수시로 연락을 취해야 하는 내 입장을 이해해 주게."

"그렇다면 번호를 직접 저한테 물어보면 될 거 아닙니까?"

"다음부터는 그러지…… 그런데 오혜수와는 어땠나?"

동세는 대답을 망설였다. 최동기가 어떤 대답을 요구하는지를 몰라서였다.

"글쎄요……."

"오혜수는 괜찮은 여자야. 자네도 잘 알겠지만…… 어쨌든 그건 자네가 알아서 할 문제이고 난 자네에게 일이 어느 정도 진척이 됐는지 묻고 싶네. 간단하고 명확하게 답변을 해 주게. 자네도 알다시피 나는 전화 사용이 제한적이네."

"그러죠. 현재 부탁하신 일은 진척이 전혀 안 되어 있습니다. 아직은 시간 여유가 있을 것 같아서 일을 시작하지 않았습니다."

"그렇군. 일은 자네가 알아서 해야겠지만 나는 조금 염려가 되네. 자네도 알겠지만 난 명확한 일 처리를 좋아해."

"알겠습니다."

"자네가 알아들으니 다행이군. 그럼 다음에 또 연락하겠네."

동세는 신호가 끊어진 핸드폰을 주머니에 챙겨넣고는 사이드 백에서 노트북 컴퓨터를 꺼내어 좌석에 내려놓았다. 파워를 넣은 다음 핸드폰을 켜고 브라우저를 실행시켰다. 전화가 걸리고 인터넷에 연결이 되었으나 속도는 느릴 수밖에 없었다.

그는 이번에는 다양한 검색 방법으로 채수연에 대해서 알아볼 예정이었다. 먼저 한글 검색 엔진 몇 개를 찾아서 '채수연' 이라고 넣었다.

채수연이라는 이름의 소유자가 갖고 있는 홈페이지 3개와 문서 27개가 검색되었다. 그는 홈페이지를 하나하나 열어서 확인해 나갔다.

도로 옆의 나무 그늘 쪽에 있는 그는 약간 더웠으나 그래도 시야에는 탁 트인 호수가 보이고 있어서 견딜 만했다. 그는 담배를 피워 물고 능숙한 움직임의 손가락으로 키보드를 두드렸다.

첫 번째 채수연은 혼자 사는 여자의 외로움이 쓰레기 같은 시(詩)로 가득 채워진 홈페이지였고, 두 번째 채수연의 홈페이지에는 가정주부 채수연과 그의 가족의 아기자기한 이야기가 담긴 것이었다.

그는 마지막 홈페이지를 열었다.

흰 바탕에 3D 그래픽으로 만들어진 연초록색의 환영 문구가 나타나고 그 아래에서 느린 속도임에도 불구하고 서서히 사진 한 장이 떠오르고 있었다. 가로, 세로 5센티미터 정도에 불과한 것이지만 고화질이어서 한눈에 그 채수연이 누구인가 알 수 있었다.

바로 그가 찾아서 강간을 하고 잔금 1억 5천만 원을 받아야 하는 채수연이었다. 그녀의 지적인 이미지가 풍부하면서 아름답게 생긴 얼굴을 마우스로 클릭하자 다음 화면으로 천천히 넘어갔다.

그는 고개를 갸웃했다. 무언가가 이상했다.

그는 다시 채수연의 얼굴 사진을 떠오르게 했다.

분명히 예쁘고 지적인 이미지가 풍부한 얼굴이다. 그런데 뭔가가 좀 이상한 것 같았다. 아무래도 채수연의 상반신 사진에서는 부자연스러움이 전체적으로 느껴지는 것이었다.

무엇이라고 딱 끄집어낼 수 없는 그런 부자연스러움이 사진에 숨어 있는 것만 같은 느낌이었다.

그는 사진을 캡처(Capture)해서 저장한 다음, 그래픽 프로그램으로 확대해서 살펴보았다. 채수연의 얼굴이 커다란 모자이크 형태로 변하면서 점차 확대되었다. 세심하게 살펴보았으나 합성사진 등으로 가공한 흔적은 보이지 않았다.

사진은 합성을 하면 어딘가에 부자연스런 흔적이 남게 되고, 또 아무리 섬세하게 합성을 했다 해도 확대해서 보면 이어붙인 흔적이 남게 마련인 것이다.

그런데 그런 흔적은 보이지 않는다. 그렇다면 뭔가? 왜 이 사진에서는 부자연스러움이 느껴지는 걸까?

동세는 로드킹의 새들백에 넣어둔 채수연의 명함판 사진을 꺼내어서 비교해 보았다. 사진으로 보아서는 별로 이상한 점이 보이지 않는데 반하여, 화면으로 보면 부자연스런 흔적이 엿보이는 것이었다.

동세는 생각해 보았으나 짐작을 할 수가 없었다. 에콜 에밀 콜에서 일러스트레이션을 제대로 배운 그는 전문가여서 나름대로는 그래픽에는 일가견이 있으나 그 부자연스러움의 원인을 찾기에는 한계가 있었다.

동세는 일단 마우스패드를 클릭해서 다음 페이지로 넘어갔다.

강렬한 이미지를 지닌 붉은 바탕으로 바뀌면서 메뉴들이 떠올랐다. 그런데 그 메뉴들을 읽어 본 동세는 고개를 갸웃했다.

그곳에는 미국 예일대 출신의 경영학 석사에다가 양가집 규수처럼 우아하고 아름다운 한 여성이 관심을 갖고 다루기에는 이상한 메뉴들이 있었던 것이다.

동세는 뭔가가 잘못되어 가고 있다는 느낌 때문에 이마에 흘러내리는 땀을 닦아내고는 담배를 피워 물었다. 호수 쪽으로부터 바람은 가볍게 불어오고 있었으나 무더운 날씨를 식혀주기에는 한계가 있었다.

그는 세 번째 메뉴에 있는 '정액루'를 마우스로 클릭해서 열어보았다. 그러자 정액루에 대한 설명이 친절하게 나왔다.

정액루는 수면 중 또는 주야(晝夜)와 상관없이 자신의 의지와는 상관없이 사정(射精)을 하는 병이며, 이 병은 1836년에 프랑스의 외과 의사인 클로드 프랑스아 랄망이 처음 발표하였으며, 그 이후에는 미국과 유럽의 많은 내과 의사들이 관심을 갖은 병이었다.

동세는 이해를 할 수 없었다. 얼마 전에 인터넷으로 검색해 본 그녀의 논문(論文)인 '다국적 기업의 국제화 경영전략과 제3세계'와 음울하면서도 어두운 성(性)에 관한 이 홈페이지는 잘 연결이 되지 않았다.

홈페이지에서는 자신의 취미 분야를 집중적으로 다룰 수 있는 것이기는 하나, 이런 경우 어떻게 이해를 해야 하는 건지 그는 감을 잡을 수가 없었다. 어쨌든 동세는 일단 그녀에 대해서 좀 더 알아보기 위해서 다음 글을 읽어나갔다.

정액루는 일반적으로 귀한 성에너지를 낭비하는 무서운 병으로 간주되었으며, 동시에 여러 가지의 치료법이 많이 나와 있었다. 그것은 환자가 수면 중에 발기할 때, 잠을 깨워서 몽정을 피하게 하는 전자 장치가 부착된 정교한 기구까지 나왔으며, 발기된 페니스를 압박해서 잠을 깨우는 금속제 링이 사용되기도 했다.

한 의사는 이러한 장치를 묘사도 했는데 '페니스가 발기하게 되면 페니스에 끼워진 고리가 전기회로와 연결이 되고 베게 밑에 넣어둔 조그마한 벨을 울리게 하는 장치였다. 그리고 어느 의사는 정액루에 관한 원시적인 치료법을 제시하기도 했는데 전립선을 압박하기에 충분한, 나무로 만들어진 비둘기 알과 같은 모양의 공을 직장에 넣음으로써 정액을 다시 되돌릴 수 있을 것이다' 라는 이상한 설명을 덧붙였다.

결국은 이러한 비과학적인 치료법에 의해서 남성들은 굴욕감을 느꼈으며, 성기의 정상적인 작용에 대해서 남성들은 심한 공포감을 갖기도 했다. 그러나 이러한 치료법이 주는 효능보다는 대중들에게 미치는 영향을 간과해서는 안 된다. 대중들은 정상적인 신체 발달에 의한 자위나 몽정, 정액루, 과도한 성행위 등에 대해서 두려움을 갖게 되었던 것이다.

동세는 이러한 홈페이지가 과연 무엇을 말해 주는 건지 이해를 할 수가 없었으며, 또 이러한 홈페이지를 예일대 출신의 경영학 석사가 만들어서 무엇을 얻는 것인지 알 수가 없었다.

이것을 단순한 취미 생활로 이해를 해야 하는 걸까? 그는 고개를 저으며 다음 메뉴를 클릭해 보았다.

그곳에는 일본의 섹스에 대한 글들이 '일본의 성(性)' 이란 제목 아래에 붙어 있었으나, 일본은 우리나라와 비슷한 면이 있어서 그리 눈에 뜨이는 내용은 없었다.

동세는 홈페이지를 찾은 방문자가 기록을 남기는 '방명록' 을 열어 보았다. 이 시간 현재 정확하게 1,132,145명이나 되는 엄청난 방문객들이 기록을 남겼으며, 그 기록들의 대부분은 이 홈페이지에 대한 찬사와 비난이 골고루 섞여 있었다.

대충 훑어본 것 중에서 대표적인 찬사는, 당신의 선구자적인 자세에 찬사를 보냅니다. 당신도 주지하다시피 섹스는 이제 더 이상 은밀한 대상이 아닙니다. 특히 우리나라의 경우, 회교권 국가를 제외하고는 세계에서 가장 심하게 섹스를 억압하고 있는 나라 중의 하나여서 심하게는 섹스가 터부시 되는 경향까지 있습니다.

섹스는 자유로운 상상력에서 출발하는 삶의 즐거움인데도 불구하고 우리는 섹스를 뒷골목의 냄새나는 그늘 쪽으로만 몰아가고 있는 것입니다…… 이렇게 대충 끝나는 것이 있고 비난으로는,

더러운 암캐의 엉덩이 같으니라구! 이런 걸 글이라고 올려서 뭘 어

찌자는 거지? 그렇게 섹스를 떠벌리고 다니고 싶은 거야? 그렇다면 혼자 방구석에 처박혀서 마스터베이션이나 하지 왜 이런 쓰레기 같은 것들을 만드는 거야? 채수연이 너 혹시 창녀 아냐? 허벅지 사이가 항상 뜨거워서 밤낮으로 섹스 생각만 하는 창녀 말이야. 맞지? 당장 이런 쓰레기 같은 홈페이지는 지워 버리는 게 좋을 거야. 이 더러운 암캐야! 하고 과격한 언어를 구사해서 심하게 나무라고 있었다.

그런데 이렇게 나무라는 층은 여성과 남성이 거의 반반이라는 것이었다. 대부분의 남성들은 섹스를, 그것이 어떠한 경향을 취하든 즐기는 쪽에 있으면서도 나름대로는 비난을 하는 도덕성(?)을 드러내고 있었다.

그는 채수연에 관한 정보를 더 얻어내기 위해서 홈페이지의 이곳저곳을 뒤져 보았다. 대부분의 홈페이지들이 그렇듯이 개인의 연락처 같은 것, 이를테면 전화번호 등은 적혀 있지 않았고, 게시판에서도 관리자의 흔적은 전혀 없다고 보는 편이 옳았다.

보통 홈페이지 같으면 관리자나 집주인 또는 홈지기란 이름 등으로 게시판 관리 등을 할 텐데 그런 관리가 이루어지지 않고 있는 것이었다. 그렇다고 홈페이지가 업데이트 된 흔적 역시 별로 보이지 않았다.

그나마 다행스런 것은 E-mail 주소 하나가 홈페이지 하단부에 붙어 있다는 것이었다. 이미 오래 전에 사장된 주소인지는 모르겠으나 동세는 지푸라기라도 잡는 심정으로 메일을 보내기로 했다.

채수연님께.

안녕하십니까? 우연한 기회에 채수연님의 홈페이지에 들른 지금, 저는 놀라움과 함께 기쁜 마음으로 이 글을 적습니다.

아시다시피 우리나라의 보편적 사고방식으로 볼 때, 수연님의 홈페이지는 파격적이어서 수연님이 어떠한 분일까 하는 궁금증을 떨쳐 버릴 수가 없군요.

사진으로 뵙는 수연님은 아름답고 지적인 분이라는 느낌을 갖게 됩니다만 괜찮으시다면 한 번 만나 뵙고 싶습니다. 저 역시 섹스에 관해서는 수연님과 같은 생각을 갖고 있는 사람이어서 새삼 수연님께 동료 의식마저 느끼고 있습니다.

수연님, 제가 진지하게 부탁드립니다. 수연님을 꼭 뵙고 대화를 나누고 싶습니다. 분명히 우리는 많은 공통점을 찾을 수 있을 것입니다.

그럼 연락을 부탁드립니다. 메일을 주시면 고맙겠습니다.

—이동세 드림

어쨌든 동세는 메일을 전송했다.

그는 채수연이 답장 정도는 보내줄 것으로 믿고 있었다. 전자 메일이라는 것은 어차피 익명성이 강한 것이어서 메일을 주고받는데 있어서는 그렇게 신중하게 생각할 필요는 없다.

그는 잠시 통신을 중단하고 호수 쪽으로 시선을 주었다. 뜨거운 햇빛에 의해 은빛으로 부서지고 있는 드넓은 호수와 짙푸른 숲들이 새삼 아늑한 그림처럼 다가왔다. 그러자 문득, 교도소를 나와서 이런 그림 속에 묻혀 있는 자신의 모습이 떠올라서 슬그머니 미소를 지었다.

자유라고 거창하게 이름붙이는 것보다는 그저 이렇게 즐길 수 있는 여유가 좋았다. 담배와 모터사이클과 짙푸른 여름과 그리고 약간의 고독 같은 것이, 언제라도 훌훌 털어 버리고 떠날 수 있는 그 여유와 함께 있어서 좋은 것이었다.

그는 통신을 끝내고 로드킹을 출발시켰다. 할리 특유의 둔중하면서도 비연속적인 엔진 폭발음이 나며 로드킹은 도로를 질주했다.

"그래 안다. 너도 이제 알아야겠지…… 이제 더 뭘 숨기겠냐……? 내가 언젠가 네 엄마에 대해서 이야기를 한 것 같다만 네가 흘려듣는 눈치더구나…… 어쨌든 네 엄마, 이미옥은 2년 전에 병으로 죽었다…… 너를 낳고 얼마 되지 않아서 네 아버지와 이혼한 다음, 다른 남자를 만나 잘 산다는 소식을 들었는데 글쎄 2년 전엔가 위암인가로 죽었다는구나…… 그리고 네 아버지…….."

할머니는 진작에 동세에게 모든 걸 말해 주려고 했던 것처럼 막힘이 없었고, 동세는 숨소리마저 죽이고 할머니의 다음 말을 기다렸다.

"네 아버지는 살아 있다……."

동세는 잔뜩 긴장해서 듣고 있었지만 할머니는 참으로 쉽게 말하고 있었다. 어쨌든 할머니는 더 이상 말을 잇지 않았기에 동세가 물었다.

제8장 풍화

해운대역을 지나 좌측 골목으로 접어들었을 때, 동세는 잠시 헷갈렸다. 그가 어릴 때부터 살던 지붕이 낮은 집 주변으로는 갖가지 새로운 건물이 들어서 있는 탓에 그에게 익숙한 지붕이 낮은 집을 발견할 수 없었던 것이다.

이럴 수가……?

동세는 씁쓰름한 미소를 떠올렸다. 그래도 걸음마를 시작할 무렵부터 십수 년을 뛰어다닌 지겨운 동네가 아니었던가? 스스로 생각해도 어이없는 일이었다. 그러고 보니 할머니집을 언제 방문했었는지 잘 기억이 나지도 않았다.

무심한 놈……!

동세는 스스로를 나무라고는 어쨌든, 골목 안쪽으로 로드킹을 밀어넣었다. 해운대 같은 번화한 유흥지역에 이러한 곳이 있을까 싶을 정도로 낡음과 비좁음 그리고 더러움으로 혼합된 골목을 들어가자 그제서야 그에게 익숙한 건물이 숨겨진 그림처럼 모습을 드러냈다. 그것은 파스텔톤으로 장식한 고층 건물 바로 뒤쪽에 웅크리고 있었는데, 마치 한 폭의 잘 그려진 낡은 수묵화 같은 모습이어서 감동적이기까지 했다.

가슴 저린 애틋함이 그대로 묻어 있는 조심스런 낮은 지붕과 시멘트 마당 한구석에서 늙어가고 있는 감나무도 여전했다.

변함없이 삐그덕이는 낡은 철제문을 통해 동세는 안으로 들어갔다. 초록색으로 칠해진 그 문은 이제 다 녹이 슬어서 금방이라도 쓰러질 것만 같았다.

집안은 조용했다.

번화한 유흥지역에 인접한 집이라고는 믿을 수 없을 정도로 너무 조용해서 마치 다른 세상에 갑자기 들어와 있는 것만 같았다. 이곳에서 몇 걸음만 걸어 나가면 피서객들의 요란한 웃음소리와 가게에서 틀어놓은 시끄러운 음악이 진동을 하는데도 불구하고 이곳은 아늑하기까지 했다. 아마도 주변을 둘러싸고 있는 고층 건물들이 소음을 차단해 줌으로써 일어나는 현상 같았다.

그가 아주 어릴 때부터 잘 익은 감을 나누어 주고는 하던 늙은 감나무는 푸른 잎을 흔들며 그의 귀향을 반가워하고 있었다.

"안녕……!"

그는 정말이지 감나무에게 손까지 흔들어 보이며 다정한 음성으로 말했다.

"그간 잘 있었지……?"

오랜 세월의 흔적으로 인해 군데군데 갈라지고 밑동은 썩어 가는 감나무를 쓰다듬으며 동세는 말해 주었다.

그러고 보면 이 집에 있는 모든 것들은 다 낡은 것들이었다. 할머니를 비롯해서, 세간이며 마당의 나무들까지 세월의 흔적을 고스란히 뒤집어쓴 채 묵묵히 삶을 인내하고 있는 모습이었다.

할머니는 광주리 하나 들고 시장에 있는지 집안은 조용하기 그지없었다. 몇 번 할머니를 불러 보았으나 마찬가지였다. 훔쳐 갈 것이라고는 없는 살림이어서 할머니는 옛날이나 지금이나 문을 잠그고 다니는 법이 없었다.

그는 잠시 마루에 앉아서 할머니를 기다리다가 호텔에 묵고 있는 라나 라슬린에게 전화를 걸어서 지금 부산에 와 있으며 밤 8시 무렵에 찾아갈 수 있을 것이라고 전했다. 그녀는 보고 싶다와 사랑한다를 열 번은 더 하고 전화를 끊었다.

로드킹을 타고 가면 채 5분도 안 되는 거리의 호텔에 라나가 투숙하고 있었으나 먼저 할머니를 본 다음에 그녀를 만날 생각이었다.

마루에 누워 있던 동세가 누군가 깨우는 듯한 소리에 눈을 떴을 때, 할머니의 얼굴이 눈앞에 있었다.

"무슨 잠을 그리 곤하게 자는 거냐?"

할머니의 주름진 얼굴이 그를 내려다보고 있었다. 깜박 잠이 든 모양이었다. 잠자리는 좀 가리는 편인데도 오랜만에 고향 같은 할머니 집에 왔더니 마음이 편해서 그런지 스르르 잠이 든 것 같았다.

뜨거운 햇빛은 벌써 한 풀 꺾여 있었고, 시계는 오후 6시를 막 지나고 있었다.

"어쩐지 꼭 네가 올 것만 같아서 집에 일찍 들어오고 싶더라니⋯⋯ 잘 왔다. 그래, 밥은 먹었니?"

"지금 시장에서 오시는 길이예요?"

"그래, 늘 광주리 하나 끼고 앉아 있잖니? 딱히 할 일도 없고 해서 시장에 나간단다. 늙은이가 집에 가만히 있으면 병이나 나지 별수 있겠냐⋯⋯? 얼른 올라가자. 내가 맛있는 밥상 금방 차려주마. 그렇지 않아도 너 올 줄 알고 미리 장도 다 봐놨단다⋯⋯."

할머니는 오랜만에 그를 봐서 그런지 말이 많았다. 손을 닦으면서도 마루에 올라가면서도, 느릿한 어조로 끊임없이 말을 이어갔다.

그는 할머니에게 큰절을 했다. 그의 기억으로도 아주 어릴 때, 세배 비슷한 걸 몇 번 해 본 것 외에는 할머니에게 큰절을 한 기억이 없으니 그가 제대로 한 큰절이라고는 아마도 이게 처음인 것 같았다.

"어디 아프거나 그렇지는 않지……?"

할머니는 새삼 눈시울을 붉히며, 그의 두 손을 잡았다.

"그럼요. 이렇게 튼튼한 걸요. 밥도 잘 먹고 돈도 잘 벌고 그러니까 제 걱정은 조금도 마세요."

그는 힘자랑하는 아이처럼 팔을 치켜들고 근육을 만들어 보였다.

"그래, 그래 장하다. 그렇게 살아야지."

할머니는 이렇게 말하고는 잔뜩 허리가 굽은 몸을 움직여 음식장만을 서둘렀다.

잠시 후에는 식욕을 자극하는 구수한 냄새가 진동을 하면서, 어려서부터 익숙한 푸짐한 밥상이 차려졌다.

"어서, 먹거라. 그리고 온 김에 푹 좀 쉬었다 올라갈 생각하고……."

할머니는 닭다리 하나를 뜯어서 그에게 밀어주고는 말했다.

"일이 좀 있어서 바로 가 봐야 합니다."

"바로……?"

할머니 얼굴에 서운함이 떠올랐다.

"예…… 앞으로는 자주 내려올 테니까 너무 서운해하지 마시구요. 그보다 할머니 물어볼 게 있는데요……."

그가 말꼬리를 흐리자 할머니가 고개를 들어 그를 똑바로 쳐다보고는 이미 무언가를 눈치 챈 듯 가만히 한숨을 내쉬었다. 그리고 숟가락을 내려놓고는 물을 한 모금 마셨다.

"그래, 네 엄마, 아빠에 대해서 물어보려는 것이지……?"

"이제 저도 성인입니다. 알 건 알아도 될 나이라구요."

"그래 안다. 너도 이제 알아야겠지…… 이제 더 뭘 숨기겠냐……? 내가 언젠가 네 엄마에 대해서 이야기를 한 것 같다만 네가 흘려듣는 눈치더구나…… 어쨌든 네 엄마, 이미옥은 2년 전에 병으로 죽었다…… 너를 낳고 얼마 되지 않아서 네 아버지와 이혼한 다음, 다른 남자를 만나 잘 산다는 소식을 들었는데 글쎄 2년 전엔가 위암인가로 죽었다는구나…… 그리고 네 아버지……."

할머니는 진작에 동세에게 모든 걸 말해 주려고 했던 것처럼 막힘이 없었고, 동세는 숨소리마저 죽이고 할머니의 다음 말을 기다렸다.

"네 아버지는 살아 있다……."

동세는 잔뜩 긴장해서 듣고 있었지만 할머니는 참으로 쉽게 말하고 있었다. 어쨌든 할머니는 더 이상 말을 잇지 않았기에 동세가 물었다.

"어디에 어떻게 살아 있다는 건가요? 말씀을 해 주서야죠?"

"동세야, 그건 아직 말할 수 없지만 조만간 너도 네 아버지에 대해서 알게 될 테니까 조급하게 생각지 말아라."

"그게 무슨 소리예요, 할머니……?"

"아직은 네 아버지에 대해서 말해 줄 수 없다는 거다…… 좀 더 이야기를 해 주자면 너도 알다시피 나는 네 아버지의 먼 친척뻘이 되는 사람이고, 그간 너를 키우면서 들어간 생활비를 대준 것도 네 아버지였다. 그리고 이 집, 낡기는 했지만 제법 땅값이 나가는 이 집도 네 아버지 명의로 되어 있는 것이다. 네 아버지에게는 자식이라고는 달랑 너 하나니까 결국은 네 집이 되겠지…… 자, 어서 먹자. 먹으면서 이야기해도 된다."

동세는 꿈쩍도 할 수 없었으나 할머니는 다시 숟가락질을 했다.

그는 충격을 다스리기 위해 지그시 입술을 깨물었다.

"너에게 아직 네 아버지가 누구인가를 밝힐 수 없는 건 네 아버지가 그렇게 해 달라고 부탁을 했기 때문이다. 그리고 조금 더 지나면 자연스럽게 모든 걸 알게 될 테니까 조급해할 필요는 없고……."

"혹시…… 말입니다. 혹시……."

동세는 머릿속으로 문득 떠오르는 사람이 있었다.

"……어머니의 고향이라고 하는 예천에 있다는 이형기 씨가 아버지인가요?"

이형기라면 그도 몇 번 본 일이 있었다. 그가 어릴 때, 몇 번 집으로 찾아와서 그의 머리를 쓰다듬어 주고는 했던 것이다. 용돈도 몇 번 받아 본 기억이 있고는 해서, 그때의 어린 마음으로도 이런 분이 아버지였으면 얼마나 좋을까? 하는 생각을 하고는 했었다.

할머니는 다시 한숨을 내쉬었다.

"좀 기다리면 알게 될 거라고 이야기하지 않았더냐? 사내답게 묵묵히 기다리거라."

할머니는 그가 아는 평소의 모습답지 않게 단호하기까지 했다.

"좋습니다. 대신 6개월 이내에 알려주십시오. 저도 그 이상은 기다
릴 수 없습니다."

"6개월……?"

할머니는 잠시 생각해 보는 눈치이더니 고개를 끄덕였다.

"약속하마. 그때는 네 아버지가 알려주지 말라 하더라도 내가 알려
줄 테니까."

"그럼, 아버지가 어떤 사람인가 정도는 알려줄 수 있겠지요……?"

이제 아버지에 관한 소식을 막 접한 동세로서는 궁금할 수밖에 없
었다.

"뭐랄까……? 나름대로는 똑똑하고 대단한 사람이기도 하지……."

"나름대로……? 그게 전부인가요?"

동세는 고개를 갸웃했다. 나름대로……? 그게 뭘 말하는 걸까? 어
쩐지 긍정보다는 부정 쪽과 더 연계가 되었을 것 같은 뉘앙스였다.

할머니는 고개를 끄덕이고는 닭살을 발라 그의 그릇에 놓아주었다.

"그간 고생했을 텐데 어서 먹어라. 쓸데없는 데 신경 쓰지 말
고……."

동세도 그만 단념하기로 하고 식사에 열중했다. 가슴이 답답하기
는 했으나 이제까지 잘 참아왔는데 6개월 정도 더 못 참을 이유가 없

었다. 신경을 써서 그런지 식욕도 별로이기는 했으나 할머니의 정성을 생각해서 억지로 먹었다.

"오늘은 여기서 잘 거지?"

할머니가 물었다.

"아닙니다, 할머니. 약속이 있어서 금방 일어나야 합니다. 죄송해요, 할머니. 다음에 와서 자고 갈게요."

할머니의 서운해하는 얼굴을 보면서 동세는 주머니에서 봉투 하나를 꺼내어 내밀었다. 이곳에 오기 전에 은행에서 찾아온 것이었다.

"할머니 천만 원이예요. 수표로 열 장 들었구요. 은행에 넣어놓고 필요할 때 쓰세요. 지난 번에 면회 오셨을 때 보니 치아도 부실한 것 같던데 하나 해 넣으시구요."

"네가 무슨 돈이 있다고 이렇게 큰돈을……? 아니다. 나는 돈이 필요 없으니까 너나 쓰거라. 젊은 네가 돈이 필요하지, 나 같은 늙은이가 무슨 돈이 필요하겠냐……? 나는 소일삼아 시장바닥에 앉아 있으면 용돈벌이는 해서 걱정일랑은 없으니 가져가거라."

할머니는 한사코 거부를 했으나 동세는 일어섰다. 라나 라슬린과의 약속 시간인 8시가 가까워지고 있었다.

그는 로드킹의 시동을 걸까 하다가 늦은 시간의 좁은 골목이라는 걸 생각하고 그대로 끌었다. 할머니가 뒤따라오며 이야기를 했다.

"동세야, 너 이 집이 얼마짜리인지 아니?"

할머니는 지붕이 낮은 할머니의 집을 가리키고 있었다.

"글쎄요. 많이 낡았으니까 2, 3천만 원 정도는 되지 않을까요?"

할머니가 조금 웃었다.

"네가 말한 것의 열다섯 배 정도는 나가는 집이다. 이곳이 워낙 땅값이 비싼 곳이어서 그렇다는구나. 한 달이면 서너 번은 집을 팔라구 사람들이 찾아온단다."

"이곳도 그렇군요. 그놈의 집…… 우리나라 사람들은 모두 집에 걸신이 들린 사람들 같아요. 그저 내 몸 하나 뉘일 곳 있으면 되는 게 아닐까요……?"

동세는 할머니의 그런 말이 어쩐지 생소하게 느껴졌다.

"너도 세상을 살다 보면 집이 얼마나 중요한지 알게 될 거다. 특히 우리나라는 더욱 그렇단다."

"어쨌든 낡았지만 아늑한 이 집이 저는 좋습니다. 꼭 할머니 집을 보면 초등학생이 크레용으로 서툴게 그린 집 같지 않아요?"

그러고 보니 집과 대문과 나무 한 그루가 서툴게 서 있는 초등학생의 그림 같은 이 집이 정겹고 더욱 좋다. 더러는 색칠을 잘못해서 엉뚱한 포즈를 취하고 있지만 그래도 이 집에는 크레용 같은 꿈이 담겨져 있다.

그런데 이 집이 4억 원짜리 정도는 된다는 이야기다…… 어린 시절의 꿈을 판 대가로는 너무 작은 게 아닐까? 4억 원과 크레용을 비교할

수 있는 걸까? 어린 시절의 그 꿈은 무한한 것이어서 그 가치를 가늠
할 수 없지 않은가 말이다.

동세는 할머니에게 핸드폰 번호를 적어준 뒤에 로드킹의 시동을
걸었다. 두두두두……! 하는 요란한 엔진음이 도로를 뒤흔들었다. 그
러자 지나가던 사람들이 놀란 듯 일제히 동세와 로드킹을 쳐다보았
으나 동세는 신경 쓰지 않았다.

할머니는 멀찍이 떨어져서 손을 흔들고 있었다.

밥 잘 먹고, 건강하고……! 등등 이야기를 하는 것 같았다. 동세는
다시 한 번 할머니에게 손을 흔들어 주고 출발했다.

할머니, 안녕…….

동세는 중얼거리며 도로를 미끄러지듯이 빠져나갔다. 반라의 피서
객들이 도로변을 점령하고 있어서 부득이 곡예를 하듯이 빠져나가야
했다. 피서객들은 요란하게 웃고 떠들며, 차량이 오거나 말거나 흐느
적이고 있었다. 그리고 바로 코앞에 다가와 있는 모터사이클을 발견
하고서야 별꼴이야, 하는 투로 호들갑스럽게 비킬 뿐이었다. 그리고
더러는 호기심 어린 얼굴로 동세를 살펴보며, 좀 태워주었으면 하는
여자들도 있었으나 그의 관심 밖이었다.

동세는 엔진음도 요란하게 차선 사이로 로드킹을 밀어넣었다. 두
두두두……! 하는 굉음으로 차량을 압도하며 차량 사이를 빠져나갔
다. 그러자 여기저기서 클랙슨 소리가 울렸다.

어쩌면 다시는 할머니를 못 볼지도 모른다는 생각이 스쳐갔다. 인생에 있어서 수없는 만남과 이별이 반복된다 하지만 어쩐지 이번 이별은 말 그대로의 이별이 될 것만 같았다.

슬쩍 뒤를 돌아보았더니 할머니는 그때까지 손을 흔들고 있었다. 그래도 그의 불우한 어린 시절을 보살피고 지켜준 할머니는 아마도 그가 시야에서 사라져야 허탈한 걸음걸이를 옮겨놓을 것이다.

망할 놈, 어쩌구 저쩌구 하면서 말이다. 그리고 때에 찌든 형광등이 졸고 있는 쓸쓸한 방에서 텔레비전을 벗하여 잠이 들기를 기다릴 것이다. 어느 날인가는 영영 깨어나지도 못할 그런 잠을 말이다.

할머니, 그런 게 인생이 아닐까요……? 인생이 뭐 별 건가요……?

동세는 스스로 생각해도 인생 운운한다는 게 가소로워서 조금 웃었다.

동백섬을 따라 오르다가 좌측으로 접어들면 나타나는 낮은 키의 호텔 앞에서 동세는 멈춰섰다. 바로 라나가 투숙하고 있는 호텔이었다. 그는 어떻게 할까를 망설이다가 먼저 라나에게 전화를 걸었다. 시계 바늘은 막 8시를 가리키고 있었다.

라나의 반가워하는 음성이 기다렸다는 듯이 흘러나왔다.

"지금 호텔 앞에 있습니다. 어떻게 곧장 내가 올라갈까요? 아니면 내려오겠어요."

"음…… 금방 내려갈게요. 잠시만 기다려요."

고개를 갸웃하며 잠시 생각했을 라나의 귀여운 모습이 떠올라서 동세는 미소를 지었다.

호텔 현관문 앞에서 두리번거리는 여자의 모습이 곧 눈에 들어왔다. 라나 라슬린, 그녀였다. 그녀를 보는 것만으로도 가슴이 설레이는 동세는 얼른 달려가서 안아주고 싶은 충동을 느꼈으나 참았다.

그녀의 반응이 새삼 궁금해서였다. 니스의 해변을 거닐던 어린 학생의 모습에서 모터사이클을 탄 동세를 알아볼 수 있을까 해서이기도 했다.

동세는 얼굴을 덮는 풀 페이스 헬멧도 벗지 않고 기다려 보았다. 이곳저곳을 살펴보는 그녀의 모습은 니스에서의 모습 그대로였다. 아무래도 헤어스타일에 제약이 있는 군인이라서 그런지 짧게 올려친 금발의 모습은 여전했다.

짙은 초록색의 스판 티셔츠에 꼭 달라붙는 베이지색 버뮤다 반바지를 입고 있었다. 신발은 하얀 바탕에 푸른 라인이 쳐진 캔버스화였으며, 전체적인 모습은 한결 성숙해진 느낌이었다. 그때는 막 사춘기를 벗어난 웃음 많은 소녀 같은 느낌이었다면 지금은 한결 사랑스런 여인의 모습이어서 저절로 미소를 짓게 만들었다.

라나……!

그는 금방이라도 손을 들어서 나나, 여기야, 하고 말하고 싶은 걸 꾹 참았다.

그 자리에서 두리번거리던 라나는 이제 좀 더 걸어 나와서는 사람들을 자세히 살펴보았다. 더러는 허리까지 구부려 가며 젊은 남자들을 들여다보기도 했다. 그리고 가만히 서 있는 모습이 한숨이라도 내쉬는 것 같았다.

그녀의 시선이 잠깐 그를 향해 다가왔다. 그녀가 정면으로 동세를 보고 있었고, 동세는 얼굴을 내려덮은 폴리카보네이트 쉴드 속에서 가만히 있었다. 동세는 그녀를 볼 수 있었지만 그녀는 코팅된 쉴드 때문에 동세의 얼굴을 볼 수 없었다. 그녀는 동세의 모습과 모터사이클을 흘깃 보고는 고개를 돌렸다.

그녀가 알아채지 못하는 것이 조금 아쉬웠다. 그런데 그녀가 다시 고개를 돌려서 그를 바라보았다. 그것도 무심코 바라보는 것이 아니고 시선을 떼지 않고 똑바로 바라보고 있었다.

들켰구나! 하는 생각에 저절로 미소가 떠올랐으나 동세는 여전히 미동도 않은 채 가만히 있었다. 이윽고, 그녀가 한 걸음 한 걸음, 동세의 바로 코앞에까지 다가와서는 얼굴을 가리고 있는 쉴드를 들여다보았다. 그리고 조심스럽게 물어보았다.

"혹시 동세 씨인가요?"

동세는 아무런 대답도 하지 않았다.

"동세 씨, 맞죠?"

라나는 좀 더 가까이 얼굴을 갖다 대고는 물었기 때문에 바다 냄새

와도 같은 그녀의 숨결이 느껴지는 듯했다. 처음 그녀를 만났을 때부
터 느낀 것이기는 하지만 그녀에게서는 바다 냄새가 나고는 했다. 그
녀의 설명으로는 전생에 지중해의 인어공주였기 때문이라던가?

그래도 동세가 대답을 않자 망설이던 그녀는 결심을 한 듯, 손가락
으로 쉴드를 톡톡 두들겼다. 약간은 호기심어린 그런 모습으로, 그러
면서도 이스라엘의 씩씩한 보병 장교답게 두들기고 있었다.

"동세 씨, 아닌가요?"

그래도 동세가 억지로 웃음을 참으며 대답을 않자, 그녀는 그의 옆
이며, 뒤로 돌며 살펴보고는 다시 돌아와서 얼굴을 들이댔다.

"……그럼 잠시 실례 좀 할게요."

그녀는 잠시 검문 좀 하겠습니다, 하듯이 말하더니 그의 얼굴을 가
리고 있는 쉴드를 걷어 올리는 게 아닌가? 동세는 얼른 라나의 허리
를 당겨 안았다.

"라나……!"

"나쁜 사람……! 나쁜 사람……!"

라나가 그에게 안기며 그의 어깨며 가슴을 마구 때렸다.

"미안, 미안, 미안해요……!"

여군답게 주먹이 제법 매웠으나 동세는 얼른 그녀를 안고 키스를
해 주었다. 그녀는 곧 얌전한 고양이가 되어 가쁜 숨을 몰아쉬었다.

근사한 남자와 아름다운 금발 여자와의 포옹과 키스는 피서객들의

시선을 끌기에 충분했다. 게다가 한여름 밤의 피서지에서 있음직한 그런 포즈였기에 여기저기에서 수군거리기도 하고 더러는 휘파람을 불기도 했다.

그녀가 먼저 동세를 밀어냈다.

"안 되겠어요, 우리 어서 빠져나가요. 꼭 동물원 원숭이가 된 기분이라구요……"

"그렇죠? 아무래도 우리나라는 아직……"

동세는 그녀와 함께 도망치듯이 호텔 앞뜰을 빠져나와 동백섬을 향해 달렸다. 그리고 언덕을 한참이나 달려 올라가면서까지 무엇이 그리 즐거운지 웃음을 터뜨렸다.

천천히 그러면서도 섬세한 손길로 행해지는 그 작업은 어쩌면 경건한 행위처럼 보이기도 했다. 추하다거나 음란하다거나 하는 부정적인 요소는 전혀 배어들 틈이 없을 정도로 오직 아름다움만으로 정제된 그 모습은 젊은 남녀가 빚어내는 하나의 작품 같기도 했다.

그것은 바로 관객은 별과 달과 바람이고, 동세와 라나는 주연 배우인 행위 예술인 것이다. 그리하여 긴 시간의 공연을 끝낸 동세와 라나는 가만히 누워서 땀을 식히며 별을 올려다보았다. 그러자 그들의 성공적인 공연을 축하하듯이 시원한 바닷바람이 다시 해변 쪽에서 불어왔다.

제9장 바람과 별과 달

두 사람은 동백섬을 한 바퀴 돌아 늦은 밤의 해변으로 내려왔다. 밤은 깊어 가고 있었으나 해변을 거닐고 있는 젊은이들은 잠이라는 걸 잊은 듯했다. 그들은 주체할 수 없는 힘을 지니고 있었기 때문에 그것을 밤이 새도록 소모하고 낭비해야 하는 것이었다. 동세도 고등학교 시절에는 친구들과 함께 이틀 밤낮을 꼬박 해변에서 뒹군 적도 있었다.

"이곳에 오기를 참 잘한 것 같아요. 해변도 근사하고…… 사람들이 좀 시끄럽기는 하지만요…… 동세 씨만 빼고……."

라나는 어둠 속에서 하얀 치아가 드러나도록 웃고는 맨발로 모래

바닥을 팔짝였다.

"난 이곳에 오기까지는 그저 한국하면 사랑하는 동세 씨가 살고 있는 심각한 상태의 분단국가 정도로만 알았거든요. 그런데 막상 와 보니 활기가 넘치는 좋은 나라예요. 그간 어려웠던 나라 형편에 사람들이 제몫을 찾으려다 보니 좀 시끄러워진 것 같기는 하지만 말예요. 내 말이 맞죠?"

"우리나라에 대해서 공부를 많이 했네요. 역시 이스라엘 보병 중위답습니다."

그랬다. 우리나라 사람들은 좀 시끄럽다. 조용조용 이야기하면 피해를 보는 것으로 아는지 한껏 목청을 높이지 못해서 안달을 해대는 알루미늄 캔만도 못한 사람들이 수두룩하다. 그들은 머릿속에 든 건 없이 피해망상증에 사로잡혀서 여기저기에서 목청을 높이며 침을 튀겨댄다. 생각하면 덜 성숙한 사람들의 전형적인 모습이다.

동세는 해변 건너편의 호텔을 가리켰다. 호텔의 넓은 잔디밭에서 생맥주를 마시며 가수들의 노래를 들을 수 있는 곳이었다.

"좋아요, 그렇지 않아도 목이 마르던 참이었어요."

동남아와 남미에서 온 것으로 여겨지는 가수들이 교대로 출연하며, 노래를 부르고 있었다. 그들은 우리나라 가요와 팝과 남미의 노래를 부르며 흥을 돋구어 주고 있었다.

오른쪽 바지 앞주머니에서 조용한 진동이 왔다. 그는 전화를 받지 않을까 하다가 그의 핸드폰 번호를 아는 사람은 아직 유시애와 최동기 그리고 할머니, 이렇게 세 사람밖에 없다는 걸 깨닫고 핸드폰을 꺼내 들었다.

최동기의 음성이 느릿하게 흘러나왔다.

"좋은 시간 보내고 있는가?"

"조금 불쾌합니다, 최 선생님. 저에게도 사생활이 있는데 이렇게 자주 전화를 주면 곤란합니다."

동세는 그의 모든 일상이 최동기에 의해 모두 노출되고 있는 것만 같아서 기분이 좋지 않았다.

"그렇겠지. 하지만 나는 자네에게 자그마치 3억 원짜리 일을 맡긴 사람일세. 나 역시 돈을 생각해서라도 자네를 챙길 의무가 있다고 보네, 내 말이 틀렸나?"

"일을 믿고 맡겼으면 얌전히 기다려 주십시오. 저 역시 팔 한쪽을 잃고 싶은 사람은 아니니까요."

"그렇겠지. 그래, 어느 정도 진척이 되고 있는가?"

"오늘 오후에 채수연이란 여자에게 E-mail을 보낸 정도입니다."

"그럼 답장을 확인해 보았나?"

"그것까지는 아직입니다……."

"난 자네에게 실망을 금치 못하겠네. 이렇게 감옥에 갇혀서까지 일을 부탁한 사람이 있다는 걸 자네가 조금만 헤아려 준다면 그렇게 안

이하게 일을 처리하지는 않을 걸세."

그것은 맞는 말인지도 모른다. 감옥에 갇혀서까지 이런 일을 부탁한 사람의 절박한 심정을 헤아려 주지 못한 건 동세의 책임일 수도 있을 것이다.

하지만 이제 일을 시작한 지 며칠이나 지났다고 이렇게 난리란 말인가? 어쨌거나 동세는 기분이 썩 좋지는 않았다. 그는 라나에게 미소와 함께 건배를 해 보였다.

동세는 그럼 전화를 끊겠습니다, 하고 일방적으로 휴대폰을 끊었다.

"심각한 일인가요……?"

라나가 물었다.

"전혀 그런 일이 아닌데 왜 그렇게 보였을까요……?"

"동세 씨의 표정이 어쩐지 그랬어요."

"아닙니다, 그냥 친구의 사소한 전화일 뿐입니다."

그녀가 맥주를 한 모금 마시고 입을 열었다.

"그렇군요…… 동세 씨, 내가 올해 말에 제대를 한다는 걸 이야기했나요?"

"아니요, 처음 듣는 이야기입니다. 그런데 제대를 한다면 축하를 해야 하는 건가요?"

그녀가 조금 웃었다.

"처음부터 여군 대위가 될 생각은 없었으니까 축하해야 할 일이겠죠……?”

“대위면 어쩐지 나이 많은 아줌마 같다는 생각이 먼저 드는군요.”

“그렇죠……? 그래서 얼른 제대를 하고 괜찮다면 한국으로 오고 싶어요.”

“이곳으로요?”

“동세 씨도 있고 해서요…… 동세 씨가 올해로 스물둘이죠? 내 나이를 동세 씨가 아나요?”

“스물일곱…….”

“그렇죠. 동세 씨보다는 꼭 다섯 살이 많아요.”

그녀가 맥주를 한 모금 마시고 새삼 동세를 바라보았다. 어두운 조명 속에서도 그녀의 눈동자는 올리브색으로 반짝이고 있었다.

그렇다면 결국 무언가? 지금 라나는 청혼을 하고 있는 건가? 동세는 새삼 가슴이 두근거리는 걸 느꼈다. 결혼에 대해서는 아직 진지하게 생각해 본 일이 없는 동세는 조금 당황스럽기도 했다.

라나, 이 여자라면 대단히 괜찮은 여자다. 아름답고 착하고 지적이기까지 한다. 무엇 하나 나무랄 데가 없는 여자임에 틀림이 없다.

공감대만 이렇게 형성된다면 다섯 살의 나이도 아무런 문제가 되지 않을 것이다. 그리고 금발의 외모 역시 요즘에 있어서 문제가 아니다. 게다가 이렇게 사랑스런 여자가 아닌가? 이런 라나와 더불어 한 집에 살며 사랑을 나누고 식사를 하며, 때로는 말다툼도 하며 사는 모습은 분명히 좋은 그림일 것이다.

"남녀 간에 있어서 다섯 살의 나이 차이란 사소한 것일 뿐입니다."

"그렇죠? 나이보다는 사랑이 우선이겠죠?"

라나가 환하게 웃으며 동세의 손을 잡았다. 라나의 손은 더위와 술 때문만은 아닌 듯, 뜨거웠고 마디마디에는 부드러운 힘이 들어가 있었다.

그러고 보니 그녀의 눈이 새삼 매혹적으로 빛나고 있었다. 동세는 알 것 같았다. 그 역시 몸이 더워지는 느낌이었다.

"동세 씨, 실은 나 급하거든요."

그녀가 속삭이듯이 말했다.

"당장 호텔로 돌아갈까요?"

동세는 그녀가 투숙하고 있는 호텔을 손을 들어 가리켰다. 그들이 해변을 따라 한참이나 걸어온 탓에 그 호텔은 작고도 화려한 간판처럼 보일 뿐이었다.

"지금은 너무 멀리 떨어져 있어서 싫어요. 그곳까지 걸어가다가는 이 기분이 엉망이 될 거예요."

"그렇다면 내가 업고 갈까요?"

그녀가 머리를 저었다.

동세는 어둠에 묻혀 있는 해변이며, 한가한 호텔 로비를 바라보았다. 그렇다고 이 호텔에 투숙하는 단순한 짓은 하고 싶지 않았다.

동세는 그녀를 잡아끌었다.

"일단 나를 따라와요."

"좋아요. 동세 씨를 믿어 볼게요."

두 사람은 한가한 호텔 로비를 가로질러서 지하로 통하는 에스컬레이터를 탔다.

"설마 방을 잡으려는 건 아니겠죠?"

"염려 말아요. 그런 우매한 짓은 하지 않아요. 그보다는 내가 이 특급 호텔을 잘 안다는 겁니다."

"무슨 소리죠?"

"조용히 따라만 오시면 됩니다, 인어공주님."

동세는 피서객들이 해변으로 대부분 빠져나간 덕분에 한가한 지하 1층의 상가를 가로질렀다. 그리고 문득 생각났다는 듯이 호텔기념품 매장에 들렀다.

그곳에서 호텔 로고가 새겨진 대형 타월 두 장과 한 병에 31만 원짜리 프리미에 크뤼 아뻴라시옹 와인 한 병과 한 개에 5만 원짜리 와인 글라스 두 개를 샀다. 양초도 두 개를 사고 싶었으나 그것은 없었기에 그냥 나올 수밖에 없었다.

라나는 궁금했으나 묻지는 않고 동세의 뒤를 따라갔다. 직원 전용 통로를 따라 상가 구석으로 돌아가자 그곳에 역시 '직원 전용' 이라는 표찰이 붙은 소형 엘리베이터 한 대가 조용하게 기다리고 있었다.

234

"오늘은 직원 노릇 좀 해 봅시다…… 실은 고등학교 다닐 때, 이곳에서 일을 하는 학교 선배가 있어서 몇 번 드나들었거든요."

라나도 기대감에 부푼 눈을 반짝였다. 그들을 실은 엘리베이터는 소리 없이 31층까지 올라가서 멈추었다.

한때 화려한 스카이라운지였었으나 지금은 텅 비어 있는 홀을 도둑고양이처럼 조심스럽게 가로질러서 동세는 옥상으로 통하는 계단을 올라갔다. 라나는 그 모습이 재미있다는 듯 소리 죽여 킥킥거렸다.

옥상 문은 예상대로 굵은 자물쇠로 잠겨 있었으나, 동세는 망설임 없이 문 옆에 있는 화분을 들어서 그 밑에 손을 넣어 보았다.

오랜 전의 추억과도 같은 기억 속으로 들어갈 차례인 것이다.

있었다. 그가 고등학교에 다닐 때도 있던 열쇠는 아직도 그 자리에 그대로 있었던 것이다. 동세는 그것으로 자물쇠를 벗기고 옥상으로 나갔다.

갑자기 펼쳐진 화려한 야경이라고나 할까? 적어도 해운대에서는 가장 높은 곳에 위치한 옥상에서는 부산 시내의 야경이며, 해운대의 정경까지 한눈에 들어왔다. 게다가 시원한 바람은 불어오고 하늘에서는 보기 드물게 별까지 무리지어 반짝이고 있었다.

무엇을 더 욕심 사납게 바랄 게 있을까? 인조잔디가 깔린 넓은 옥상에는 그들 단 둘만이 있었고, 게다가 타월 두 장과 감미로운 와인까지 있지 않은가? 이 정도면 영국의 왕자와 모나코의 공주라 해도 부리울 게 없었다.

동세는 타월 한 장을 펴고 그 위에 와인 잔을 늘어놓았다. 그리고 와인을 따랐다. 액체가 달과 별빛을 받아 보석처럼 빛났다.

두 사람은 이런 분위기를 흔들고 싶지 않았기에 아무런 말도 하지 않았다. 대신 조용한 시선만으로 서로의 사랑을 확인하며 말없는 대화를 나누었다. 그것은 수많은 별들이 말없이 반짝이며 대화를 나누는 것처럼 두 사람 역시 별들처럼 많은 대화를 나눌 수 있었다.

와인 잔을 가볍게 부딪치자 맑은 소리가 울러 퍼졌다. 그리고 부르고뉴 지방에서 숙련된 와인 제조기술자에 의해 만들어진 두 잔의 와인을 비우고 두 사람은 서로를 안았다.

보석을 용해한 듯한 투명하면서도 매끄러운 와인이 동세의 입에서 라나의 입으로 건너갔고, 다시 그녀의 입 안에 녹아 있던 와인이 동세의 입 안으로 건너왔을 때, 두 사람은 서로의 옷을 하나하나 벗겨주었다.

천천히 그러면서도 섬세한 손길로 행해지는 그 작업은 어쩌면 경건한 행위처럼 보이기도 했다. 추하다거나 음란하다거나 하는 부정적인 요소는 전혀 배어들 틈이 없을 정도로 오직 아름다움만으로 정제된 그 모습은 젊은 남녀가 빚어내는 하나의 작품 같기도 했다.

그것은 바로 관객은 별과 달과 바람이고, 동세와 라나는 주연 배우인 행위 예술인 것이다. 그리하여 긴 시간의 공연을 끝낸 동세와 라나는 가만히 누워서 땀을 식히며 별을 올려다보았다. 그러자 그들의 성공적인 공연을 축하하듯이 시원한 바닷바람이 다시 해변 쪽에서 불어왔다.

동세는 그의 가슴에 기대어 누워 있는 라나의 짧은 금발을 쓰다듬으며 조용히 말했다.

"라나, 나는 결혼이란 걸 아직 생각해 본 적이 없습니다. 하지만 라나가 좀 더 시간을 준다면 진지하게 생각해 보겠습니다……."

"부담 갖지 말고 그렇게 해요, 동세 씨. 나는 그냥 이런 아름다운 추억을 만든 것만으로도 충분하다는 생각을 문득 했어요. 분명히 동세 씨와의 만남은 내 가슴속에서 오랜 세월 빛나는 보석처럼 간직될 게 분명하거든요……."

"고마와요, 라나……."

동세는 다시 그녀를 안고 키스를 했다. 이번에도 라나가 먼저 보챘다. 그들은 아직 꺼지지 않은 불씨를 연소시키듯 뜨거운 키스를 나누었다.

그들이 옥상으로 올라온 지, 두 시간 정도 되었을까?

동세는 라나를 호텔방까지 바래다 주고 1층의 커피숍에 앉아 노트북을 폈다. 늙은 죄수 최동기의 재촉이 아니더라도 동세 역시 채수연이 답장 메일을 보내왔는지 궁금했다. 메일 아이콘을 클릭하자, 메일 박스가 뜨면서 메일을 읽어 들였다.

열 대여섯 통의 쓸데없는 상품광고와 섹스사이트의 공격적인 광고 속에서 채수연이 보낸 메일이 눈에 번쩍 들어왔다.

채수연, 그가 강간을 해야 할 여자, 3억 원이라는 거액의 청부 대상인 그녀가 메일을 보내온 것이었다. 이상하게 긴장이 되면서 패드 마우스를 움직이는 손가락이 가늘게 떨리기까지 했다.

메일 박스가 서서히 떠올랐다.

안녕하세요?

보내주신 메일 잘 받아 보았습니다. 먼저 제 홈페이지와 제 견해에 대해서 관심을 가져주신데 대해서 감사를 드립니다.

그리고 무엇보다 동세님께서도 저와 같은 견해를 갖고 있다니 친구를 얻은 것처럼 기쁘군요.

저도 어서 동세님을 만나서 진지한 대화를 나누고 싶어요. 약속 장소는 제가 일방적으로 정해도 될까요? 만약 제 약속 장소나 시간이 거주지 등의 문제로 인해 적당치 않으면 곧 메일을 주세요.

약속 장소는 서울 강북구에 있는 로열 페닌술라 호텔 705호입니다. 약속 날짜와 시간은 8월 4일 저녁 8시 정각이면 좋겠어요.

그럼 그때 뵙는 것으로 알겠어요.

안녕히 계세요. 그리고 항상 즐거운 통신이 되기를 바라겠어요.

ㅡ채수연 드림

동세는 자신도 모르게 회심의 미소를 떠올렸다. 일이 예상보다 쉽게 풀려가고 있었다. 그런데 약속 장소가 호텔방이란 게 쉽게 납득이 되지 않았으나 어쨌든 이 정도만 해도 큰 성과였기에 동세는 기분이 좋았다.

8월 4일은 바로 내일이다. 내일 오전을 라나와 함께 보낸 후, 점심 식사를 마친 다음, 출발할 계획이었다.

그러나 동세는 천천히 그러면서도 힘있게 움직였다. 때로는 천천히 때로는 빠르게 그리고 어떨 때는 힘차게 움직이며 그녀의 신음 소리를 들었다.

그리고 그는 마침내 온 힘을 다해서 그녀를 밀어붙였다. 그녀 역시 안간힘을 다해서 그를 끌어안았다.

그리고 마침내 동세는 쓰러지듯이 그녀의 젖가슴에 얼굴을 묻고 가쁜 호흡을 몰아쉬었다.

너무도 지친 두 사람은 잠시 움직일 줄을 몰랐다. 두 사람은 그 자세 그대로 근육의 격렬한 긴장과 이완으로 이어지는 나른한 피로를 음미했다.

아아…… 이대로 그냥 잠이 들었으면…….

동세의 품에 안겨서 가만히 눈을 내려 감고 있는 그녀는 이렇게 생각하고는 그녀는 정말 잠에 빠져들었다.

제10장 그래픽 플라워

동세가 채수연과의 약속 장소 부근에 도착한 것은 오후 4시 무렵이었다. 약속 시간으로부터는 네 시간이나 남아 있었으므로 동세는 옷을 몇 가지 구입할 생각이었다.

적어도 채수연을 만나기 위해서는 어느 정도는 준비를 하는 게 좋을 것 같아서였다. 그녀를 만나기 위해서 가죽으로 만든 거친 라이더 복장에 건달 같은 모습으로 나갈 수는 없는 노릇이었다.

여자란 전반적으로 예의 바른 남자를 좋아하기 마련이다. 게다가 똑똑하고 잘 생기고 적당한 부(富)마저 갖추고 있다면 지상 최고의 남자로 꼽힐 것이며, 그 어느 여자라도 유혹할 수 있는 조건을 갖춘 남자가 되는 것이다.

그는 쇼핑을 하기 위해서 거리로 나왔다. 그러자 발급신청을 해놓은 신용카드가 지불수단으로 떠올랐다. 그는 핸드폰을 꺼내어 그가 통장을 개설한 은행의 지점으로 전화를 걸어서 박주희를 찾았다.

"안녕하세요? 저는 이동세라고 합니다. 제가 박주희님께 신용카드를 신청했었죠?"

"아, 안녕하세요. 아, 기억이 나요. 신용카드는 빨리 신청을 했는데 아직 잘 모르겠어요. 제가 확인을 해 보고 연락을 드릴게요."

"그러죠. 제 전화번호는……."

동세는 핸드폰 번호를 불러주었다.

그런데 그녀의 음성을 듣는 그 순간부터 가죽바지에 감싸여 있는 그의 남성은 무엇을 감지한 것처럼 힘이 들어가고 있었다. 그것은 박주희의 음성, 이를테면 이성에 목말라 하는 것 같은 그녀의 음성 때문이었다.

그 음성은 코의 비음 끝에 걸린 듯하면서도 맑았으며 그런가 하면 남자로 하여금 보호해 주고 싶은 본능을 일으키게 할 정도로 여린 감이 있었다. 그래서 그런지 그는 지금 당장 은행으로 달려가서 그녀를 불러내고 싶다는 충동을 느끼기도 했다.

그는 로드킹의 시동을 걸고 박주희가 근무하는 서일은행으로 향했다. 신용카드와는 상관없이 그녀를 볼 생각이었다. 그리고 가능하다면 그녀를 안아줄 것이다.

　그런데 주머니 속의 핸드폰이 진동을 일으켰다. 그는 속도를 늦추고는 핸드폰을 꺼내들었다.

　"여보세요?"

　"안녕하세요? 이동세 씨죠? 저는 서일은행에 박주희예요. 신용카드가 나왔습니다. 어떻게 할까요? 주소로 보내드릴까요? 아니면 이쪽으로 직접 오시겠어요?"

　"직접 가겠습니다. 지금 곧……."

　동세는 이렇게 말하고는 망설이다가 과감하게 본론을 말했다.

　"……그런데 저 좀 만나주실 수 있겠습니까?"

　"네……?"

　그녀의 반문하는 음성이 한 옥타브 올라갔다.

　"잠시면 됩니다. 은행 앞이나 부근에 있는 커피숍 같은 곳이 좋겠는데요. 될 수 있으면 유니폼 차림은 삼가주시구요. 부탁합니다."

　"무, 무슨 일로……?"

　몹시 당황해하는 음성으로 그녀가 겨우 물었다.

　"박주희 씨와 이야기를 나누고 싶습니다. 어쩌면 우리는 대화도 통할 것 같고 해서…… 부탁합니다……."

　그녀는 잠시 침묵을 지키다가 대답을 했다.

　"아, 알았어요……."

　"그럼 어느 커피숍으로 제가 가면 될까요?"

“로즈마리라고 은행 앞에서 우측으로 가면 있어요. 커피숍이에
요.”

그녀는 마침내 승낙을 했다.

그는 핸드폰을 접어 주머니에 넣고 모터사이클의 브레이크를 밟았
다. 벌써 박주희가 근무하는 서일은행의 지점 앞에 와 있었다.

그는 은행 안으로 성큼성큼 걸어 들어갔다. 은행에는 손님들이 제
법 있었으나 창구에 앉아 있는 박주희의 모습은 뚜렷하게 볼 수 있었
다. 그녀는 얼굴이 약간 상기된 채, 안절부절못하는 것 같았다. 그녀
가 일어서더니 안쪽으로 뒷모습을 보이며 ‘직원 전용’ 이라는 표찰이
붙어 있는 문쪽으로 걸어갔다. 그녀는 아마도 외출복으로 갈아입기
위해서 그곳으로 들어갔을 것이다.

동세는 일부러 시간을 끌었다.

잠시 후, 외출복 차림의 박주희가 뭔가 찔리는 구석이 있는 것처럼
엉거주춤한 걸음걸이로 은행을 나갔다.

그는 그제야 신용카드 담당 직원에게 주민등록증을 제시하고, 몇
가지 절차를 거친 다음에 신용카드를 받아들었다. 그는 약 1억 원이
넘는 예금 잔고를 갖고 있는 고객이어서 그런지 서비스가 좋았다. 담
당 여직원이 자판기 커피가 아닌 고급 원두커피를 직접 추출해서 그
에게 가져다 주기까지 했다.

그러나 심플함을 좋아하는 그는 이런 서비스에는 익숙지 않았고,

또 이런 서비스는 근본적으로 원치 않았으나 어쨌든 여직원의 성의를 생각해서 맛없는 커피를 마셔주고 밖으로 나왔다.

은행 앞에 선 그는 우측 거리를 살펴보았다.

세심하게 살펴보았으나 박주희가 말한 '로즈마리' 커피숍은 보이지 않았다.

동세는 로드킹을 타고 천천히 우측 길로 올라가면서 로즈마리가 있나 살펴보았다. 그리고 마침내 로즈마리 간판을 발견한 동세는 슬며시 미소를 지었다.

로즈마리는 자그마치 은행으로부터 약 1킬로미터는 떨어진 곳에 위치해 있었던 것이다. 그리고 그녀가 일부러 은행으로부터 멀리 떨어진 이런 장소를 선택했다는 건 좋은 징조였다.

그녀 역시 동세와의 만남이 은행 직원과 고객과의 공적인 만남이 아니라는 것 정도는 잘 알고 있다는 것이기도 했다.

다시 바지 속에 숨어 있는 그의 남성이 팽팽해졌다. 어서 그녀를 안고 싶다는 충동이 되살아나고 있었다.

그는 로드킹에서 내려서 커피숍 안으로 들어갔다. 커피숍은 아담하면서도 깨끗했다.

박주희는 우측 구석에 등을 보인 채 앉아 있었다. 그는 그리로 다가갔다. 실내에는 그가 파리에서 흔하게 듣던 샹송이 느릿느릿 흘러나오고 있었다.

그가 맞은편 자리에 앉자 그녀가 약간 상기된 얼굴을 들더니 조그
만 소리로 말했다.

"당황했어요."

"죄송합니다. 갑작스럽게 부탁을 드려서…… 커피로 하실까요?"

"네……."

동세는 커피 두 잔을 시켰다.

그는 초조한 듯이 만지작거리고 있는 그녀의 가늘고도 긴 손가락
을 잠시 쳐다보다가 입을 열었다.

"저는 처음에 박주희 씨를 보았을 때부터 느낌이 남달랐습니
다……."

"말하자면 어떤……?"

"그러니까 조금은 외로워 보이는 분이라는 느낌을 가졌던 거
죠…… 어떻게 생각하실지 모르겠습니다만 저는 그렇게 느꼈습니다.
죄송합니다……."

그녀는 소리 없이 미소를 지었을 뿐, 긍정도 부정도 하지 않았다.

"보호 본능은 여자만 있는 게 아니죠. 남자에게도 이렇게 있는 거
죠. 나이도 어린 제가 이런 말을 하니 우습죠?"

"아녜요. 동세 씨가 전혀 나이가 어리다는 생각이 들지 않아요. 오
히려 내 오빠라도 되는 것 같아요. 저는 오빠가 없지만요. 그리고 괜
찮다면 다른 장소로 옮기고 싶어요. 아무래도 이곳은 직장과 가까운

곳이라서 부담스러워요."

"그러시죠. 지금 당장에 서울이 아닌 부산으로라도 옮겨가죠. 파리 쪽은 어떨까요? 그곳에는 박주희 씨를 아는 분이 적을 텐데……."

"됐어요."

그녀가 처음으로 조금 웃어 보였다.

동세는 마시지도 않은 커피값을 계산하고 그녀와 함께 밖으로 나왔다.

"그런데 이런 자가용도 괜찮겠습니까?"

그는 거대하고도 둔중한 모습으로 서 있는 로드킹을 가리켰다. 그러자 그녀는 조금 난색을 보이더니 이내 고개를 끄덕였다.

"좋아요. 새로운 경험이 될 거예요."

동세는 그녀를 뒤에 태우고 출발했다.

겁이 많은 데다가 모터사이클 뒤에는 처음 타 보는 그녀는 동세의 허리를 세차게 끌어안아서 동세는 그녀의 모든 걸 느끼는 것만 같은 기분이었다.

채 10분을 가지 않아서 유난히 러브호텔이 많은 우리나라답게 자그마하고도 깨끗한 호텔 하나가 눈에 들어왔다. 그는 그녀의 의견은 묻지도 않고 호텔 앞으로 전진을 했다.

로드킹을 주차장에 세워두고 그가 말했다.

"커피숍에 가 계시죠. 제가 먼저 올라가서 전화를 드리겠습니다."

"네?"

"괜찮으시다면 제가 먼저 방을 잡은 뒤에 전화를 드리겠습니다. 커피숍에 가 계시면 됩니다……."

그녀는 아무런 대답도 하지 않았다. 상기된 얼굴로 가쁜 호흡만 하고 있어서 그녀가 몹시 당황해하는 걸 한눈에 알 수 있었다.

"괜찮으시겠어요?"

동세가 그녀의 손을 잡아주며 조심스럽게 물었다.

"아무래도 이런 건…… 아네요. 좋아요……."

이렇게 대답한 그녀가 지그시 입술을 깨물더니 똑바로 얼굴을 들고 말했다.

"실은 남편과는 이혼한 거나 마찬가지거든요. 남편과는 떨어져 있는 지는 1년이 넘었구요. 아직 아이는 없고 남편은 미국에 있어요."

그녀는 결심을 보여주듯이 묻지도 않은 말까지 서슴없이 했다.

"그렇군요."

"현재 이혼 수속 중이에요……."

그녀는 호텔로 발걸음을 옮기면서 자기 합리화나 아니면 초조함을 이기려는 듯 계속 말을 했다. 그래서 이런 상태라면 그녀는 호텔 커피숍에 혼자 앉아서도 중얼거리지 않을까 염려가 될 정도였다.

"……성격차이죠. 남편은 공부를 핑계로 미국으로 가 버린 거죠. 우리는 사실 말 그대로 성격에 문제가 있었어요. 중매로 처음에 만났을 때부터 그랬는데…… 그때는 그런 부조화 정도는 얼마든지 극복할 수 있을 거라고 생각했었던 거죠…… 하지만 그게 아니었어요. 그래서 지금 생각은 결혼은 정말 신중해야 한다는 거예요.”

“그렇군요.”

동세는 다시 한 번 고개를 끄덕여 주고는 그녀를 커피숍 앞까지 데려다 주었다. 그러자 그녀는 많은 손님들 때문에 낮은 소음이 깔려 있는 커피숍을 한 번 돌아본 뒤에 그에게 말했다.

“아녜요. 굳이 저곳에서 커피를 마시며 기다릴 필요가 있겠어요? 가서 키를 받아 오세요. 뒤따라 올라갈 테니까요.”

“괜찮으시겠어요?”

그녀가 어색해하면서도 쑥스러워하는 미소를 떠올리며 말했다.

“남편과 아니 그 남자와 이혼을 방금 결심했거든요. 그래서 이제는 괜찮아요.”

“알겠습니다. 그렇다면 잠시만 기다려 주세요.”

동세는 곧장 프런트 데스크로 가서 방 하나를 잡고 키를 받아들었다. 그리고 객실로 통하는 엘리베이터로 걸음을 옮기자 그녀가 뒤따라왔다. 엘리베이터 문이 열리고 두 사람이 타자 문이 소리 없이 닫혔다.

“안아줘요.”

갑자기 박주희가 이렇게 말하면서 팔을 벌려 그의 목을 끌어안았다. 그녀는 이미 몸에 열이라도 나는 것처럼 뜨거웠다. 게다가 이혼을 결심해서 그런지, 보호 본능을 불러일으킬 정도로 연약하기만 해 보이던 평소의 모습과는 달리 대담했다.

"난 사실 이런 기회가 오기를 너무 오래 기다렸는지도 몰라요…… 아아……! 난 그간 너무나 외로웠거든요. 오늘은 날 아주 불꽃 속으로 던져 버릴 거…… 음……!"

"알았어요, 주희 씨. 내가 타오르는 그대의 불꽃이 되겠습니다."

그녀의 끝말은 동세의 입술 때문에 이어지지 않았다. 동세는 그녀와 세찬 키스를 하면서 한 손으로는 스스럼 없이 스커트 속으로 미끄러뜨렸다. 매끄러운 허벅지 안쪽을 더듬어 올라간 그곳은 이미 뜨거웠다. 그의 손이 조금만 닿기만 해도 그녀는 놀라듯 몸을 떨면서 신음 소리를 냈다. 말하자면 그녀는 불처럼 뜨거워진 여자였다.

경쾌한 금속성 종소리가 나면서 엘리베이터가 멈추었다. 두 사람은 재빨리 떨어졌다. 하지만 엘리베이터를 기다리는 사람은 없었다.

"몇 호실이죠?"

"713호."

그녀가 하이힐을 벗어들더니 붉은 카펫이 깔려 있는 복도를 뛰기 시작했다. 그도 그녀의 뒤를 따라서 달려갔다. 713호는 거의 복도 끝 부분에 위치해 있었다.

"어서 문을 열어요…… 동세 씨."

그녀가 가쁜 호흡을 하면서 동세가 키를 열쇠구멍에 꽂기도 전에 재촉을 했다. 그리고 복도에 사람이 없는 걸 확인한 그녀는 동세를 안더니 가슴이며 허리를 쓸었다.

가죽재킷과 티셔츠, 얼굴과 목 가릴 것 없이 그의 모든 것에 키스를 하면서 매달렸다. 그도 그녀의 향기로운 샴푸 냄새가 나는 그녀의 정결한 머리칼에 키스를 해 주며 말했다.

"천천히…… 천천히…… 내 귀여운 베이비……."

딸깍, 문이 열리고 두 사람은 문 안으로 쓰러지듯이 들어갔다. 그가 뒤로 손을 돌려 문을 잠그자 그녀는 핸드백을 던져 버리고 블라우스와 스커트를 벗었다.

"날 욕하지 말아요, 동세 씨. 나같이 외로운 여자가 되어 보면 날 이해할 수 있을 거예요."

"물론 난 주희 씨를 이해합니다. 난 주희 씨를 처음 볼 때부터 주희 씨의 외로움 때문에 연민을 느꼈었으니까요."

그녀는 순식간에 브래지어와 팬티마저 벗어서 던져 버리고 똑바로 섰다. 미끈하고도 탄력 있는 몸이었다. 군살이라고는 전혀 없는 매끄러운 그 몸은 커튼 사이로 들어오는 부드러운 햇빛을 받아서 한 폭의 정교한 누드화처럼 아름답게 빛나고 있었다.

"어서요……!"

그녀가 두 팔을 벌려 아직 옷도 벗지 않은 채 서 있는 동세를 재촉했다.

"주희 씨, 정말 놀라운 변화입니다."

동세는 소극적으로 보이기만 하던 그녀가 이렇게 적극적으로 변하자 조금은 놀라면서 옷을 벗었다.

"참, 아름다운 몸이에요……!"

그녀가 그의 근육질의 몸을 찬찬히 살펴보면서 감탄했다. 그리고 문득 영화 속의 미국 여자처럼 '오우……!' 하고 놀라면서 두 손으로 얼굴을 반쯤은 가렸다. 그의 팬티 속에 숨겨져 있는 그것이 튕겨지듯이 드러났기 때문이었다.

"난 사실 남자들 것이 이렇게 잘 생기고 큰 건지는 몰랐어요……!"

그녀는 이렇게 말하더니 미끄러지듯이 다가와서 그의 그것을 가만히 잡아 보고 쓸어 보았다.

"이런 게 다 여자의 몸으로 들어간다는 말이죠? 난 지금까지 몰랐어요. 난 남자들 건 그냥 아이들 것처럼 생긴 건 줄로만 알았거든요……."

말하자면 그녀의 헤어진 남편의 것은 왜소했다는 이야기였다.

남자들의 대부분이 그렇듯이 왜소함은 콤플렉스가 되기도 하는 탓에 그리 간단한 문제가 아니다.

성의학에 관련된 의사들은 보통 성기의 크기와 성감은 관계가 없다고 이야기들을 하고는 있으나 그 부분에 전적으로 동조하기는 어러운 게 사실이다. 남녀의 관계에 있어서는 섬세한 델리킷함이 있어서 심리적인 효과에 의존하는 경우가 많기는 하나 그래도 대다수의 여성들은 자신의 몸속에 느껴지는 뿌듯한 충만감을 좋아한다.

동세는 그녀는 성격과는 또 다른 성(性)격적인 문제 때문에도 이혼을 결심했을 거라는 생각을 했다.

어쩌면 그녀의 성생활은 무미건조했을 것이며 또 그것은 그녀의 삶의 의욕과도 연계되어서 하루하루 무미건조한 삶을 이어가게 했을 것이다.

어쩐지 그녀가 조금 안되어 보였다. 이제 동세는 그녀를 기쁘게 해 줄 차례였다. 그래서 그녀의 인생에 있어서 또 다른 기쁨이 있다는 것을 일깨워 줄 차례였다. 아마도 그녀는 동세를 만남으로써 인생의 변화를 맞이하게 될지도 모를 일이었다.

그녀는 낮은 감탄 소리와 함께 손과 입술로 그의 탄탄한 가슴을 쓸어내렸다.

그녀에게는 동세의 몸은 경이의 대상이며 새로운 탐구의 대상이었다. 특히 힘차게 솟아 있는 동세의 남성은 그녀의 특별한 탐구 대상이었다.

그녀는 남편과는 결혼 생활을 1년 정도 지속했지만 그녀가 아는 성 지식이라는 건 중학교 학생 수준에 불과할 정도로 보잘것없었다는 걸 이제야 깨달았다. 만약 이 남자를 만나지 못했다면 그리고 이 남자와 과감하게 호텔까지 오지 않았다면 그녀는 어찌 됐을까를 생각하니 그녀로서는 천만다행이었다.

"고마워요, 동세 씨……!"

그녀는 진심으로 말했다.

"뭐가 고맙죠……?"

"나에게 새로운 세상이 있다는 걸 이렇게 알려줘서요…… 난 남자란…… 헤어진 남편의 것과 전부 비슷한 건 줄 알았거든요…… 내가 바보죠?"

"그렇군요."

"치……! 그렇다고 어떻게 그렇게 대답을 하죠?"

"아……!"

동세는 어딘가를 꼬집혀서 반은 엄살에 찬 신음 소리를 냈다. 그리고 그녀의 부드러운 머리칼을 쓰다듬으면서 입을 벌렸다. 그녀가 무릎을 꿇고 앉은 그의 하복부에 키스를 했기 때문이었다.

그것은 뜨겁고도 집요한 키스여서 동세는 나직하게 입을 벌리고는 신음 소리를 토하면서 다리에 힘을 주었다. 견딜 수 없는 쾌감이 그녀의 집요함 때문에 전신으로 밀려오고 있었으며 다리는 후들거렸다.

그녀는 헤어진 남편의 것과는 다른 남성에 집요한 집착을 보이고 있었던 것이다. 그녀는 경이의 물건이기도 한 그것을 촉각과 시각 등 거의 모든 감각을 동원해서 느껴 보고 있었다.

그녀는 이제 그의 구리빛으로 빛나는 허벅지와 다리 쪽으로 이동
하면서 세심하게 키스를 했다. 매끄러운 피부와 가는 허리 그리고 갑
자기 둥그럼스럽하게 부풀어오른 그녀의 엉덩이가 위에서 내려다보
였다. 어서 육감적인 엉덩이를 안고 싶다는 욕망이 솟았다.

그는 허리를 구부려서 그녀의 엉덩이를 두 손으로 쓸었다. 부드러
운 피부의 감촉이 고급스런 스폰지처럼 느껴졌다. 이제 그녀는 다른
다리 쪽으로 이동을 해서 키스를 하며 다시 거슬러 올라오고 있었다.

그리고 다시 하복부에 집요한 키스를 시작했다. 그녀는 그의 하복
부에서 다시는 떨어지지 않기로 결심을 한 여자처럼 집요하게 매달
리고 있었다.

그는 그녀의 머리를 잡고 손가락으로 그녀의 귀와 귓밥과 긴 목을
애무했다. 이런 자세에서 그가 할 수 있는 건 그것 뿐이었다. 그는 어
서 그녀를 안고 싶었으나 그녀의 탐닉에 가까운 집요함 때문에 참고
있었다.

하지만 동세는 더는 참을 수 없을 지경에 이르자 그녀를 완강한 힘
으로 일으켜 세우고는 번쩍 안아서 침대에 눕혔다.

이제 그의 차례였다.

블라인드 사이로 스며드는 투명한 햇빛에 반사된 늘씬한 그녀의
몸이 침대 위에서 애타게 그를 기다리고 있었다. 그는 그녀의 위로
몸을 던졌다. 뜨거운 키스가 이어진 뒤에 그녀의 가늘고도 긴 목을

따라서 내려오며 키스를 했다.

젖가슴의 돌기는 아직 처녀의 것처럼 엷은 핑크빛을 띠고 있었으며 자그마했다. 하지만 그 자그마하면서도 예쁜 돌기는 그녀의 하얀 젖가슴 위에서 힘껏 솟아올랐다. 그는 때로는 부드러우면서도 강하게 그 돌기와 젖가슴에 키스를 했다.

그때마다 그녀는 신음 소리를 내면서 몸을 뒤챘다. 그리고 그녀는 그의 한 손을 끌어다가 그녀의 허벅지 안쪽에 내려놓았다.

그는 천천히 이제 무릎을 세운 그녀의 허벅지를 쓸어올렸다. 그곳은 생각보다 훨씬 부드러우면서도 뜨거웠다.

"더는 못 참겠어요……! 어서 안아줘요……!"

동세의 긴 손가락이 예민한 감각을 동원하여 그곳을 좀 더 강하게 쓰다듬어 주자 그녀는 온몸을 활처럼 구부리면서 그에게 몸을 밀어 붙였다. 하지만 그가 아직은 별다른 반응을 보이지 않자 그를 눕히고 그녀가 위로 올라와서 앉았다.

그리고 이내 움직이기 시작했다. 땀에 젖어서 흔들리는 젖가슴이며 얼굴 그리고 땀에 젖어서 목이며 얼굴에 달라붙은 머리칼이 선명하게 올려다보였다.

그녀는 그간의 외로움을 모두 씻어 버리기라도 하려는 것처럼 움직였다. 그녀는 마치 새로운 여자로 태어나기로 결심을 한 것처럼 마구 신음 소리를 질러대면서 그에게 매달렸다.

말하자면 그녀는 섹스만이 그녀를 외로움으로부터 탈출시켜 준다고 믿고 있는 것처럼 격렬하게 몸을 흔들어댔다.

그녀의 얼굴과 젖가슴 그리고 알몸에서는 땀이 뚝뚝 떨어졌으며, 마침내는 하복부가 다 뻐근해질 정도였다. 그리고 그녀는 이내 그의 넓은 가슴으로 쓰러져 안기며 가쁜 숨을 몰아쉬었다.

그는 가만히 그녀를 안아서 등을 토닥여 주었다. 그런데 그녀의 등이 들썩이는가 했더니 눈물을 훌쩍였다.

"왜 울죠?"

"그냥……."

"슬픈가요?"

"아, 아녜요. 내가 슬픈 사람처럼 보이나요?"

그녀가 눈물에 젖은 얼굴을 들어서 그를 내려다보았다. 그녀는 눈물을 흘리고는 있었지만 슬픈 표정은 아니었다.

"……기뻐서 운 거예요. 이제야 내가 정말 여자라는 걸 알았거든요."

"그렇군요. 다행입니다……."

"고마워요…… 저를 여자로 일깨워 줘서……."

그녀는 진심으로 말했다. 만약 동세를 만나지 못했다면 그녀는 자신의 아름다움과 젊음을 그대로 잃어 버리는 실수를 저지를 뻔했던 것이다. 그리고 만약 그렇게 됐다면 그녀의 인생은 얼마나 무미건조

했을 것인가? 그녀는 길거리에 그저 서 있는 마른 나무나, 길거리에서 뒹구는 낙엽과도 같은 인생이 될 뻔했던 것이다.

"주희 씨가 행복한 여자가 되었다니 나도 기쁩니다. 그래서 그런지 주희 씨가 더욱 예뻐 보입니다. 주희 씨의 얼굴은 밝게 빛나고 두 눈은 꿈을 꾸듯이 빛나고 있거든요."

"그래요. 전 지금 너무 행복해요……!"

그녀는 가볍게 동세의 입술에 키스를 하고 말했다.

"저……이번에는 동세 씨가 해 주지 않겠어요?"

그녀는 조금은 부끄러운 듯이 부탁을 했다.

"좋습니다."

동세는 그녀를 눕히고 그녀의 위로 몸을 실었다. 그리고 곧장 그녀의 허벅지 사이를 부드럽게 쓸어올리며 입술로는 그녀의 젖가슴에 키스를 했다. 그녀는 금방 푸드득 깨어나는 새처럼 뜨거워진 몸을 흔들었다.

이윽고 동세는 그녀의 긴 다리를 벌리고 그 사이로 들어갔다. 그녀는 어서……! 하고 재촉을 했다.

부드럽고도 뜨거운 그녀의 하복부로 서서히 밀고 들어가자 그녀는 아아……! 하는 신음 소리와 함께 그를 세차게 끌어안았다.

그러나 동세는 천천히 그러면서도 힘있게 움직였다. 때로는 천천히 때로는 빠르게 그리고 어떨 때는 힘차게 움직이며 그녀의 신음 소리를 들었다.

그리고 그는 마침내 온 힘을 다해서 그녀를 밀어붙였다. 그녀 역시 안간힘을 다해서 그를 끌어안았다.

그리고 마침내 동세는 쓰러지듯이 그녀의 젖가슴에 얼굴을 묻고 가쁜 호흡을 몰아쉬었다.

너무도 지친 두 사람은 잠시 움직일 줄을 몰랐다. 두 사람은 그 자세 그대로 근육의 격렬한 긴장과 이완으로 이어지는 나른한 피로를 음미했다.

아아…… 이대로 그냥 잠이 들었으면…….

동세의 품에 안겨서 가만히 눈을 내려 감고 있는 그녀는 이렇게 생각하고는 그녀는 정말 잠에 빠져들었다.

잠깐 잠에 빠져들었던 동세가 눈을 뜨고 시계를 보았을 때는 오후 6시 무렵이었다.

시간을 확인한 동세는 벌떡 몸을 일으켰다.

이러고 있을 때가 아니었다. 그는 저녁 8시에 채수연과 만날 약속이 있었다. 그가 침대를 내려오자 박주희도 눈을 뜨고는 조금 쑥스러운 미소를 떠올렸다. 그리고 새삼스럽게 담요를 끌어올려서 드러난 젖가슴을 가렸다.

"샤워를 하시게요?"

"같이하시겠습니까?"

“그래요. 같이하고 싶어요.”

샤워를 끝내고 옷을 입자 박주희가 울 듯한 얼굴을 했다.

“이제 어쩌죠? 또 연락을 줄 건가요?”

“언제라도 제 생각이 나면 연락을 주세요. 부득이한 일이 없다면 나가겠습니다.”

“고마워요.”

그녀가 그제야 안심이 되는지 환한 미소를 떠올렸다.

"그렇겠지…… 그렇다면 네가 겪은 수많은 여자들, 그 여자들은 어떻게 생각하지?"

최동기는 이미 준비해 둔 질문처럼 그렇게 물었다.

"그 여자들은 그래픽일 뿐입니다…… 그래픽 말입니다. 그래서 이제 그래픽이 아닌 여자를 찾을 생각입니다."

동세는 망설임 없이 대답했다.

오랫동안 그렇게 생각했던 것처럼 단순한 컬러 그래픽이나 다름이 없는 여자들이라는 걸 실리콘 인형 위에서 순식간에 깨달았던 것이다. 그러니까 그녀들은 '그녀 그래픽' 인 셈이었다.

제11장 그녀 그래픽

양복 한 벌을 고르기 위해서 백화점에 들른 동세는, 여점원의 권유로 양복을 입어 보고는 구입을 포기하기로 했다. 라이딩 복장을 벗어 버린 후, 양복 차림으로 거울 앞에 서 있는 모습은 영 낯선 모습이어서 그 같지가 않았던 것이다.

사실 양복이라면 고등학교 졸업 기념으로 한두 번 얻어 입은 것 외에는 전혀 입을 기회가 없었으므로 양복이란 옷 자체가 그와는 어울리는 복장이 아니었다. 게다가 그는 넥타이도 맬 줄 모르는 건 물론 목 부위를 붙잡아 매는 갑갑한 옷을 근본적으로 싫어했다.

백화점에서 시간을 허비한 그는 약속 장소로 이동을 했다.

로열 페닌슐라 호텔, 705호가 바로 그곳이었다.

동세는 아무래도 약속 장소에 대한 의구심을 떨어 버리지 못했다. 초면의 젊은 남녀가 만나는데 있어서 특급 호텔방이 약속 장소로 타당한가 말이다. 1박에 최소한 20만 원 이상의 비싼 방이라는 것은 논외로 하고서라도 상식적으로 납득이 되지 않았다. 그래서 동세는 자칫 잘못하면 누구에겐가 크게 당하는 수도 있으리라는 두려움을 한편으로는 떨쳐 버리지 못했다. 그것은 공포스런 폭력을 지닌 무엇으로부터의 상상하기 어려운 두려움 같은 것이기도 했다.

하긴 처음부터 강간의 대가로 3억 원을 지불한다는 일 자체가 상식과는 거리가 있고 무엇보다 최동기란 베일 속의 인물이 마음에 걸리기도 한다.

최동기, 그는 대체 누구일까……?

동세는 서서히 어둠에 잠겨가는 호텔을 올려다보았다. 호텔은 밤에만 눈을 뜨는 거대한 괴물처럼 온갖 음흉함을 감추고 서서히 객실의 불을 밝히고 있었다.

동세는 헛기침을 한 번 했다. 어차피 벌어진 일이었고 그는 일을 완수해야 했다.

과연 705호에 채수연이 있을까……?

로비를 지나 엘리베이터에 몸을 싣는 동세는 그것이 궁금했다.

만약 채수연이 혼자 있다면 강간을 할 수 있을까……?

동세는 그렇다는 쪽으로 생각을 굳히고는 있으나 그게 쉽지 않으리라는 생각 역시 떨쳐 버리지 못했다. 그는 모터사이클 사고로 인해 감옥에서 형을 살고 나오기는 했지만, 그는 근본적으로 범죄자는 아니었으므로 강간이 쉽지 않으리라는 것을 잘 알고 있었다. 그는 강도나 살인자, 하다못해 연필 한 자루 훔친 도둑도 아니었다.

그런데 최동기는 그런 그에게 강간을 부탁했다. 그 누구보다도 동세의 모든 것을 잘 알고 있을 그가 말이다.

왜 그랬을까? 최동기는 무슨 생각인 걸까?

동세는 알 수 없는 미로에 빠져드는 기분을 금치 못했다.

705호를 향해 그는 긴장된 걸음을 옮겼다. 701호, 703호, 705호가 바로 눈앞에 있었다.

동세는 705호 앞에서 한숨을 몰아쉬고 초인종을 눌렀다. 거푸 두세 번을 눌렀으나 인기척이 없었다. 그는 다시 초인종을 눌렀으나 마찬가지였다. 이번에는 손으로 조심스럽게 문을 두드려 보았으나 여전히 대답이 없었다.

동세는 혹시나 하는 생각으로 문 손잡이를 잡고 돌려 보았다.

의외로 자연스럽게 문 손잡이가 돌아가며 문이 열리는 게 아닌가?

실내에는 전등은 켜져 있었으나 조용했다.

"계십니까?"

동세가 조심스럽게 물었으나 인기척이 없었다. 동세는 몇 번 더 불러본 후, 705호 안으로 걸음을 옮겨 보았다. 이대로 돌아가 버릴까 하는 생각도 문득 했었으나, 동세는 이미 일을 맡았기에 돌아가서는 안 된다는 쪽으로 마음을 다잡고 걸음을 옮겼다.

실내는 시원함이 느껴질 정도로 에어컨이 잘 가동되고 있었고, 더블베드에 누워 있는 한 여자가 그의 눈에 띄었다. 긴 머리칼의 그녀는 얇은 여름용 이불을 얼굴까지 끌어올린 채 잠을 자는지 미동도 않고 누워 있었다.

그렇다면 저 여자가 채수연인가? 혹시 죽은 건 아닐까?

동세는 사이드 테이블의 조명으로 인해 드러난 그녀의 물결치듯이 드러난 머리칼이며 반듯한 이마를 조금 볼 수 있었다.

"채수연 씨……? 채수연 씨……?"

동세는 조심스럽게 불러 보았으나 역시 전혀 움직이지 않았다.

동세는 난감했다. 이 자리에서 이대로 기다릴 것인가? 아니면 일단 깨워 볼 것인가를 결정해야만 했다.

침대 머리맡에 있는 디지털시계는 푸른 형광색으로 8시 10분임을 나타내고 있었기 때문에, 좀 더 기다려 주는 것도 좋을 것 같다는 쪽으로 결정을 했다.

이때, 동세는 갑자기 깜짝 놀라며 펄쩍 뛰듯이 소파에 주저앉았다. 갑자기 그의 핸드폰 신호음이 요란하게 났던 것이다.

동세는 혹시 최동기일지도 모른다는 생각을 하면서 얼른 전화를 받았다. 그런데 느릿한 할머니의 음성이 흘러나오는 게 아닌가?

"동세냐.?"

"할머니, 저 지금 바빠요, 나중에 전화할게요."

"기다려……."

할머니는 무어라고 재빨리 말하려 했으나 동세는 전화를 끊었다. 하필 왜 이럴 때 전화란 말인가?

다시 핸드폰 신호음이 울렸다. 동세는 핸드폰을 꺼내들고 진동모드로 바꾸어놓을까 하다가 705호를 나와서 복도 끝으로 간 다음 그곳에서 전화를 받았다.

"동세냐……?"

똑같은 패턴의 할머니 음성이 흘러나왔다.

"예, 할머니. 저 동세예요. 제가 좀 바쁜데 무슨 일 때문에 그러세요?"

"아무리 바빠도 이 말만은 들어야 한다…… 나도 하루하루 몸이 다르고 이러다가 자칫 잘못하면 네게는 아무런 이야기도 못해 주고 저세상으로 갈 수도 있다는 생각을 문득 하게 되더구나. 그래서 네 아버지가 누구인지 이야기해 주기로 했다…… 동세야, 잘 들어라. 네 아버지는 최동기 씨다."

"최동기……? 그 사람이 누구죠? 어디에 사는 분이죠?"

동세는 다그치듯이 물었다.

"최동기 씨를 모른단 말이냐? 감옥에 있는 그 최동기 씨 말이다."

“예……?”

동세는 숨이 턱, 막히는 기분이었다. 그 늙은 죄수가 아버지? 내가 그렇게도 그리던 아버지란 말인가?

동세는 설레설레 고개를 저었다.

“동세야, 잠시 놀랐겠지만 나중에 후회하지 말고 잘 들어라.”

“알겠습니다, 할머니. 말씀해 보십시오.”

그는 침착해지려고 노력했다.

“분명히 네 아버지 맞다. 그러니까 네 이름은 이동세가 아니고 최동세다. 너를 낳은 후, 네 아버지와 네 엄마는 헤어졌기 때문에 네가 이씨 성을 따르게 된 것일 뿐이다…… 좀 더 자세하게 말하자면 네 아버지가 교도소에 들어갔기 때문에 네 어머니와 헤어지게 된 것이고, 네 성은 이씨가 된 거다. 어쨌든 그래도 네 아버지는 양육비를 보내어 나로 하여금 너를 돌보게 했으니 아버지로서의 도리는 나름대로 한 셈일 것이다…… 모든 것은 네가 판단할 문제이기는 하겠지만 내 얘기는 여기까지다…… 나도 이렇게 이야기를 하니 속이 다 시원하구나…….”

할머니의 가늘게 떨리는 음성이 전화 저쪽에 묻히고 있었다.

그렇다면, 내가 만약 최동기 씨의 아들이 맞다면 아들에게 3억 원에 강간을 시키는 아버지가 다 있단 말입니까? 하고 할머니에게 소리치고 싶은 걸 동세는 억지로 참았다.

대체 무슨 일이란 말인가? 동세는 혼란스러웠다.

"잘 알겠습니다, 할머니. 알려주셔서 고맙습니다……."

"그래, 건강 조심하고 잘 지내기 바란다. 여자 뒤꽁무니만 너무 따라다니지 말고……."

"알겠습니다. 조만간 한 번 내려갈게요."

전화는 끊었으나 동세는 한동안 움직일 줄을 몰랐다. 머릿속이 너무 혼란스러웠다. 모두가 이해되지 않는 상황이어서 어디에서 어떻게 풀어가야 할지 모를 일이었다.

그렇다면 채수연, 저 여자는 무엇인가? 채수연을 정말 강간하고 돈을 받아야 한단 말인가?

한동안 그렇게 있던 동세는 705호를 향해 다시 발걸음을 옮겼다. 705호는 여전히 전과 동일한 패턴을 유지하고 있을 뿐, 변화된 건 보이지 않았다.

그는 다시 조심스럽게 채수연을 불러 보았다. 역시 아무런 대답이 없었다.

그는 마침내 결심을 하고 침대 곁으로 다가갔다. 그리고 그녀의 얼굴을 덮고 있는 이불을 살짝 들춰 보았다.

사진으로 본 채수연, 사이드 테이블의 조명에 의해 드러난 그녀는 아름다운 채수연, 그녀였다. 그런데 뭔가? 그녀는 눈을 뜨고 있지 않은가? 밝은 미소까지 지으면서 말이다.

"이, 이런 제기랄……!"

동세는 알 것 같았다. 동세는 그만 너무도 어이가 없어서 쓴웃음을 지었다.

늙은 죄수 최동기, 아니 나의 아버지라 불리는 최동기는 무슨 짓을 한 건가?

이때, 기다렸다는 듯이 핸드폰 신호음이 울렸다.

전화를 받자 예상대로 최동기의 음성이 흘러나왔다.

"재미가 어떤가?"

"재미라뇨? 더 잘 아시잖습니까?"

동세는 의외로 침착해지는 기분이었다.

"오늘은 좀 반항적이군 그래. 그간 무슨 일이 있었나?"

"일은 무슨 일이 있겠습니까? 부산에 사는 할머니가 내 아버지가 누군지 이야기해 주었고, 나는 705호실에서 채수연을 보고 있을 뿐이죠."

전화 저쪽에서 잠시 침묵이 이어지더니 말소리가 흘러나왔다.

"그렇군. 내가 좀 더 기다리라 했더니 그 아주머니가 기어코 말을 해 버렸군…… 어쨌든 나는 너와는 피를 나눈 부자지간이 맞아…… 그러나 그렇다고 해서 우리의 계약이 무효가 된 건 아니라는 걸 명심해야 해. 나는 네가 계약을 완수하면 돈을 지불할 것이고 그렇지 않다면 네 한 팔을 자를 수밖에 없어. 생각하면 네 한 팔을 자르는 고통은 곧 내 한 팔을 자르는 것과 마찬가지이겠지만 나는 그렇게 할 거야."

"그렇겠죠……."

동세는 쓴웃음을 떠올리고는 말을 이었다.

"대체 이런 말도 안 되는 일을 저에게 시키는 이유가 무엇인가요?"

"그건 아직 네가 일을 끝내지 않았기 때문에 그런 질문을 하는 것이야. 나는 지난 1년 간, 너와 한 방에 있었기에 너에 대해서는 너무도 잘 알고 있고, 그래서 이번 일을 너에게 시킨 것일 뿐이야…… 3억 원이란 대가는 좀 많기는 하지만 그것은 아버지 노릇을 제대로 하지 못한 자가 할 수 있는 일 같아서 그렇게 했을 뿐이고……."

"일을 끝내면 안다구요? 핫하하하……!"

동세의 웃음이 허탈하게 울려퍼졌다.

"저는 아직 세상을 얼마 살아오지는 않았지만 단 한 번도 이런 여자의 신세를 지지는 않았습니다."

"그래, 그렇겠지…… 그래서 너는 인생을 모르는 것이고 그저 빈약한 젊음 하나만을 무슨 훈장처럼 달고 거리를 헤매는 것이야. 그래서 너는 더욱 이번 일을 끝내야 하는 것이고 말이다. 자, 그럼, 어서 일을 끝내야지? 내가 다시 전화를 해서 확인을 할 테니까 그때까지 일을 완료했으면 좋겠다."

"아직 기한인 6개월이 되려면 멀었는데 뭘 그리 서두르십니까?"

동세는 문득 치솟아 오르는 반항심 때문에 한마디 했다.

"6개월? 핫하…… 많이도 남았지. 하지만 너는 여기에서 끝내게 해 준 걸 고맙게 생각해야 해. 네 보잘것없는 인생이기는 하지만 그래도 낭비를 않게 해 준 셈이 될 테니까 말이야…… 내 말이 무슨 말인지 알아듣겠어?"

"아뇨. 잘 모르겠는데요."

"그렇겠지. 그래서 너 같은 바보 멍청이 놈에게 3억 원이란 돈을 쓰는 것이고 말이다…… 어쨌든 다시 전화하마."

전화는 끊기고 정적이 찾아왔다. 희미하게 들려오는 자동차의 소음과 에어컨 소리만 아니라면 무덤처럼 조용했다.

채수연 역시 움직임이라고는 전혀 없다. 동세는 그녀를 물끄러미 바라보다가 현관으로 걸어가서 문을 잠그고는 옷을 벗었다.

최동기 아니 아버지라 불리는 사람의 말대로 어쨌든 강간이란 걸 해 볼 셈이었다.

그는 금방 실오라기 하나 걸치지 않은 건장한 알몸이 되어서 침대로 올라갔다. 그리고 채수연을 덮고 있는 이불을 벗겨냈다. 그녀는 브래지어와 팬티만 입은 늘씬한 몸으로 누워 있다가 그에게 살짝 미소를 보여주었다.

동세는 아가씨 안녕, 하고 채수연에게 속삭여 주었다. 그녀가 더욱 요염하게 미소를 짓는 듯했다. 그는 손을 뻗어서 브래지어와 팬티를 벗겨내고 그녀의 매끄러운 몸을 쓰다듬어 주었다. 젖가슴과 엉덩이와 탄탄한 다리를 정성스럽게 애무를 하면서 스스로를 일깨우기 위해서 노력을 했다.

채수연, 그녀…….

그녀는 실리콘 인형이었기 때문에 동세 스스로가 노력을 기울여야 했다. 채수연은 사람처럼 정교하게 잘 만들어진 고가의 인형이어서 그런지 정말 여인 그대로의 모습이었다.

보통 단백질 인형으로도 잘못 불리고 있는 실리콘 인형은 싱글남성들의 애인으로 이용되기도 하는 것이었으나 동세는 아직 이런 인형의 신세를 져 본 일은 단 한 번도 없었기에 스스로를 일깨우는 노력이 필요했다.

그는 유시애와 라나와 컬러브레이크의 오혜수 그리고 박주희를, 그 다음에는 모터사이클 가게의 여종업원과 계곡에서 잠자리와 송사리 떼와 함께 관계를 가진 미스 어노니머스도 떠올린 다음에야 겨우 채수연의 위로 올라갈 수 있었다.

채수연은 의외로 잘 받아들이고 있었다. 알맞은 체온과 신음 소리까지 그녀는 여자로서 부족함이 없어 보였다. 다만 행위 속에 그림자처럼 묻어 있는 동세의 쓸쓸함만이 조금 문제가 될 뿐이었다.

어쨌든 동세는 노력했다. 약속을 지키기 위해서 최선의 노력을 했고 그는 성공했다.

피곤함과 함께 채수연에게서 떨어진 동세는 이윽고 걸려온 전화를 받았다.

최동기에게서 걸려온 전화였다.

"일은 끝냈느냐?"

"방금 끝냈습니다."

"그래……? 일을 끝낸 소감이 어떠냐?"

"허무합니다…… 다른 사람들이야 모르겠습니다만 다시는 이런 일을 하고 싶지 않습니다……."

"그렇겠지…… 그렇다면 네가 겪은 수많은 여자들, 그 여자들은 어떻게 생각하지?"

최동기는 이미 준비해 둔 질문처럼 그렇게 물었다.

"그 여자들은 그래픽일 뿐입니다…… 그래픽 말입니다. 그래서 이제 그래픽이 아닌 여자를 찾을 생각입니다."

동세는 망설임 없이 대답했다.

오랫동안 그렇게 생각했던 것처럼 단순한 컬러 그래픽이나 다름이 없는 여자들이라는 걸 실리콘 인형 위에서 순식간에 깨달았던 것이다. 그러니까 그녀들은 '그녀 그래픽'인 셈이었다.

동세는 이내 유시애와 라나를 떠올려 보았다. 모두 사랑스런 여자들이다. 생각하는 것만으로도 가슴 따스한 미소가 저절로 떠오른다. 유시애는 어떨까? 어쩌면 그가 결혼 이야기를 꺼내면 처음에는 웃음과 함께 장난하지 말라고 할지도 모른다. 그리고 이내 좋아, 하면서 고개를 끄덕일 것이다. 유시애와는 달리 애틋한 아름다움이 있는 라나는 순순히 받아들이며 미소를 지을 것이다.

"결혼을 할 생각이란 말이냐?"

"이제부터 고려해 보겠습니다."

"좋아, 3억 원을 들인 보람이 있군…… 그럼, 동세야, 잘 살기를 바란다. 열심히, 건강히 말이다…… 어쨌든 네게 이렇게라도 해 줄 수 있어서 다행이다…… 잔금 1억 5천은 오전에 입금했으니까 확인해 보거라."

오전이라면 일의 성사 여부와는 상관없이 입금이 된 것이었으나 동세는 굳이 질문하지 않았다.

동세는 잠시 망설인 끝에 그래도 최동기를 위해서 무언가를 해야 할 것 같아서 말했다.

"고맙습니다. 아버지……."

전화가 끊기고 아버지의 음성이 어둠 저쪽으로 사라졌을 때, 동세는 눈물이 조금 나온 걸 느꼈다.

• 1987 원로영문학자이며 한국 미스터리 클럽 회장, 한국추리작가 협회 회장인 이가형 국민대학원장의 추천작으로 장편추리소설 『살인FM』 문학출판공사 출간.

• 1988 엽편소설 월간 〈복지생활〉 연재.

단편추리소설 「헌터」 월간 〈자유공론〉 발표.

올림픽기념 단편소설 「소녀대를 찾아라」 올림픽조직위원회 발표.

• 1989 장편추리소설 『황홀한 게임』 현대추리사 출간.

『황홀한 게임』으로 제5회 한국추리문학 신인상 수상.

단편 및 꽁트 모음집 『비밀사냥』 도서출판 사상사회연구소 출간.

단편추리소설 「작전완료」 계간 〈추리문학〉 창간호 발표.

엽편소설 월간 〈복지생활〉 연재.

• 1989 제1회 한중추리작가대회 참가(대회 개최지—대만).

한국추리작가협회 총무 이사 역임.

• 1990 장편추리소설 『야간탈옥』 문학출판공사 출간.

공동창작집 『정예작가 정예추리』 현대추리사 출간.

단편소설 「살인을 부르는 안개」 월간 〈가정조선, 중원문학 15집〉

발표.

• 1991 〈스포츠서울〉에 세계추리명작소설 다이제스트 연재.

• 1992 단편소설 「보르도」 월간 〈수사연구〉에 발표.

〈스포츠서울〉에 세계추리 및 명작소설 다이제스트 연재.

단편추리소설 「목걸이」 월간 〈자유공론〉에 발표.

대선 가상 단편소설 「민주애국회」 〈무등일보〉 창간기념호, 〈중원

문학 14집〉 발표.

• 1993 MBC 베스트극장 납량특집 「야간탈옥」 방영.

KBS 제2라디오 추리퀴즈 진행자로서, 추리퀴즈 대본 집필 및 탤런

트 송승환, 안정훈, 신윤정 등과 추리퀴즈 진행.

• 1994 아동장편소설 『소년 탐정 컴도와 부시맨』 진선출판사 출간.

아동추리소설 공동창작집 『한국의 명탐정』 고려원미디어 출간.

장편추리소설 『살인FM』 도서출판 명지사 재출간.

단편추리소설 「당신은 그대를 아는가」 월간 〈미스터리 매거진〉 발표.

• 1995 장편추리소설 『황홀한 게임』 도서출판 명지사 재출간.

〈서울경제신문〉 신년호에 단편소설 「손텔 뉴욕」 발표.

중편소설 「도살자의 밤」 월간 〈수사연구〉 발표.

월간 〈뿌리와 날개〉 에 「프레드릭 포사이드 연구」 발표.

• 1997 공동창작집 『미스터리 파일』 도서출판 초록배 출간.

창작집 『스타클린업』 도서출판 초록배 출간.

문학지 〈엑스칼리버〉 편집위원 역임.

단편소설 「신디 크로포드에 대한 전망」 월간 〈엑스칼리버〉 발표.

단편소설 「란제리와 란제리」 월간 〈엑스칼리버〉 발표.

〈에이플러스 매거진〉 에 추리퀴즈 연재.

장편추리소설 『야간탈옥』 고려원미디어 재출간.

• 1998 장편소설 『란제리 하우스』 도서출판 초록배 출간.
장편소설 『생존마담』 PROBOOK에 연재.
〈에이플러스 매거진〉에 추리퀴즈 연재.

• 1999 SECOM 사외보 〈맑은 누리〉에 추리퀴즈 연재.
장편소설 「생존마담」에 연재.
단편소설 「그와 그녀가 있다」 계간 〈한국소설〉 발표.

• 2000 단편추리소설 「그 방의 엽기」에 발표.
경제지 〈파이낸셜 뉴스〉에 추리소설 「슈퍼모델 닷컴」 연재.

• 2002 〈이노블타운〉에 장편소설 「그녀 그래픽」 연재 중.
현재 한국소설가협회 회원, 한국문인협회 회원, 한국추리작가협회
회원, 한국신문예협회 회원, 현재 한국소설가협회 웹마스터.